HEYNE BÜCHER

Von Arthur C. Clarke
erschienen in der ALLGEMEINEN REIHE:

Rendezvous mit 3/439 · 01/5370
Odyssee 2010 · 01/6680
Das Lied der fernen Erde · 01/6813
Profile der Zukunft · 01/7240
2061 Odyssee III · 01/7709

In der Reihe HEYNE SCIENCE FICTION & FANATSY:

Komet der Blindheit · 06/3239
2001 – Odyssee im Weltraum · 06/3259
Makenzie kehrt zur Erde heim · 06/3645
Geschichten aus dem Weißen Hirschen · 06/4055

ARTHUR C. CLARKE

AUS EINEM ANDEREN JAHRTAUSEND

Roman

Deutsche Erstausgabe

WILHELM HEYNE VERLAG
MÜNCHEN

HEYNE ALLGEMEINE REIHE
Nr. 01/8387

Titel der Originalausgabe
THE GHOST FROM THE GRAND BANKS
Aus dem Englischen übersetzt
von Andreas Brandhorst

Redaktion: Dr. Uta Kreuter

Printed in Germany 1992
Umschlagillustration: Boros-Szikszai/Agentur Kohlstedt
Umschlaggestaltung: Atelier Ingrid Schütz, München
Satz: IBV Satz- und Datentechnik GmbH, Berlin
Druck und Bindung: Elsnerdruck, Berlin

ISBN 3-453-05316-8

Für meinen alten Freund Bill MacQuitty.
Als Junge erlebte er den Stapellauf
der R. M. S. Titanic.
Und fünfundvierzig Jahre später versenkte er sie
zum zweiten Mal.

I
EINLEITUNG

1
Sommer 1974

Nach Jason Bradleys Meinung gab es bessere Möglichkeiten, seinen einundzwanzigsten Geburtstag zu feiern, als an einem Massenbegräbnis teilzunehmen. Wenigstens blieben emotionale Belastungen für ihn aus. Er fragte sich, ob der Leiter der Operation *Jennifer* – oder seine CIA-Handlanger – die Namen der dreiundsechzig russischen Seeleute kannte, die nun dem Meer übergeben wurden.

Die Zeremonie schien völlig unwirklich zu sein, und die Gegenwart des Kamerateams fügte einen weiteren irrealen Aspekt hinzu. Jason kam sich wie ein Statist in einem Hollywood-Film vor und rechnete schon damit, daß irgend jemand gleich ›Action!‹ rufen würde, als die von Leichentüchern umhüllten Toten ins Meer rutschten. Er hielt es für durchaus möglich – sogar wahrscheinlich –, daß Howard Hughes höchstpersönlich in dem Flugzeug gesessen hatte, das vor einigen Stunden mehrmals übers Schiff hinweggeflogen war. Wenn es sich nicht um den Alten handelte, so kam nur ein anderes hohes Tier der Summa Corporation in Frage. Niemand sonst wußte, was in diesem abgelegenen Streifen des Pazifik geschah, tausend Kilometer nordwestlich von Hawaii.

Was dies betraf: Sogar die Einsatzgruppe der *Glomar Ex-*

plorer – man hatte sie sorgfältig vom Rest der Besatzung isoliert – erfuhr erst auf See von der Mission. Ganz offensichtlich ging es bei dem Unternehmen um eine Bergung, und einige Leute vermuteten, daß es sich um einen abgestürzten Aufklärungssatelliten handelte. Niemand ahnte, daß die Spezialisten ein ganzes russisches U-Boot heben sollten, das in einer Tiefe von zweitausend Faden auf dem Meeresgrund ruhte, an Bord nukleare Sprengköpfe, Codebücher sowie kryptographische Geräte. Und natürlich die Besatzung...

Bis zu diesem Morgen – welch ein Geburtstag! – hatte Jason noch nie den Tod gesehen. Vielleicht hatte ihn morbide Neugier dazu veranlaßt, sich freiwillig zu melden, als das medizinische Personal Leute brauchte, um die Toten nach oben zu bringen. (Die Planer in Langley dachten natürlich an alles und stellten Kühlvorrichtungen für genau hundert Leichen zur Verfügung.) Es erstaunte – und erleichterte – ihn, festzustellen, daß die Leichen nach sechs Jahren in der kalten Umarmung des Pazifik in einem guten Zustand waren. Jene Seeleute, die in abgeriegelten Sektionen lagen, wo sie nicht von Raubfischen erreicht werden konnten, schienen nur zu schlafen. Wenn Jason den russischen Ausdruck für ›Wacht auf!‹ gekannt hätte, wäre er versucht gewesen, ihn zu rufen.

Zweifellos befand sich jemand mit guten Russischkenntnissen an Bord, denn der ganze Trauergottesdienst fand in dieser Sprache statt. Erst jetzt, am Ende des Rituals, erklangen englische Worte, als der *Explorer*-Kaplan mit einem Gebet begann.

Langes Schweigen schloß sich an das letzte ›Amen‹ an, gefolgt von einem Befehl an die Ehrenwache. Und dann, als die toten Russen nacheinander ins Meer sanken, ertönten Melodien, die Jason Bradley nie vergessen würde.

Sie klangen melancholisch, jedoch nicht auf die Weise wie übliche Trauermusik. Der langsame, unerbittliche

Rhythmus brachte Macht und Geheimnis des Ozeans zum Ausdruck. Jason war kein besonders fantasievoller junger Mann, aber er glaubte nun, das Geräusch von Wellen zu hören, die für immer an ein felsiges Ufer marschierten. Erst Jahre später begriff er, daß man diese Musik sorgfältig ausgewählt hatte.

Die Leichen waren beschwert, so daß sie mit den Füßen voran ins Wasser tauchten, wobei es nur leise platschte. Sie versanken sofort und würden ihre letzte Ruhestätte erreichen, bevor die Haie Gelegenheit bekamen, sie zu zerfleischen.

Jason fragte sich, ob die Gerüchte stimmten und Moskau tatsächlich einen Film von dieser Zeremonie bekommen sollte. Sicher eine freundliche Geste – aber auch doppeldeutig. Vermutlich sprachen sich die Sicherheitsberater selbst dann dagegen aus, wenn das Dokumentationsmaterial sorgfältig redigiert wurde.

Als der letzte Seemann ins Meer zurückkehrte, verhallten die düsteren Melodien. Seit vielen Tagen hing eine imaginäre Wolke des Verhängnisses über der *Explorer*, doch nun verflüchtigte sie sich wie vom Wind fortgewehter Nebel. Eine Zeitlang herrschte völlige Stille, und dann tönte ein einzelnes Wort aus den Lautsprechern: »Wegtreten.« Es klang nicht so scharf wie sonst, eher sanft, und deshalb dauerte es eine Weile, bis die in Reih und Glied stehenden Männer fortgingen.

Und jetzt, dachte Jason, kann ich eine richtige Geburtstagsfeier veranstalten. Zu jenem Zeitpunkt wußte er nicht, daß er erneut über dieses Deck wandern würde – in einem anderen Meer, in einem anderen Jahrhundert.

2
Die Farben der Unendlichkeit

Donald Craig haßte diese Besuche, aber er wußte, daß sie erst mit dem Tod endeten. Wenn ihn nicht Liebe an diesen Ort führte (war es jemals wirklich *Liebe* gewesen?), so wenigstens Mitleid und geteilter Kummer.

Manchmal ist es sehr schwierig, das Offensichtliche zu sehen, und deshalb dauerte es einige Monate, bis er den wahren Grund für sein Unbehagen erkannte. Die Klinik von Torrington ähnelte mehr einem Luxushotel als einem weltberühmten Behandlungszentrum für Geisteskrankheiten. Hier starb niemand. Nie rollten Krankenbetten von den einzelnen Abteilungen zu Operationssälen. Es gab keine in Weiß gekleideten Ärzte, die mit Pawlow-Reflexen auf das Summen ihrer Signalgeber reagierten, und selbst die Pfleger trugen keine Kittel. Trotzdem handelte es sich im großen und ganzen um ein *Hospital*. Und in einem Hospital hatte der fünfzehnjährige Donald gesehen, wie sein Vater keuchend nach Luft schnappte, während er an der ersten von zwei großen Seuchen starb, die das zwanzigste Jahrhundert heimsuchten.

»Wie geht es ihr heute morgen, Dolores?« fragte er die Krankenschwester, nachdem er sich beim Empfang gemeldet hatte.

»Recht gut, Mr. Craig. Sie hat mich gebeten, sie zum Einkaufen zu begleiten – sie möchte sich einen neuen Hut besorgen.«

»Zum Einkaufen! Das erste Mal äußert sie den Wunsch, nach draußen zu gehen!«

Craig hätte sich eigentlich freuen sollen, aber statt dessen spürte er so etwas wie Ärger. Edith sprach nie mit ihm. Sie starrte immer durch ihn hindurch, als sei sie sich gar nicht seiner Präsenz bewußt.

»Was meint Dr. Jafferjee dazu? Ist es in Ordnung für sie, die Klinik zu verlassen?«

»Nein, ich fürchte, das kommt nicht in Frage. Aber wir sehen darin ein gutes Zeichen: Offenbar findet sie wieder Interesse an ihrer Umwelt.«

Ein neuer Hut? dachte Craig. Typisch Frau – aber wohl kaum für Edith. Sie hatte sich immer... nun, dezent und nicht unbedingt modisch gekleidet. Wenn sie neue Sachen brauchte, ging sie nicht in irgendeinen Laden, sondern ließ sich das Angebot im Fernsehen zeigen. Er konnte sich seine Frau nicht in einem exklusiven Mayfair-Geschäft vorstellen, umgeben von Hutschachteln, Seidenpapier und überfreundlichen Verkäufern. Aber wenn sie einen solchen Wunsch empfand, so gab es nichts daran auszusetzen. Vielleicht half er ihr, aus dem mathematischen Labyrinth zu entkommen, das im wahrsten Sinne des Wortes unendlich war.

Wo befand sie sich jetzt? Wohin hatte sie sich von ihren endlosen geistigen Forschungsreisen führen lassen? Wie üblich saß Edith auf einem Drehstuhl, während sich auf dem großen Schirm in ihrem Zimmer ein Bild formte. Craig sah, daß sie den hochauflösenden Grafikmodus gewählt hatte – insgesamt zweitausend Zeilen –, und somit war die ganze Kapazität des Supercomputers notwendig, um in Abständen von wenigen Sekunden jeweils ein Pixel hinzuzufügen. Ein unaufmerksamer Beobachter mochte zu dem Schluß gelangen, daß sich die unvollständige Darstellung überhaupt nicht mehr veränderte. Erst bei einem zweiten, genaueren Blick stellte sich heraus, daß es Ende der untersten Zeile langsam über den Schirm kroch.

»Sie hat gestern morgen damit begonnen«, flüsterte Dolores. »Natürlich saß sie nicht die *ganze* Zeit über hier. Inzwischen schläft sie auch ohne Beruhigungsmittel.«

Das Bild erzitterte kurz, als eine Scan-Zeile endete und eine weitere von links nach rechts wuchs. Mehr als neunzig Prozent der Struktur waren jetzt komplett, und der untere Teil brachte sicher keine interessanten Erweiterungen mehr.

Donald Craig hatte oft beobachtet, wie solche Bilder entstanden, aber er fand sie noch immer faszinierend. Vielleicht lag es an dem Wissen, daß er nun etwas Einzigartiges betrachtete: Kein Mensch hatte es vor ihm gesehen, und kein Mensch würde nach ihm Gelegenheit erhalten, diese Formen zu bewundern – es sei denn, der Computer speicherte alle Koordinaten. Die Suche nach einem verlorenen Bild dieser Art war noch weitaus sinnloser als die nach einem bestimmten Sandkorn in allen Wüsten der Erde.

Und Edith? Welche mathematischen Gefilde hatte sie erreicht? Craig blickte auf die Zahlen, die über das kleine Display unter dem Hauptmonitor wanderten, Ziffer um Ziffer. Jeweils fünf bildeten einzelne Gruppen, um das menschliche Auge nicht zu sehr zu verwirren, aber der menschliche Geist blieb trotzdem überfordert.

Sechs, sieben, acht Cluster. Vierzig Ziffern. Das bedeutete...

Craig rechnete im Kopf – eine Fähigkeit, die ihn mit Stolz erfüllte, zumal sie im gegenwärtigen Zeitalter vernachlässigt wurde. Das Ergebnis beeindruckte ihn, war jedoch nicht überraschend. Angesichts des aktuellen Maßstabs mußte das Basisbild größer sein als die Galaxis. Und der Computer dehnte es weiterhin aus, bis es größer wurde als das Universum – bei einer *derartigen* Vergrößerung brauchte das Elektronengehirn Jahre, um ein bestimmtes Subbild zu errechnen.

Donald Craig konnte gut verstehen, warum Georg Cantor, Entdecker (oder Erfinder) der Zahlen jenseits der Unendlichkeit, die letzten Jahre seines Lebens in einer Nervenheilanstalt verbracht hatte. Edith beschritt den gleichen Weg, und dabei halfen ihr Maschinen, von denen die

Mathematiker des neunzehnten Jahrhunderts nicht einmal zu träumen gewagt hätten. Der Supercomputer führte derzeit viele tausend Milliarden Rechenoperationen pro Sekunde durch: In einigen wenigen Sekunden ging er mit mehr Zahlen um als die ganze Menschheit, seit der erste Cro-Magnon-Mensch damit begann, die Kieselsteine auf dem Boden seiner Höhle zu zählen.

Die entstehenden Muster wiederholten sich zwar nie, aber sie ließen sich in unterschiedliche Kategorien einteilen. Es gab Sterne mit zahlreichen Spitzen, die zur sechs- oder achtfältigen beziehungsweise noch höheren Stufen der Symmetrie gehörten; Spiralen, die den Rüsseln von Elefanten oder den Tentakeln von Oktopoden ähnelten; komplexe Facettenaugen von Insekten ... Da Größenvergleiche fehlten, sahen manche Bilder aus wie bizarre Galaxien – oder wie die Mikrofauna in einem trüben Wassertropfen.

Während der Computer den Vergrößerungsgrad erhöhte und weiter in die geometrische Tiefe vorstieß, wiederholte sich dann und wann die ursprüngliche Form – eine verschwommene, auf der Seite liegende 8 –, die das ganze kontrollierte Chaos enthielt. Anschließend begann der endlose Zyklus von neuen, mit subtilen, kaum merklichen Variationen.

In irgendeinem Teil ihres Bewußtseins weiß Edith sicher, daß sie in einer Endlosschleife gefangen ist, dachte Donald Craig. *Was war mit dem wundervollen Verstand geschehen, der das 99er-Virus bestimmt hatte, wodurch Edith in den frühen Stunden des 1. Januar 2000 vorübergehend zur berühmtesten Frau der ganzen Welt wurde?*

»Edith«, sagte er leise. »Ich bin's, Donald. Kann ich irgend etwas für dich tun?«

Die Krankenschwester Dolores musterte ihn mit einem undeutbaren Gesichtsausdruck. Sie war nie in dem Sinne unfreundlich, aber ihren Grüßen mangelte es immer an

Wärme. Manchmal überlegte Craig, ob sie ihm die Schuld für Ediths Zustand gab.

Jeden Tag stellte er sich diese Frage, seit der Tragödie vor einigen Monaten.

3
Eine bessere Mausefalle

Roy Emerson hielt sich nicht ohne Grund für gutmütig, aber es gab eine Sache, die ihn *wirklich* verärgern konnte. Es geschah während einer sehr späten Talk-Show im Fernsehen – er schwor sich, nie wieder vor eine Kamera zu treten –, als der Interviewer mit böswilliger Absicht fragte: »Das Prinzip des Wellenwischers ist doch eigentlich ganz einfach – warum hat man es erst jetzt entdeckt?« Der Tonfall übermittelte dabei folgende Botschaft: »*Ich* hätte das Ding erfinden können, wenn ich mich nicht mit wichtigeren Dingen beschäftigen müßte.«

Emerson widerstand der Versuchung, folgende Antwort zu geben: »Wenn Sie die Möglichkeit dazu hätten, würden Sie Einstein, Edison und Newton sicher die gleiche Frage stellen.« Statt dessen erwiderte er höflich: »Nun, *jemand* mußte den Einfall zuerst haben. Wahrscheinlich war das Glück auf meiner Seite.«

»Wie kamen Sie auf die Idee? Oder sind Sie einfach mit einem lauten ›Heureka!‹ aus der Badewanne gesprungen?«

Ohne die zynische Einstellung des Interviewers wäre es eine recht harmlose Frage gewesen. Emerson hatte sie natürlich schon hundertmal gehört. Er schaltete auf Automatik und drückte die Play-Taste.

»Wie ich auf die Idee kam... Nun, sie reifte erst später heran, aber den Anstoß gab eine Fahrt an Bord eines schnellen Patrouillenbootes der Küstenwache vor Key West, damals im Jahre 2003...«

Zwar verdankte er der Erfindung Ruhm und Reichtum, aber selbst heute erinnerte sich Emerson nicht gern an gewisse Aspekte jener Reise. Damals erschien sie ihm verlockend: ein kurzer Trip durch Hemingways alte Jagdgründe, zu dem ihn ein Vetter in der Küstenwache einlud. Ernest wäre sicher erstaunt gewesen, wenn er gewußt hätte, worum es bei der Suche nach Schmugglern ging: um kleine Kristallblöcke, etwa so groß wie eine Streichholzschachtel, die von Hongkong über Kuba die Vereinigten Staaten erreichten. Die TIMs – Tetrabyte Interaktive Mikrobibliotheken – trieben so viele US-Verlage in den Ruin, daß der Kongreß Gesetze abstaubte, die noch aus der Prohibitionszeit stammten.

Ja, damals klang alles sehr verlockend – solange sich Emerson auf der *terra firma* befand. Leider wies ihn sein Vetter nicht darauf hin, daß Schmuggler ihren Geschäften bei sehr schlechtem Wetter nachgingen und nur dann zu Hause blieben, wenn ein Hurrikan tobte.

»Es war ein ziemlich ungemütlicher Ausflug, und nachher erinnerte ich mich nur an die Vorrichtung auf der Brücke, die es dem Steuermann erlaubte, das Meer zu sehen – trotz Gischt und herabstürzender Regenfluten.

Das Ding bestand aus einer schlichten Glasscheibe, die sich schnell drehte. Das Wasser wurde regelrecht davongeschleudert, und deshalb blieb die Scheibe immer völlig klar. Der Apparat erschien mir wesentlich besser als die Scheibenwischer eines Autos – und dann vergaß ich ihn wieder.«

»Für wie lange?«

»Es beschämt mich zuzugeben, daß ich ein paar Jahre lang nicht mehr daran dachte. Doch eines Tages, als ich in New Jersey durch starken Regen fuhr, klemmten die Scheibenwischer. Ich mußte anhalten und warten, bis es nicht mehr regnete. Etwa eine halbe Stunde lang saß ich fest, und nach diesen dreißig Minuten sah ich alles ganz deutlich vor mir.«

»Mehr war nicht erforderlich?«

»Abgesehen von jedem Cent, den ich auftreiben konnte, sowie zwei Jahre Arbeit in der Garage – fünfzehn Stunden am Tag und sieben Tage in der Woche.« (»Und meine Ehe«, hätte Emerson hinzufügen können, aber er ahnte, daß der für seine gründlichen Nachforschungen bekannte Interviewer darüber Bescheid wußte.)

»Die ganze Windschutzscheibe – oder auch nur einen Teil davon – zu drehen, ließ sich praktisch kaum verwirklichen. Die Antwort mußte *Vibration* lauten. Aber von welcher Art?

Ich begann damit, die Windschutzscheibe in einen Lautsprecherkonus zu verwandeln. Das hielt den Regen von ihr fern, aber dafür entstand ein akustisches Problem. Ich versuchte es mit Ultraschall. Es erforderte mehrere Kilowatt Energie – und alle Hunde in der Nachbarschaft spielten verrückt. Schlimmer noch: Nach einigen Stunden zerfiel die Scheibe zu feinem Glasstaub.

Daraufhin experimentierte ich mit *Infra*schall. Es funktionierte besser, aber nach einigen Minuten am Steuer bekommt man dadurch Kopfschmerzen: Zwar hört man jene Frequenzen nicht, doch man *fühlt* sie.

Einige Monate lang kam ich nicht weiter und hätte die ganze Sache fast aufgegeben, als ich plötzlich meinen Fehler begriff. Ich trachtete danach, die ganze rund zehn Kilogramm schwere Masse aus mehrfach geschichtetem Sicherheitsglas vibrieren zu lassen, obwohl eine dünne Schicht an der Außenseite genügte: Sie hält den Regen auch dann fern, wenn sie nur wenige Mikron dick ist.

Ich las alles über Oberflächenwellen, Transducer und Impedanz...«

»Lieber Himmel! Können Sie das mit einsilbigen Worten erläutern?«

»Das ist leider unmöglich. Ich möchte es folgendermaßen ausdrücken: Ich habe eine Möglichkeit gefunden, niederenergetische Vibrationen auf eine sehr dünne Schicht zu begrenzen, wodurch die Hauptmasse der Windschutzscheibe unbeeinträchtigt bleibt. Wenn Sie Details möchten, so verweise ich auf die Patentbeschreibungen.«

»Diese Auskunft genügt uns völlig, Mr. Emerson. Nun zu unserem nächsten Gast...«

Das Gespräch fand in London statt, wo die Werke des aus New England stammenden Transzendentalisten nicht zur täglichen Lektüre gehörten; vielleicht war das der Grund, warum der Interviewer keine Verbindung zu Emersons berühmtem Namensvetter herstellte. Die Gastgeber von amerikanischen Talk-Shows versäumten natürlich nicht die Gelegenheit, Roy (soweit er wußte, gab es keine Verwandtschaftsbeziehungen) zur Erfindung der apokryphischen Besseren Mausefalle zu gratulieren. Die Automobilindustrie hatte sich bei ihm die Klinke in die Hand gegeben: Innerhalb weniger Jahre wurden Millionen von metronomischen Wischerblättern gegen den Schallwellenwischer ausgetauscht. Was noch wichtiger war: Da die Sichtverhältnisse bei schlechtem Wetter eine wesentliche Verbesserung erfuhren, kam es zu weniger Unfällen.

Während Roy Emerson das letzte Modell seiner Erfindung testete, erzielte er einen weiteren Durchbruch. Erneut konnte er dabei von Glück sagen, daß er als erster auf die Idee kam.

Sein Mercedes Hydro, Baujahr 2004, rollte fast geräuschlos über die Park Avenue und wurde dem Slogan gerecht: »Sie können Ihre Auspuffgase trinken!« Ein Monsun schien sich ins Stadtzentrum verirrt zu haben und bot perfekte Voraussetzungen, um den Wellenwischer Typ 5 auf die Probe zu stellen. Emerson saß neben seinem Chauffeur – er fuhr jetzt nicht mehr selbst –, sprach Notizen in ein Aufzeichnungsgerät und wählte eine andere Einstellung des elektronischen Reglers.

Der Wagen schien durch ein Tal zu gleiten, dessen Wände aus regennassem Glas bestanden. Emerson erinnerte sich an zahlreiche solche Fahrten, aber erst jetzt traf ihn das Offensichtliche mit lähmender Wucht.

Langsam ließ er den angehaltenen Atem entweichen. »Eine Verbindung mit Joe Wickram«, wandte er sich an den Auto-Kommunikator.

Der Rechtsanwalt sonnte sich auf einer Yacht vor dem Great Barrier Reef und war ein wenig überrascht von dem Anruf.

»Das kostet dich eine Menge Geld, Roy. Ich wollte gerade einen Marlin fangen.«

Emerson hielt sich nicht mit Höflichkeitsfloskeln auf.

»Sag mal, Joe – sichert mir das Patent die Recht an *allen* Anwendungen, oder bezieht es sich nur auf Windschutzscheiben?«

Joe fühlte sich von der angedeuteten Kritik beleidigt.

»Ich habe darauf geachtet, daß man eine Anpassungsklausel aufnahm. Ganz gleich, was mit dem Wellenwischer angestellt wird – du kassierst in jedem Fall. Willst du vielleicht neue Sonnenbrillen entwickeln?«

»Warum nicht? Aber zunächst denke ich an etwas Größeres. Der Wischer hält nicht nur Wasser fern, sondern schüttelt auch vorhandenen Schmutz ab. Wann hast du zum letztenmal einen Wagen mit schmutziger Windschutzscheibe gesehen?«

»Keine Ahnung.«

»Danke. Mehr wollte ich nicht wissen. Viel Glück beim Angeln.«

Roy Emerson lehnte sich zurück, überlegte konzentriert und fragte sich, ob es die Windschutzscheibe aller Autos in New York mit den Glasflächen des einen Wolkenkratzers aufnehmen konnte, an dem er gerade vorbeikam.

Er schickte sich an, einen ganzen Beruf zu zerstören: Hunderttausende von Fensterputzern mußten sich bald einen neuen Job suchen.

Bisher war Roy Emerson nur Millionär. Bald würde er reich sein.

Und an Langeweile leiden...

4
Das Jahrhundertsyndrom

Als am Freitag, den 31. Dezember 1999, die Uhren Mitternacht schlugen, gab es sicher nur wenige gebildete Leute, die nicht wußten, daß das nächste Jahrtausend erst in einem Jahr begann. Wochenlang hatten die Medien immer wieder darauf hingewiesen: Da der westliche Kalender mit dem Jahr 1 anfing – und nicht mit dem Jahr 0 –, blieben dem zwanzigsten Jahrhundert noch zwölf Monate.

Es spielte keine Rolle. Der psychologische Effekt jener drei Nullen war zu stark, das Gefühl der unmittelbar bevorstehenden Jahrhundert- und Jahrtausendwende zu ausgeprägt. Auf *dieses* Wochenende kam es an. Der 1. Januar 2001 entbehrte jeder Spannung, war nur für einige Film-Fans wichtig.

Es gab auch einen sehr praktischen Grund dafür, warum es vor allen Dingen um den 1. Januar 2000 ging. Noch vor vier Jahrzehnten hätte in diesem Zusammenhang niemand ein Problem erwartet. Seit den sechziger Jahren übernahmen immer mehr Computer die Buchhaltung der Welt, und inzwischen war dieser Automatisierungsprozeß praktisch abgeschlossen. Millionen von optischen und elektronischen Speicherelementen enthielten Daten über Milliarden und Billionen von Transaktionen – praktisch die ganze Ökonomie des Planeten.

Natürlich waren die meisten Einträge und Dateien mit einem Datum gekennzeichnet. Als die letzte Dekade des Jahrhunderts begann, raste so etwas wie eine Schockwelle durch die Finanzwelt. Plötzlich (und zu spät) erkannte man, daß den Datumsangaben eine wichtige Komponente fehlte.

Die *menschlichen* Bankangestellten und Buchhalter dachten nur selten daran, den Jahreszahlen eine ›19‹ voranzusetzen. Man nahm sie als selbstverständlich hin; es entsprach dem gesunden Menschenverstand. Und genau daran mangelte es Computern. Wenn der erste Morgen des Jahres '00 dämmerte, würden sich Myriaden von elektronischen Idioten sagen: »00 ist kleiner als 99. Deshalb ist heute früher als gestern – um genau neunundneunzig Jahre. Auf dieser Grundlage müssen alle Hypotheken, Konto-Überziehungen und Sparguthaben neu berechnet werden...« Das Ergebnis: internationales Chaos in einem Ausmaß, wie es noch niemand erlebt hatte. Die Konsequenzen gingen zweifellos über alle anderen Leistungen der Künstlichen Dummheit hinaus und stellten selbst die Folgen des Schwarzen Montags am 5. Juni 1995 in den Schatten, als der fehlerhafte Chip einer Züricher Bank den Diskontsatz nicht auf 15, sondern gleich auf 150 Prozent erhöhte.

Auf der ganzen Erde gab es nicht genug Programmierer, um die Abermilliarden Finanzdaten zu überprüfen und dort, wo es notwendig wurde, die magische 19 hinzuzufügen. Die einzige Lösung bestand darin, diese Arbeit von einer besonderen Software erledigen zu lassen, einigen Algorithmen, die wie ein Virus existierende Programme ›infizieren‹ und gezielt verändern sollten.

Während der letzten Jahre des Jahrhunderts nahmen alle erstklassigen Programmierer an dem Wettlauf zum ›Impfstoff '99‹ teil – ihre Bemühungen ähnelten der Suche nach dem Heiligen Gral. Einige fehlerhafte Versionen kam 1997 auf den Markt: Wer sie erwarb und testete, ohne zuvor Sicherungskopien von seinem Daten- und Programmbestand anzufertigen, sah sich plötzlich mit gelöschten Speichermedien konfrontiert. Rechtsanwälte verdienten sich goldene Nasen mit Klagen und Gegenklagen.

Edith Craig gehörte zum kleinen Pantheon berühmter Programmiererinnen, das mit Byrons tragischer Tochter Ada (Lady Lovelace) begann und über Konteradmiral Grace Hopper zu Dr. Susan Calvin führte. Mit der Hilfe von nur wenigen Assistenten und einem SuperCray schuf sie die zweihundertfünfzigtausend Code-Zeilen des DOPPELNULL-Programms, das jedes gut organisierte Finanzsystem auf den Wechsel zum einundzwanzigsten Jahrhundert vorbereitete. Es kam sogar mit *schlecht* organisierten zurecht, indem es Gefahrenpunkte markierte, an denen menschliches Eingreifen erforderlich sein mochte.

Zum Glück fiel der 1. Januar 2000 auf einen Samstag. Dadurch hatte die Welt ein Wochenende Zeit, um sich vom Kater zu erholen und auf den Augenblick der Wahrheit am Montagmorgen vorzubereiten.

In der nächsten Woche gingen viele Firmen in den Konkurs, deren Debitoren- und Kreditoren-Konten plötzlich nur noch Unsinn enthielten. Wer klug genug gewesen war, ins DOPPELNULL-Programm zu investieren, überlebte das finanzielle Erdbeben. Edith Craig war reich, berühmt – und glücklich.

Nur Reichtum und Ruhm sollten von Dauer sein.

5
Das Reich aus Glas

Roy Emerson hatte nie damit gerechnet, reich zu sein, und deshalb war er nicht auf die damit einhergehenden Mühen vorbereitet. Zuerst glaubte er naiverweise, Experten damit beauftragen zu können, das rasch wachsende Vermögen zu verwalten – um dadurch Gelegenheit zu erhalten, seine Zeit ganz nach Belieben zu verbringen. Schon recht bald mußte er eine Enttäuschung hinnehmen: Geld brachte zwar Freiheit, aber auch Verantwortung. Zahlreiche Entscheidungen konnte nur er allein treffen, und er sah sich dazu gezwungen, viele deprimierende Stunden mit Rechtsanwälten und Buchhaltern zu verbringen.

Auf halben Weg zur ersten Milliarde wurde Emerson Aufsichtsratsvorsitzender. Die Gesellschaft hatte nur fünf Direktoren: seine Mutter, sein älterer Bruder, seiner jüngere Schwester, Joe Wickram und er selbst.

»Warum nicht Diana?« hatte er Joe gefragt.

Der Anwalt musterte ihn über den Rand der Brille hinweg, die ihm, wie er fest glaubte, im Zeitalter problemloser Augenchirurgie ein würdevolles Erscheinungsbild gab.

»Eltern und Geschwister hat man für immer«, erwiderte er. »Ehefrauen kommen und gehen – *du* solltest das eigentlich wissen. Womit ich natürlich nicht andeuten will...«

Joe hatte recht. Diana reichte die Scheidung ein, ebenso wie Gladys vor ihr. Die Trennung fand in gutem Einvernehmen statt, kostete jedoch eine Menge Geld. Nach der Unterzeichnung der letzten Dokumente verschwand Emerson für einige Monate in seiner Werkstatt. Als er sie wieder verließ (ohne neue Erfindungen – er war so sehr damit beschäftigt gewesen, sich über die Funktionsweise der wundervollen neuen Geräte klarzuwerden, daß er sie gar nicht *benutzen* konnte), wartete Joe mit einer neuen Überraschung auf ihn.

»Es beansprucht nur einen geringen Teil deiner Zeit«, sagte er. »Und es ist eine große Ehre: Parkinson's gehört zu den angesehensten Firmen in England und wurde vor zweihundert Jahren gegründet. Zum erstenmal hat sich das Unternehmen bereiterklärt, einen Direktor zu akzeptieren, der nicht aus der Familie und noch dazu aus dem Ausland stammt.«

»Ha! Wahrscheinlich brauchen die Leute nur mehr Kapital.«

»Selbstverständlich. Aber das liegt auch in unserem Interesse. Außerdem respektieren sie dich. Du weißt ja, welche Auswirkungen deine Erfindung weltweit auf die Glasindustrie hatte.«

Roy Emerson stellte überrascht fest, daß er diese Erfahrung nicht nur als angenehm empfand, sondern auch als anregend. Bis er den Sitz im Aufsichtsrat von Parkinson's annahm und die alle zwei Monate in London stattfindenden Konferenzen besuchte, hatte er geglaubt, etwas über Glas zu wissen. Schon nach kurzer Zeit mußte er seinen Irrtum eingestehen.

Selbst gewöhnliches Tafelglas, das er sein Leben lang als selbstverständlich hingenommen hatte – und dem er den größten Teil seines Reichtums verdankte –, zeichnete sich durch eine bemerkenswerte Geschichte aus. Bis zu diesem Zeitpunkt war Emerson davon überzeugt gewesen, daß man das halbflüssige Glas zwischen zwei großen Rollen preßte und anschließend weiterverarbeitete; für die Einzelheiten des Herstellungsverfahrens hatte er nie großes Interesse aufgebracht.

Man verwendete tatsächlich Rollen, aber nur bis zur Mitte des zwanzigsten Jahrhunderts. Die entstehenden Platten mußten in einem aufwendigen Verfahren geschliffen werden, bis sich ein exzentrischer Engländer fragte: Warum überlassen wir die Arbeit nicht Schwerkraft und Oberflächenspannung? Soll das Glas auf geschmolzenem Metall schwimmen; dann entsteht automatisch eine glatte Oberfläche...

Nach einigen Jahren und mehreren Millionen Pfund lachten seine Kollegen nicht mehr. Über Nacht führte das Float-Glas dazu, daß alle anderen Herstellungsmethoden veraltet waren.

Emerson nahm diese Lektion technologischer Geschichte beeindruckt zur Kenntnis und sah die Parallelen zu seinem eigenen Durchbruch. Darüber hinaus gestand er offen ein, daß jene Innovation weitaus mehr Mut und Engagement erforderte als seine im Vergleich dazu fast banale Erfindung. Sie veranschaulichte den Unterschied zwischen Genie und Talent.

Ihn faszinierte auch die uralte Kunst der Glasbläserei, die *nicht* ganz von moderner Technik verdrängt worden war und sich wahrscheinlich auch weiterhin behaupten würde. Er reiste sogar nach Venedig – die Lagunenstadt duckte sich nervös hinter den von Holländern errichteten Dämmen – und bestaunte die komplexen Kunstwerke im Glasmuseum. Er konnte sich kaum vorstellen, wie man sie geschaffen hatte, und es erschien ihm wie ein Wunder, daß sie beim Transport zum Museum nicht beschädigt worden waren. Offenbar gab es keine Grenzen für den Umgang mit Glas; sogar nach zwei Jahrtausenden entdeckte man immer neue Verwendungszwecke.

Diese besondere Aufsichtsratssitzung war langweiliger als alle anderen, und Emerson träumte die meiste Zeit über mit offenen Augen. Er bewunderte die nahe Kuppel der Kathedrale St. Paul's von einem der wenigen Aussichtspunkte, die man noch nicht kommerzieller Gier und architektonischem Vandalismus geopfert hatte. Nur noch zwei Punkte auf der Tagesordnung – anschließend konnten sie das exzellente Mittagessen genießen, das in der Penthouse-Suite auf sie wartete.

Emerson hob den Kopf, als er die Worte »vierhundert Atmosphären Druck« vernahm. Sir Roger Parkinson las aus einem Brief vor und hielt ihn so in den Händen, als handele es sich dabei um ein bisher unbekanntes Insekt. Emerson blätterte rasch in seinen Unterlagen und fand die Kopie des Schreibens.

Das Briefpapier war eindrucksvoll, doch die im Absenderfeld angegebenen Namen sagten ihm nichts. Nur die Adresse fiel ihm auf: Lincoln's Inn Fields. Ganz unten, einer bescheidenen Fußnote gleich, stand der Hinweis »Gegr. 1803«, in so kleinen Buchstaben, daß man sie mit dem bloßen Auge kaum lesen konnte.

»Der Kunde wird nicht genannt«, sagte der junge (er war mindestens fünfunddreißig) George Parkinson. »Interessant.«

»Wer auch immer es sein mag...«, warf William Parkinson-Smith ein, das insgeheim bewunderte schwarze Schaf der Familie. Die Klatsch-Kanäle liebten ihn, weil er immer wieder für Skandale sorgte. »Er scheint nicht genau zu wissen, was er will. Warum bittet er um einen Kostenvoranschlag für so unterschiedliche Größen? Die Radien reichen von einem Millimeter – meine Güte! – bis hin zu einem halben Meter.«

»Die größeren«, sagte Rupert Parkinson, ein berühmter Segler, der an mehreren Regatten teilgenommen hatte, »erinnern mich an die Schwimmer von japanischen Netzen. Man findet die Dinger überall im Pazifik. Eignen sich gut als Ziergegenstände.«

»Für die kleineren fällt mir nur ein Zweck ein«, verkündete George in einem bedeutungsvollen Tonfall. »Fusionsenergie.«

»Unsinn, Onkel«, widersprach Gloria Windsor-Parkinson (bei der Olympiade von 2004 errang sie die Silbermedaille im 100-Meter-Lauf). »Schon seit Jahren benutzt man keine Laserstrahlimpulse mehr, um Plasma aus gefrorenen Deuterium-Tritium-Kügelchen herzustellen. Außerdem: Die dafür verwendeten Mikrokugeln waren *winzig*. Selbst ein Durchmesser von einem Millimeter wäre viel zu groß – es sei denn, jemand möchte sich im heimischen Keller eine Wasserstoffbombe zusammenbasteln.«

»Und denkt daran, um welche Menge es geht«, sagte Arnold Parkinson (weltweit bekannter Fachmann für präraffaelitische Kunst). »Genug, um die Albert Hall zu füllen.«

»Lautete so nicht der Titel eines Songs von den Beatles?« fragte William. Kurze Stille folgte, und dann klickten Tasten. Gloria fand die Antwort zuerst, wie üblich.

»Nicht schlecht, Onkel Bill. Aus dem Album Sergeant Pepper: ›A Day in the Life.‹ Ich wußte gar nicht, daß du klassische Musik magst.«

Sir Roger störte den Vorgang des freien Assoziierens nicht. Er konnte den ganzen Aufsichtsrat zum Schweigen bringen, indem er nur eine Braue wölbte, aber klugerweise verzichtete er darauf – noch. Er wußte, daß diese Brainstorming-Phasen oft zu wichtigen Schlußfolgerungen (und auch Entscheidungen) führten, die allein mit Logik nicht ohne weiteres erreicht werden konnten. Und selbst wenn dabei konkrete Ergebnisse ausblieben: Sie halfen der über die ganze Welt verstreuten Familie, sich besser kennenzulernen.

Doch es war Roy Emerson, Ausländer und noch dazu Yankee, der die versammelten Parkinsons mit einer Vermutung überraschte. Während der letzten Minuten hatten sich irgendwo in seinem Hinterkopf die ersten Konturen einer Idee gebildet. Ruperts Hinweis auf die Schwimmer der japanischen Netze lieferten den ersten vagen Hinweis. Doch er hätte kaum etwas genützt, wenn es nicht zu einem der außerordentlichen Zufälle gekommen wäre, von denen kein anständiger Romanschriftsteller die Handlungen seiner Werke bestimmen läßt.

An der gegenüberliegenden Wand hing ein Porträt Basil Parkinsons, 1874-1912. Jeder wußte, wo *er* gestorben war, obgleich die Umstände seines Todes nur Platz für Mutmaßungen ließen. Und für mindestens eine Verleumdung.

Manche Leute meinten, er habe sich als Frau verkleidet, um an Bord des letzten Rettungsboots zu gelangen. Andere hatten angeblich gesehen, wie er ein lebhaftes Gespräch mit Chefkonstrukteur Andrews führte und dabei überhaupt nicht auf das steigende eiskalte Wasser achtete. Zumindest die Familie gab der zweiten Version den Vorzug. Sie hielt es für wahrscheinlich, daß sich die beiden brillanten Techniker während der letzten Minuten ihres Lebens Gesellschaft geleistet hatten.

Emerson räusperte sich nervös und fürchtete, sich zum Narren zu machen...

»Sir Roger«, begann er, »mir ist da gerade etwas eingefallen. Uns trennen nur noch sechzig Monate bis zum Jahr 2012, und dann ist seit damals genau ein Jahrhundert vergangen. Immer häufiger kommt dieses Thema in den Medien zur Sprache. Einige Millionen Kugeln aus besonders widerstandsfähigem Glas wären genau richtig, um die Wunder zu vollbringen.

Ich glaube, unser geheimnisvoller Kunde hat es auf die *Titanic* abgesehen.«

6
»Der Untergang der Titanic«

Ein großer Teil der Menschheit kannte Donald Craigs Arbeit, aber trotzdem würde er nie den gleichen Ruhm erringen wie Edith. Dennoch: Seine Fähigkeiten als Programmierer hatten ihm ebenfalls ein Vermögen eingebracht, und eigentlich war es unvermeidlich, daß sie sich kennenlernten: Beide benutzten Supercomputer, um ein Problem zu lösen, das im letzten Jahrzehnt des zwanzigsten Jahrhunderts immer mehr Aufmerksamkeit verlangte.

Mitte der neunziger Jahre begann für die Film- und Fernsehstudios plötzlich eine Krise, mit der niemand gerechnet hatte, obgleich sie sich schon seit einigen Jahren ankündigte. Viele klassische Filme – die wichtigsten Aktivposten der Unterhaltungsindustrie – wurden wertlos, weil es immer weniger Personen gab, die es ertrugen, sich solche Streifen anzusehen, Millionen von Zuschauern schalteten voller Abscheu ab, wenn im Fernsehen ein Western lief, ein James-Bond-Film, eine Neil-Simon-Komödie oder ein Gerichtsdrama. Der Grund dafür wäre noch vor einer Generation unvorstellbar gewesen: Das Publikum empfand Ekel, *wenn es rauchende Menschen sah.*

Diese Revolution im menschlichen Verhalten ging zum Teil auf die AIDS-Epidemie der neunziger Jahre zurück. Die zweite Seuche des zwanzigsten Jahrhunderts war entsetzlich genug, aber sie verlangte nicht annähernd so viele Todesopfer wie die ebenso schrecklichen Krankheiten, die vom Tabakgenuß verursacht wurden. Donalds Vater erlag einer von ihnen, und es kam poetischer Gerechtigkeit gleich, daß sein Sohn ein Vermögen damit verdiente, klassische Filme zu ›bereinigen‹, damit sie einem neuen Publikum präsentiert werden konnten.

Zwar waren einige von ihnen geradezu rettungslos verraucht, aber bei überraschend vielen genügten geschickte, computerunterstützte Manipulationen, um qualmende Zylinder aus den Händen oder dem Mund der Schauspieler verschwinden zu lassen und Aschenbecher von Tischen zu verbannen. Für jene Technik, die Realität mit imaginären Welten verschmolz und in so bahnbrechenden Filmen wie *Roger Rabbit* eingesetzt worden war, gab es auch noch andere Anwendungen – nicht alle von ihnen legal. Nun, im Gegensatz zu den Video-Erpressern konnte Donald Craig von sich behaupten, eine nützliche soziale Funktion auszuüben.

Er begegnete Edith bei der Vorführung des von ihm bereinigten Klassikers *Casablanca*, und sie wies sofort auf Verbesserungsmöglichkeiten hin. Zwar spöttelten einige Leute, Donald hätte Edith nur wegen ihrer Algorithmen geheiratet, aber die Partnerschaft führte sowohl auf persönlicher als auch professioneller Ebene zu einem vollen Erfolg. Zumindest während der ersten Jahre...

»Ein sehr einfacher Job«, sagte Edith Craig, als der Nachspann über den Bildschirm rollte. »Es gibt insgesamt nur vier problematische Szenen. Außerdem finde ich es großartig, endlich wieder mit guten alten Schwarz-Weiß-Aufnahmen zu arbeiten!«

Donald schwieg. Der Film hatte ihn mehr erschüttert, als er sich selbst eingestand, und seine Wangen waren noch immer feucht vor Tränen. Was hat mich so tief bewegt? fragte er sich. Vielleicht der Umstand, daß dies alles wirklich geschehen ist, daß damals tatsächlich Hunderte von hilflosen Menschen gestorben sind, deren Namen wir noch heute kennen? Nein, das allein genügte nicht als Erklärung für den tiefen Kummer, der ihn plötzlich erfaßt hatte. Bei anderen Gelegenheiten spürte er keine derart intensiven emotionalen Reaktionen...

Edith schien nichts bemerkt zu haben. Mit einigen Tastendrucken rief sie die erste gespeicherte Sequenz auf den Monitorschirm und betrachtete sie nachdenklich.

»Wir beginnen mit Bild 3751«, sagte sie. »Los geht's. Mann zündet sich Zigarre an, Mann auf der rechten Seite ebenso. Ende mit Bild 4432. Die ganze Sequenz dauert fünfundvierzig Sekunden. Was hält unser Auftraggeber von Zigarren?«

»Sie sind in Ordnung, solange es sich um eine historische Notwendigkeit handelt. Erinnerst du dich an den Dokumentarbericht über Churchill? Wir können wohl kaum vorgeben, *er* sei Nichtraucher gewesen.«

Edith lachte kurz, und es klang fast wie ein Bellen. Donald stellte fest, daß er dieses Geräusch immer weniger mochte.

»Ich habe mir Winston nie ohne Zigarre vorstellen können. *Ihm* schienen sie nicht zu schaden. Immerhin wurde er einundneunzig.«

»Er hatte Glück. Denk nur an den armen Freud: Er litt jahrelang, bis er seinen Arzt bat, ihn dem Tod zu überlassen. Zum Schluß stank er so sehr, daß sich sogar sein eigener Hund von ihm fernhielt.«

»Glaubst du, einige Millionäre des Jahres 1912 fallen unter die Rubrik *historische Notwendigkeit*?«

»Wenn sie für die Handlung erforderlich sind – und das ist nicht der Fall. Deshalb schlage ich eine Bereinigung vor.«

»Na schön. Algorithmus 6 mit einigen Subroutinen.«

Ediths Finger tanzten über die Tastatur und gaben die entsprechenden Anweisungen ein. Sie hatte gelernt, in dieser Hinsicht nie die Entscheidungen ihres Partners in Frage zu stellen. Zwar waren zwanzig Jahre vergangen, seit sein Vater im Sterbebett verzweifelt nach Luft geschnappt hatte, aber tief in seinem Innern litt er noch immer an den Erinnerungen.

»Bild 6093«, sagte Edith. »Falschspieler schröpft reiche Opfer. Auf der linken Seite rauchen einige Leute Zigarren, aber ich glaube, das fällt dem Publikum überhaupt nicht auf.«

»In Ordnung«, erwiderte Donald ein wenig widerstrebend. »Aber die Rauchwolke rechts muß weg. Versuch's mit dem Dunst-Algorithmus.«

Seltsam, dachte Donald. Eine Sache führt zur anderen

und schließlich zu einem Ziel, das überhaupt keine Verbindung mit dem Ausgangspunkt aufweist. Das zu Anfang sehr schwierige Problem, Rauch zu eliminieren und in teilweise unkenntlichen Bildern verborgene Pixel wiederherzustellen, hatte Edith in die Welt der Chaos-Theorie getragen, zu diskontinuierlichen Funktionen und transeuklidischen Meta-Geometrien.

Kurze Zeit später beschäftigte sie sich mit Fraktalen, die in der Mathematik des ausgehenden zwanzigsten Jahrhunderts eine dominierende Position gewannen. Inzwischen besorgte es Donald, daß sie viel Zeit damit verbrachte, sonderbare und wundervolle imaginäre Landschaften zu erforschen, denen *seiner* Meinung nach jeder praktischer Wert fehlte.

»Gut«, fuhr Edith fort. »Mal sehen, wie die Subroutine 55 damit fertig wird. Jetzt zum Bild 9873, kurz nach der Kollision mit dem Eisberg. Noch weiß niemand, daß die *Titanic* sinken wird. Dieser Mann spielt mit einigen Eisbrocken auf dem Deck – aber beobachte die Zuschauer weiter links.«

»Sie sind nicht weiter wichtig. Zum nächsten Bild.«

»Nummer 21397. Diese Sequenz läßt sich unmöglich retten! Sie zeigt nicht nur *Zigaretten* – die rauchenden Pagen sind höchstens sechzehn oder siebzehn! Zum Glück hat die Szene keine Bedeutung.«

»Ganz einfach: Wir schneiden sie raus. Sonst noch etwas?«

»Nein. Bis auf den Soundtrack bei Einstellung 52763, im Rettungsboot. Eine zornige Frau ruft: ›Der Mann dort drüben raucht eine Zigarette! Das gehört sich nicht unter diesen Umständen!‹ Allerdings ist er nicht zu sehen.«

Donald lachte.

»Eigentlich gar nicht schlecht, wenn man die besondere Situation berücksichtigt. Wir sollten es so lassen.«

»Einverstanden. Aber weißt du, was das für uns heißt?

Der ganze Job dauert nur ein paar Tage. Wir haben bereits den analog-digitalen Transfer vorgenommen.«

»Ja. Wir dürfen nicht den Eindruck erwecken, daß die Sache ganz einfach ist. Wann möchte der Auftraggeber den bereinigten Film?«

»Diesmal nicht in der vergangenen Woche. Immerhin schreiben wir erst das Jahr 2007. Es dauert noch sechzig Monate bis zum vollen Jahrhundert.«

»Merkwürdig, nicht wahr?« murmelte Donald nachdenklich. »Warum so früh?«

»Hast du nicht die Nachrichten gesehen? Noch spricht niemand ganz offen darüber, aber die Andeutungen sind Hinweis genug. Bestimmte Leute entwikkeln langfristige Pläne und versuchen, Geldgeber zu finden. Es kostet sicher eine Menge, um die *Titanic* zu heben.«

»Ich kann solche Meldungen einfach nicht ernst nehmen. Immerhin ist das Schiff in einem sehr schlechten Zustand – und auseinandergebrochen.«

»Angeblich soll dadurch alles einfacher sein. Wie dem auch sei: Technische Probleme lassen sich lösen – wenn man genug Geld investiert.«

Donald schwieg. Die letzten Worte Ediths hatte er kaum gehört, denn plötzlich wiederholte sich vor seinem inneren Auge eine ganz bestimmte Szene des Films. Das Erinnerungsbild war so deutlich, als sähe er es auf dem Monitor, und jetzt verstand er den Grund für die Tränen.

»Lebe wohl, mein lieber Sohn«, sagte der aristokratische junge Engländer, als man den schlafenden Jungen, der seinen Vater nie wiedersehen würde, zum Rettungsboot brachte.

Aber bevor jener Mann im eiskalten Wasser des Atlantik starb, hatte er einen Sohn geliebt. Darum beneidete ihn Donald Craig. Edith war unnachgiebig gewesen, noch bevor der emotionale Abstand zwischen ihnen wuchs. Sie hatte ihm eine Tochter geschenkt, aber Ada Craig würde nie einen Bruder bekommen.

7
Leitartikel

Aus den Londoner *Times* (Hardcopy und NewsSat) vom 15. April 2007.

DIE TITANIC HEBEN?

Einige Artefakte haben die Macht, Menschen um den Verstand zu bringen. Die berühmtesten Beispiele sind vielleicht Stonehenge, die Pyramiden und jene gräßlichen Statuen auf der Osterinsel. In allen drei Fällen sind verrückte Theorien und sogar quasireligiöse Kulte entstanden.

Jetzt gibt es ein neues Beispiel für die seltsame Besessenheit in bezug auf ein Relikt der Vergangenheit. In fünf Jahren ist genau ein Jahrhundert seit der berühmtesten Katastrophe in der Seefahrtsgeschichte vergangen, dem Untergang des Luxusschiffes *Titanic* während der Jungfernreise von 1912. Dutzende von Büchern und mindestens fünf Filme schildern die Tragödie – hinzu kommt Thomas Hardys eher klägliches Gedicht ›Die Annäherung der Zwei.‹

Dreiundsiebzig Jahre lang ruhte das Schiff am Grund des Atlantik, ein Monument für die 1500 Seelen, die mit ihm verlorengingen. Für immer schien es vor der Neugier der Menschen geschützt zu sein. Aber 1985, aufgrund revolutionärer Fortschritte in der submarinen Technik, wurde die *Titanic* entdeckt, und man brachte Hunderte von ihren Relikten an die Oberfläche. Viele Menschen hielten diesen Vorgang damals für eine Entweihung.

Jetzt kündigen Gerüchte weitaus ehrgeizigere Pläne an. Angeblich haben sich verschiedene bisher noch unbekannte Konsortien gebildet, um das Schiff zu heben – obgleich es stark beschädigt ist.

Offen gestanden: Ein derartiges Projekt scheint völlig absurd zu sein, und wir hoffen, daß sich keiner unserer Leser überreden läßt, Geld darin zu investieren. Selbst wenn alle technischen Probleme gelöst werden können – was fangen die Berger mit vierzig- oder fünfzigtausend Tonnen Alteisen an? Marinearchäologen wissen schon seit Jahren, daß Metallobjekte – abgesehen von Gold, natürlich – rasch korrodieren, wenn sie nach langer Zeit im Wasser mit Luft in Berührung kommen.

Vielleicht ist es noch teurer, die *Titanic* zu schützen, als sie zu heben. Im Gegensatz zur *Vasa* oder *Mary Rose* handelt es sich bei ihr nicht um eine ›Zeitkapsel‹, die uns Blicke in eine längst vergangene Epoche gewährt. Das zwanzigste Jahrhundert ist ausreichend – manchmal sogar *zu* genau – dokumentiert. Wir erfahren nicht mehr darüber von dem Wrack, das vier Kilometer abseits der Grand Banks von Neufundland auf dem Meeresgrund liegt.

Niemand braucht der *Titanic* einen Besuch abzustatten, um uns an ihre wichtigste Lektion zu erinnern, an ihre Warnung vor übertriebenem Selbstvertrauen und technologischer Arroganz. Tschernobyl, *Challenger*, *Lagrange 3* und der Experimentelle Fusionsreaktor Eins haben uns gezeigt, wohin so etwas führen kann.

Natürlich dürfen wir die *Titanic* nicht vergessen. Aber sie sollte in Frieden ruhen.

8
Private Nachforschungen

Roy Emerson langweilte sich, was häufig geschah – obwohl er das nicht gern eingestand. Manchmal wanderte er durch seine mit modernster Technik ausgestattete Werkstatt, betrachtete die Anlagen aus geballter Elektronik und wußte nicht, mit welchem teuren Spielzeug er sich die Zeit vertreiben sollte. Gelegentlich begann er mit einem Projekt, das in einem der vielen Video-Magazine vorgeschlagen wurde, und dann schloß er sich einer ebenfalls interessierten und über die ganze Welt verstreuten Gruppe von Hobby-Technikern an. Nur selten erfuhr er ihre Namen – in den meisten Fällen kannte er nur die mehr oder weniger geistreich-lustigen Pseudonyme –, und er achtete darauf, nie seinen eigenen zu nennen. Seit er als einer der hundert reichsten Männer in den Vereinigten Staaten galt, wußte er Anonymität zu schätzen.

Doch nach einigen Wochen verlor er das Interesse am letzten Projekt, verließ das Kom-Netz und veränderte seinen Identifizierungscode, so daß sich die Kollegen (beziehungsweise Spielkameraden) nicht mehr mit ihm in Verbindung setzen konnten. Dann trank er einige Tage lang zuviel und verschwendete Zeit damit, die Beiträge der elektronischen Schwarzen Blätter zu lesen – sie hätten die ersten Pioniere der Computer-Kommunikation sicher entsetzt.

Gelegentlich, nachdem der schwer geprüfte Joe Wickram ermittelt hatte, beantwortete er Anzeigen, die auf interessante ›persönliche Dienstleistungen‹ hinwiesen. Die Ergebnisse befriedigten ihn nur selten und schadeten seinem Selbstrespekt. Die Nachricht, daß Diana wieder geheiratet hatte, überraschte Emerson nicht, deprimierte ihn jedoch tagelang – obwohl er versuchte, sie mit einem geradezu ordinär teuren Hochzeitsgeschenk in Verlegenheit zu bringen.

Die Tatsache, daß ihm eine echte Aufgabe fehlte, eine Herausforderung, verwandelte Emerson in einen lustlosen, niedergeschlagenen Roy. Doch dann veränderte sich sein Leben, praktisch über Nacht. Den Anlaß gab ein Anruf von Rupert Parkinson, der mit seinem Trimaran im Südpazifik unterwegs war.

»Haben Sie ein Chiffriermodul?« lauteten Ruperts erste und recht überraschende Worte.

»Nun, normalerweise verzichte ich darauf, solche Apparate zu benutzen. Aber ich kann auf NSA 2 umschalten, wenn's wirklich wichtig ist. Allerdings gibt es da ein Problem: Das Ding neigt dazu, einzelne Silben zu verrauschen, wenn die Signale über eine große Entfernung gesendet werden. Sprechen Sie langsam – und übertreiben Sie's nicht mit Ihrem Oxford-Akzent.«

»Cambridge, bitte. *Und* Harvard. Also los.«

Eine fünf Sekunden lange Pause folgte, und Emerson vernahm seltsames Zwitschern und Piepen. Schließlich erklang erneut Rupert Parkinsons Stimme, zwar ein wenig verzerrt, aber noch immer erkennbar.

»Können Sie mich verstehen? Gut. Also, erinnern Sie sich an die letzte Aufsichtsratssitzung und die Angelegenheit mit den gläsernen Mikrokugeln?«

»Natürlich«, antwortete Emerson ein wenig nervös. Er fürchtete noch immer, sich zu einem Narren gemacht zu haben. »Sie wollten der Sache auf den Grund gehen. Stimmt meine Vermutung?«

»Um eine alte Redewendung zu benutzen: Sie haben den Nagel auf den Kopf getroffen. Unsere Anwälte luden *ihre* Anwälte zu einem sündhaft teuren Mittagessen ein, um gemeinsam zu rechnen und zu kalkulieren. Den Namen des Kunden nannten sie nicht, aber wir kamen auch so dahinter. Ein britisches Video-Network – welches, spielt keine Rolle – hielt es für eine gute Idee, eine entsprechende Serie zu produzieren und live zu zeigen, wie das Wrack gehoben wird. Aber die Leute verloren das Interesse, als sie von den Kosten hörten. Es kam nicht zu einem Geschäftsabschluß.«

»Schade. Wieviel *würde* es kosten?«

»Zwanzig Millionen Dollar allein für die Herstellung der notwendigen Mikrokugeln, um fünfzig Kilotonnen genug Auftrieb zu verleihen. Aber das wäre nur der Anfang. Sie müssen nach unten gebracht und richtig verteilt werden. Man kann sie nicht einfach ins Schiff pressen: Selbst wenn sie dort blieben – es bestünde die Gefahr, daß der Rumpf platzt. Natürlich spreche ich nur vom vorderen Teil – der halb zerschmetterte Heckbereich stellt ein weiteres Problem dar.

Außerdem muß das Wrack aus dem Meeresboden gelöst werden – es steckt halb im Schlamm. Das bedeutet viel Arbeit für Unterseeboote, und es gibt nicht viele, die eine Tiefe von vier Kilometern erreichen. Ich schätze, insgesamt sind mindestens hundert Millionen Dollar notwendig, vielleicht sogar zwei-, drei- oder viermal soviel.«

»Also ist alles abgeblasen. Warum Ihr Anruf?«

»Hätte nie gedacht, daß Sie mir diese Frage stellen. Ich habe einige private Nachforschungen angestellt. Immerhin sind wir Parkinsons persönlich interessiert. Unser Urgroßvater liegt dort unten. Besser gesagt: zumindest sein Gepäck. In Suite drei, Steuerbordseite.«

»Ist es hundert Millionen Dollar wert?«

»Das wäre durchaus möglich. Aber darum geht's gar nicht; manche Dinge sind unschätzbar. Haben Sie jemals von Andrea Bellini gehört?«

»Klingt nach einem Baseballspieler.«

»Er war der größte Glaskünstler Venedigs. Bis heute wissen wir nicht, wie er einige seiner Kunstwerke geschaffen hat. In den siebziger Jahren des vergangenen

Jahrhunderts gelang es uns, die besten Stücke des Glasmuseums zu erwerben – ein Schatz, der sich mit den Elgin Marbles vergleichen läßt. Das Smithsonian-Institut bat uns immer wieder um eine Leihgabe, aber wir lehnten mit dem Hinweis ab, es sei zu gefährlich, eine so kostbare Fracht über den Atlantik zu schicken. Bis jemand ein unsinkbares Schiff baute. Daraufhin konnten wir uns nicht mehr herausreden.«

»Faszinierend. Da Sie ihn jetzt erwähnen ... Ich glaube, bei meinem letzten Aufenthalt in Venedig habe ich einige Werke Bellinis gesehen. Sind die an Bord der *Titanic* nicht alle zerbrochen?«

»Eine hohe Wahrscheinlichkeit spricht dagegen. Die Gegenstände wurden selbstverständlich besonders sorgfältig verpackt. Darüber hinaus: Ein großer Teil des Geschirrs blieb unbeschädigt, obwohl es überhaupt nicht geschützt war. Erinnern Sie sich an das White-Star-Service, das man vor einigen Jahren vor Sotheby's versteigerte?«

»Na schön, in Ordnung. Trotzdem erscheint es mir übertrieben, das ganze Schiff nur wegen einiger Kisten zu heben.«

»Da haben Sie zweifellos recht. Aber sie sind einer der Gründe, warum wir uns an einem solchen Unternehmen beteiligen sollten.«

»Und die anderen?«

»Sie gehören lange genug zum Aufsichtsrat, um zu wissen, daß ein wenig Publicity nicht schaden kann. Die ganze Welt würde erfahren, *wessen* Produkt die Bergung ermöglichte.«

Das reicht noch nicht, dachte Emerson. Parkinsons Argumente hatten durchaus etwas für sich, aber ihm mußte klar sein, daß sie nicht nur mit positiver Publicity rechnen durften. Viele Menschen sahen fast etwas Heiliges in dem Wrack; wer sich daran zu schaffen machte, war ihrer Meinung nach nicht besser als ein Grabschänder.

Gleichzeitig wußte Emerson, daß manche Personen ihre wahren Motive verbargen, sogar vor sich selbst. Seit er Mitglied des Aufsichtsrates war, hatte er Rupert besser kennengelernt und schätzte ihn inzwischen, ohne ihn für einen besonders guten Freund zu halten – Außenstehenden fiel es alles andere als leicht, enge Beziehungen zu den Parkinsons herzustellen.

Rupert wollte eine offene Rechnung mit dem Meer begleichen. Vor fünf Jahren war seine prächtige Fünfundzwanzig-Meter-Yacht *Aurora* gesunken: Sie zerbrach auf einem Riff, das während der vergangenen Jahrhunderte viele andere Opfer verlangt hatte. Durch Zufall befand sich Rupert Parkinson nicht an Bord. Es war ein Routinetrip gewesen, für eine Überholung von Cowes nach Bristol. Die ganze Besatzung kam ums Leben, auch der Kapitän. Rupert litt noch immer daran: Er hatte nicht nur das Schiff verloren, sondern auch seine Geliebte. Das Playboy-Image, das er jetzt zur Schau trug, um über seine wahren Empfindungen hinwegzutäuschen, war nur eine dünne Fassade.

»Das ist alles recht interessant, Rupert. Aber was genau haben Sie im Sinn? Wollen Sie etwa, daß *ich* mich an der Sache beteilige?«

»Ja und nein. Zur Zeit handelt es sich nur um ein – wie heißt es so schön? – *Gedankenexperiment*. Zuerst möchte ich eine Planungsstudie, und ich bin bereit, sie selbst zu finanzieren. Wenn sich herausstellt, daß ein derartiges Projekt sinnvoll sein kann, präsentiere ich es dem Aufsichtsrat.«

»*Hundert* Millionen Dollar! Soviel will die Gesellschaft bestimmt nicht riskieren. Die Aktionäre würden uns sofort hinter Gitter bringen wollen. Vielleicht ins Gefängnis, wahrscheinlich in ein Irrenhaus.«

»Möglicherweise kostet es noch viel mehr. Wie dem auch sei: Ich erwarte nicht, daß Parkinson's für das ganze

Kapital aufkommt. Vielleicht zwanzig oder dreißig Millionen. Einige Freunde von mir könnten die gleiche Summe zur Verfügung stellen.«

»Das genügt nicht.«

»Nein.«

Lange Stille folgte, nur unterbrochen vom fragenden Piepen des automatischen Decodierers, der nach etwas Dechiffrierbarem suchte.

»Na schön«, sagte Emerson schließlich. »Ich bin mit fifty-fifty dabei – zumindest in bezug auf die Planungsstudie. Wer ist Ihr Experte? Kenne ich ihn?«

»Ich glaube schon. Jason Bradley.«

»Oh, Mister Riesenkrake.«

»Das war nur eine Nebenrolle. Aber sie hat seinem Ruf sicher nicht geschadet.«

»Ebensowenig wie seinem Einkommen, nehme ich an. Bestimmt verlangt er einen Haufen Geld. Haben Sie schon Kontakt mit ihm aufgenommen? Ist er interessiert?«

»Sehr sogar – wie alle anderen Firmen, die sich auf maritime Technik spezialisiert haben. Einige von ihnen sind sicher bereit, sich finanziell zu beteiligen – oder gratis zu arbeiten, nur für die Publicity.«

»Nun gut. Geben Sie die Studie in Auftrag. Ich glaube nach wie vor, daß wir Geld verschwenden. Bestimmt bekommen wir nur sehr teure Lektüre, wenn Mr. Bradley seinen Bericht vorlegt. Außerdem: Ich weiß überhaupt nicht, was wir mit fünfzigtausend Tonnen rostigem Alteisen anfangen sollen.«

»Überlassen Sie das mir. Ich habe da einige Ideen, über die ich jedoch noch nicht sprechen möchte. Wenn einige von ihnen verwirklicht werden können, zahlt sich das Projekt letztendlich aus. Vielleicht erzielen wir sogar einen Gewinn.«

Emerson hielt das ›wir‹ nicht für einen verbalen Ausrutscher. Rupert war ein echter Schlawiner, der sich jedes

Wort genau überlegte. Und er wußte bestimmt, daß Roy alles finanzieren konnte – wenn er wollte.

»Da wäre noch etwas«, fuhr Parkinson fort. »Bis ich das Okay gebe – und das kann erst geschehen, nachdem ich Bradleys Bericht erhalten habe –, darf niemand etwas erfahren. Erst recht nicht Sir Roger. Er würde uns für verrückt erklären.«

»Vielleicht nicht zu unrecht«, erwiderte Emerson trokken.

9
Ehrenvolle Propheten

An den Herausgeber der *Times*
Abs.: Lord Aldiss von Brightfount, Verdienstorden
Präsident i. R., Science-fiction World Association

Sehr geehrter Herr,
Ihr Leitartikel vom 15. April 2007 in Hinsicht auf die Bergung der *Titanic* zeigt einmal mehr, welchen nachhaltigen Eindruck diese Katastrophe – bei weitem die schlimmste in der Seefahrtsgeschichte – auf die Fantasie der Menschheit hatte.
Ein außergewöhnlicher Aspekt der Tragödie besteht darin, daß sie detailliert beschrieben wurde, und zwar *vierzehn Jahre vorher*. In seiner klassischen Erzählung *A Night to Remember* weist Walter Lord darauf hin, daß ›1898 ein am Hungertuch nagender Autor namens Morgan Robertson einen Roman schrieb, in dem es um ein Passagierschiff ging, das auf dem Atlantik verkehrte und weitaus größer war als alle anderen bis dahin gebauten Schiffe. Robertson brachte reiche, selbstzufriedene Passagiere an

Bord unter und ließ es in einer kalten Aprilnacht mit einem Eisberg zusammenstoßen.‹

Was Größe, Geschwindigkeit und Verdrängung des erfundenen Liners betrifft, gibt es auffallende Parallelen zur *Titanic*. Es befanden sich ebenfalls 3000 Personen an Bord, und die Rettungsboote konnten nur wenige von ihnen aufnehmen...

Natürlich reiner Zufall. Aber ein kleines Detail verblüfft mich: Robertson nannte sein Schiff *Titan*.

Ich möchte Ihre Aufmerksamkeit auch auf die Tatsache richten, daß zwei Angehörige des von mir repräsentierten Berufsstandes – auf Science-fiction spezialisierte Schriftsteller – die *Titanic* zum Meeresgrund begleiteten. Einer von ihnen, Jacques Futrelle, ist heute fast in Vergessenheit geraten; wir kennen nicht einmal seine Staatsangehörigkeit. Aber im Alter von siebenunddreißig Jahren war er mit *The Diamond Master* und *The Thinking Machine* erfolgreich genug, um in der ersten Klasse zu reisen, zusammen mit seiner Frau – die, wie 97 Prozent der Damen aus der ersten Klasse und nur 55 Prozent aus der dritten, das Unglück überlebte.

Weitaus berühmter war ein Mann, der nur ein Buch schrieb, *A Journey in Other Worlds: Romance of the Future*, veröffentlicht 1894. Er schilderte eine recht mystische Tour durchs Sonnensystem, die im fiktiven Jahr 2000 stattfand, und dabei wurden Antigravitation und andere Wunder beschrieben. Arkham House legte das Buch zum hundertjährigen Jubiläum neu auf.

Ich habe den Autor ›berühmt‹ genannt, aber das ist eine große Untertreibung. Nur sein Name erschien über der großen Schlagzeile auf der Titelseite des *New York American* vom 16. April 1912: ›1500 BIS 1800 TOTE.‹

Ich meine den Multimillionär John Jacob – beziehungsweise Johann Jakob – Astor, manchmal als ›reichster Mann der Welt‹ bezeichnet. Zweifellos war er der reichste Science-fiction-Autor aller Zeiten, was vielleicht die Fans des verstorbenen L. Ron Hubbard beschämt – falls es überhaupt noch welche gibt.

Hochachtungsvoll
Aldiss von Brightfount, Verdienstorden
Präsident i. R., SFWA

10
»Die Insel der Toten«

Jedes Gewerbe hat anerkannte Spitzenreiter, deren Ruhm nur selten über die Grenzen des Berufes hinausgeht. Nur wenige Menschen können zu einem beliebigen Zeitpunkt den berühmtesten Buchhalter, Zahnarzt, Hygieneingenieur, Versicherungsmakler und Totengräber nennen – um nur einige nicht besonders glamouröse, aber notwendige Tätigkeiten anzuführen.

Aber manche Möglichkeiten, sich den Lebensunterhalt zu verdienen, verlangen ein hohes Maß an Öffentlichkeit, und dadurch sind die Namen der betreffenden Personen in aller Munde. An erster Stelle kommen natürlich die darstellenden Künste: Wer hier besondere Leistungen vollbringt und zu einen ›Star‹ wird, ist sofort einem großen Teil der Menschheit bekannt. Dicht dahinter folgen Sport und Politik; Zyniker fügen vielleicht noch Kriminalität hinzu.

Jason Bradley paßte in keine dieser Kategorien und hatte nie erwartet, berühmt zu werden. Die Episode mit der *Glamor Explorer* lag nun drei Jahrzehnte zurück, und selbst wenn sie nicht in den Mantel der Geheimhaltung gehüllt gewesen wäre: Jason hatte dabei nur eine unklare, kaum bemerkenswerte Rolle gespielt. Ab und zu wandten sich Schriftsteller an ihn, in der Hoffnung, mehr über Operation *Jennifer* zu erfahren, aber ihre Bemühungen blieben erfolglos.

Auch nach dreißig Jahren schien man in der CIA die Ansicht zu vertreten, daß ein Buch über dieses Thema bereits eins zuviel war, und deshalb ergriff man Maßnahmen, um andere Autoren zu entmutigen. Nach 1974 erhielt Bradley mehrmals Besuch von anonymen, aber freundlichen Herren, die ihn daran erinnerten, welche Dokumente er bei seiner Entlassung unterschrieben hatte. Sie kamen immer zu zweit und traten mit diversen Angeboten an ihn heran, ohne jedoch Einzelheiten zu nennen. Sie stellten ihm ›interessante Arbeit‹ und ›gute Bezahlung‹ in Aussicht, doch auf den Bohrinseln der Nordsee verdiente er soviel Geld, daß er nicht in Versuchung geriet. Seit dem letzten Besuch waren inzwischen zehn Jahre vergangen; trotzdem zweifelte Jason nicht daran, daß die Agency in Langley – oder wo auch immer – noch immer Akten über ihn führte.

Er saß in seinem Büro im sechsundvierzigsten Stock des Teague Tower – der neben den neuesten Wolkenkratzern Houstons wie ein Zwerg erschien –, als er jenen Auftrag bekam, der ihm weltweiten Ruhm einbrachte. Es war der 2. April, und zuerst glaubte Jason, sein gelegentlicher Kunde Jeff Rawlings habe sich um einen Tag geirrt. Trotz der großen Verantwortung als Einsatzleiter der Plattform Hibernien stand Jeff in dem Ruf, ein sehr humorvoller Mann zu sein. Diesmal erlaubte er sich keinen Scherz. Dennoch dauerte es eine Weile, bis Jason sein Problem ernst nehmen konnte.

»Wollen Sie mir wirklich weismachen, daß Ihre eine

Million Tonnen schwere Bohrinsel von einem *Tintenfisch* in Schwierigkeiten gebracht worden ist?« fragte Bradley.

»Sogar in *erhebliche* Schwierigkeiten. Verteilerstation 1 ist ausgefallen, unser bester Produzent. Vierzigtausend Barrels am Tag. Fünf große Rohrleitungen transportieren das Zeug – bis gestern.«

Die Hibernien-Anlage, so erinnerte sich Jason nun, entsprach in groben Zügen der Struktur eines Tintenfisches. Tentakel – Pipelines – gingen von den einzelnen Bauten aus und führten zu den Bohrlöchern, die dreitausend Meter weit durch den ölhaltigen Sandstein reichten. Bevor sie oben an der Plattform endeten, wurden sie in der Zentralen Produktionsstation – sie befand sich ebenfalls auf dem Meeresgrund, in einer Tiefe von hundert Metern – zu größeren Leitungen zusammengefaßt.

Jeder Verteilerstation war ein automatischer Industriekomplex vom Ausmaß eines großen Wohnhauses. Sie enthielten die notwendigen Spezialgeräte, um mit der emporspritzenden und unter hohem Druck stehenden Mischung aus Gas, Öl und Wasser fertig zu werden. Vor zehn Millionen Jahren hatte die Natur diesen Schatz geschaffen und verborgen; es war nicht leicht, ihn ihr zu entreißen.

»Was ist geschehen?« fragte Jason. »Ich brauche genaue Angaben.«

»Kann jemand mithören?«

»Natürlich nicht.«

»Vor drei Tagen zeigten unsere Instrumente seltsame Werte an. Der Rohölfluß blieb normal, und deshalb machten wir uns keine Sorgen. Doch dann bekamen wir plötzlich keine Daten mehr; die Verbindungen zu allen Überwachungsmodulen wurde unterbrochen. Offenbar war das wichtigste Glasfaserkabel gerissen, und daraufhin legte die Sicherheitsautomatik alles still.«

»Keine Lecks?«

»Nein. Wenigstens diesmal funktionierten die Abdichtungen einwandfrei.«

»Und dann?«

»Die übliche Routine: Wir schickten eine Kamera nach unten, Modell Eyeball 5. Raten Sie mal, was geschah.«

»Die Batterien fielen aus.«

»Nein. Die Nabelschnur verfing sich im externen Gerüst, bevor wir uns die Sache aus der Nähe ansehen konnten.«

»Und der Mann, der an den Steuerungskontrollen saß?«

»Na ja, unsere Küche ist nicht vollständig automatisiert. Chefkoch Dubois kann immer jemanden gebrauchen, der ihm zur Hand geht.«

»Sie haben also die Kamera verloren. Und weiter?«

»Sie ist nicht verloren – wir wissen *genau*, wo sie sich befindet. Aber sie zeigt uns nur Fische. Wir setzten einen Taucher ein, um den Kabelstrang aus dem Gerüst zu ziehen und einen unmittelbaren Eindruck von der Situation zu gewinnen.«

»Warum kein ROV?«

Im Bereich eines Offshore-Ölfelds gab es immer einige Unterwasserroboter, sogenannte Remotely Operated Vehicles (ferngesteuerte Fahrzeuge). Die Arbeit wurde längst nicht mehr nur von menschlichen Tauchern erledigt.

Am anderen Ende der Leitung herrschte verlegenes Schweigen.

»Ich habe schon gefürchtet, daß Sie mir diese Frage stellen. Wir hatten hier einige Zwischenfälle, und zwei ROVs müssen repariert werden. Die anderen werden dringend auf der Avalon-Plattform gebraucht.«

»Ist nicht gerade Ihr Glückstag, wie? Deshalb wenden Sie sich an die Bradley Corporation: ›Kein Job zu tief.‹ Fahren Sie fort.«

»Bitte ersparen Sie mir den abgedroschenen Slogan. Da die Tiefe nur rund neunzig Meter beträgt, schickten wir einen Taucher mit normaler Heliox-Ausrüstung. Haben Sie schon mal jemanden schreien gehört, der Helium atmet? Klingt nicht sehr angenehm...

Als wir ihn raufholten und er wieder reden konnte, meinte er, ein riesiger Tintenfisch hocke auf der Zentralen Produktionsstation. Er schwor, das Biest durchmesse mindestens hundert Meter. Das ist natürlich lächerlich. Aber eins steht fest: Wir haben es mit einem Ungeheuer zu tun.«

»Wie groß es auch sein mag: Eine kleine Ladung Dynamit sollte genügen, um es zu ermutigen, nach Hause zurückzukehren.«

»Viel zu riskant. Sie kennen doch die Anlage. Immerhin haben Sie bei Ihrem Bau geholfen.«

»Wenn die Kamera noch immer funktioniert, müßte sie den Kraken zeigen, oder?«

»Wir haben einen Tentakel gesehen, aber es gibt keine Möglichkeit, seine Größe zu beurteilen. Vermutlich hält sich das Tier jetzt irgendwo im Innern der Produktionsstation auf. Wenn es dort noch mehr Kabel zerreißt...«

»Vielleicht hat es sich in die Rohrleitungen verliebt.«

»Sehr witzig. Ich nehme an, der Tintenfisch mag diesen Ort, weil er hier jederzeit eine Mahlzeit bekommen kann. Sie wissen schon: der verdammte Oasen-Effekt, mit dem in unserer Werbung immer wieder geprahlt wird.«

Bradley nickte langsam. Unterwasseranlagen übten keineswegs einen schädlichen Einfluß auf die Umwelt aus, ganz im Gegenteil. Sie erwiesen sich als sehr verlockend für das maritime Leben, wurden oft zum Paradies für Angler und Fischer. Manchmal fragte sich Jason, wie die Fische überlebt hatten, bevor ihnen die Menschheit großzügig Heime zur Verfügung stellte, indem sie in allen Meeren der Welt Wracks zurückließ.

»Vielleicht genügt ein Piekser mit einem Stock, um das angebliche Ungetüm zu vertreiben – oder eine ordentliche Dosis Infraschall.«

»Das *Wie* ist uns völlig gleich – solange die Anlage nicht beschädigt wird. Es sieht ganz nach einem Job für Sie aus. Und natürlich für Jim. Ist er bereit?«

»Das ist er immer.«

»Wie schnell können Sie St. John's erreichen? In Dallas wartet ein Chevron-Jet und kann Sie in einer Stunde abholen. Was wiegt Jim?«

»Eins Komma fünf Tonnen.«

»Kein Problem. Wieviel Zeit brauchen Sie zum Flughafen?«

»Geben Sie mir drei Stunden. Diesmal handelt es sich nicht um einen normalen Auftrag. Ich muß erst recherchieren.«

»Die üblichen Bedingungen?«

»Ja. Hunderttausend plus Spesen.«

»Kein Erfolg, kein Geld?«

Bradley lächelte, als er sich an die jahrhundertealte Bergungsphrase erinnerte. Bestimmt hatte man sie noch nie in einem solchen Fall benutzt, aber sie erschien ihm gerechtfertigt. Jason war sicher, daß ihn keine besonderen Probleme erwarteten. Hundert Meter Tiefe – lächerlich!

»Einverstanden. Ich rufe Sie in einer Stunde zurück, um den Auftrag zu bestätigen. Bitte faxen Sie mir unterdessen die Pläne der Produktionsstation, damit ich mein Gedächtnis auffrischen kann.«

»In Ordnung. Und ich schicke Ihnen auch alle anderen Unterlagen, die ich auftreiben kann.«

Bradley brauchte nicht extra zu packen: Immer standen zwei Reisetaschen bereit, eine für die Tropen, eine andere für die Arktis. Die erste benutzte er nur selten. Meistens führte ihn seine Arbeit in unangenehm kalte Regionen der Welt, und das war auch diesmal der Fall. Derzeit eignete sich der Nordatlantik nicht gerade für eine gemütliche Kreuzfahrt: Jason mußte mit Sturm, hohem Wellengang und recht niedrigen Temperaturen rechnen, doch in einer Tiefe von hundert Metern spielte das alles keine Rolle.

Wer sich Bradley als zähen Burschen und abenteuerlichen Draufgänger vorstellte, hätte jetzt eine Überraschung erlebt. Jason betätigte eine Taste auf der Schreibtischkonsole, lehnte sich weit zurück, schloß die Augen und schien einzuschlafen.

Es hatte Jahre gedauert, bis er herausfand, von wem die düstere Musik stammte, die er vor fast einem halben Leben, auf dem Deck der *Glomar Explorer* gehört hatte. Schon damals ahnte er, daß die Inspirationen vom Meer stammten – der langsame Rhythmus der Wellen war unverkennbar. Ein russischer Komponist; den damaligen Umständen angemessen. Er gehörte zu den drei Großen seines Landes und wurde zu Unrecht nicht so sehr geschätzt wie Tschaikowski und Strawinsky.

Wie Sergei Rachmaninow vor langer Zeit hatte Jason wie hypnotisiert Arnold Böcklins ›Insel der Toten‹ betrachtet; jetzt vermochte er das Bild vor seinem inneren Auge zu sehen. Manchmal identifizierte er sich mit der mysteriösen Gestalt, die im Boot stand, oder mit dem Fährmann (Charon?). Bei anderen Gelegenheiten war er die unheimliche Fracht, die zu ihrer letzten Ruhestätte unter den Zypressen gebracht wurde.

Er hatte dieses geheime Ritual während der letzten Jahre entwickelt und glaubte, daß er ihm schon mehrfach das Leben verdankte. Während er der Musik lauschte, konzentrierte sich sein Unterbewußtsein – das mit solchen Banalitäten offenbar nichts anfangen konnte – auf den neuen Auftrag, analysierte ihn in allen Einzelheiten und sah mögliche Probleme voraus. So lautete zumindest Jasons durchaus ernst gemeinte Theorie; er wagte es nicht, sie gründlich zu überprüfen, aus Furcht davor, sie zu widerlegen.

Nach einer Weile setzte er sich auf, schaltete die Musik aus und drehte den Sessel zu mehreren Tastaturen um. Der NeXT 4, der die meisten Dateien und Informationen enthielt, stellte zwar nicht die neueste Computertechnik dar, aber Bradleys Unternehmen war damit gewachsen, und er hatte allen Innovationsverlockungen auf der Grundlage eines vernünftigen Prinzips widerstanden: »Wenn's funktioniert, so ändere nichts daran.«

»Dachte ich mir schon«, murmelte er, als er den Lexikoneintrag unter dem Stichwort TINTENFISCH las: »Maximale Größe, wenn voll ausgebreitet, bis zu zehn Meter. Gewicht 50-100 Kilogramm.«

Jason hatte nie einen auch nur annähernd so großen Tintenfisch gesehen; wie die meisten Taucher hielt er sie für reizend und völlig harmlos. Daß sie aggressiv und sogar gefährlich sein konnten, war ihm noch nie in den Sinn gekommen.

»Siehe auch ›Sport, Unterwasser‹.«

Bradley blinzelte überrascht, als er diesen Hinweis sah, rief die entsprechenden Daten auf den Bildschirm und las mit einer Mischung aus Erheiterung und Erstaunen. Zwar hatte er sich des öfteren selbst als Sporttaucher betätigt, aber der Unterwasser-Profi in ihm konnte keine Amateure ausstehen. Zu viele von ihnen wandten sich an ihn, weil sie nach einem Job suchten – und ahnten nicht, daß der größte Teil seiner Arbeit in Tiefen stattfand, die für einen ungeschützten Menschen den sicheren Tod bedeuteten. Ganz zu schweigen davon, daß meistens völlige Finsternis herrschte und die Sichtweite praktisch gleich null war.

Andererseits: Jason bewunderte die kühnen Taucher von Pugetsund. Sie rangen mit Gegnern, die nicht nur ein höheres Gewicht hatten, sondern auch viermal so viele Arme. Und sie brachten die Tintenfische an die Oberfläche, ohne sie zu verletzen. (Das schien eine der Regeln dieses sonderbaren Spiels zu sein: Wer seinen Kraken verletzte, bevor er ihn ins Meer zurückkehren ließ, wurde disqualifiziert.)

Die kurze Videosequenz des elektronischen Lexikons schien aus einem Horrorfilm zu stammen: Bradley fragte sich kurz, wie die Taucher von Pugetsund schliefen. Aber wenigstens enthielt sie eine wichtige Information.

Wie gelang es jenen verrückten Sportlern – und den vielen Sportlerinnen; Frauen beschränkten sich nicht nur auf die Rolle von Zuschauern –, eine friedliche Molluske aus ihrem Schlupfwinkel zu locken und einen Zweikampf mit ihr zu führen? Er konnte kaum glauben, daß die Antwort so einfach war.

Bradley übermittelte seinem Lieferanten einige außergewöhnliche Bestellungen, griff dann nach der Reisetasche und fuhr zum Flughafen.

»Die leichtesten hundert Riesen, die ich jemals verdienst habe«, sagte er sich zufrieden.

11
Ada

Ein Kind mit hochintelligenten Eltern hat ein doppeltes Handikap, und die Craigs machten es ihrer Tochter noch schwerer, indem sie ihr den Namen Ada gaben. Dieser Tribut an die erste große Computertheoretikerin der Welt wies deutlich darauf hin, was Vater und Mutter von der Zukunft des Kinds erwarteten. Gleichzeitig hofften sie, daß ihre Tochter glücklicher wurde als die tragische Ada Lord Byrons, Lady Lovelace.

Aus diesem Grund waren sie beide sehr enttäuscht, als Ada kein besonderes Talent für Mathematik zeigte. Im Alter von sechs Jahren, so spotteten die Freunde der Craigs, hätte sie wenigstens den Binominalsatz entdecken müssen. Sie benutzte ihren Computer, ohne sich für seine Funktionsweise zu interessieren. Er gehörte einfach zur technischen Ausstattung des Haushalts, so wie Videophone, Fernbedienungen, Colorfax, TV-Wandschirme und elektronische Geräte, die auf verbale Anweisungen reagierten.

Ada schien sogar mit einfacher Logik Schwierigkeiten zu haben und fand AND-, NOR- und NAND-Gatter ziemliche verwirrend. Von Anfang an fand sie keinen Gefallen an boolschen Operatoren und brach in Tränen aus, wenn sie eine IF/THEN-Subroutine sah.

»Laß ihr Zeit«, wandte sich Donald an die oft ungeduldige Edith. »Mit ihrer Intelligenz ist alles in bester Ordnung. Ich war mindestens zehn, bevor ich rekursive Schleifen verstand. Vielleicht wird eine Künstlerin aus ihr. Im letzten Zwischenzeugnis bekam sie eine Eins für Malen und Modellieren...«

»Und eine Vier in Arithmetik. Was noch schlimmer ist: Es scheint ihr völlig *gleich* zu sein! Das beunruhigt mich so sehr.«

Donald war anderer Ansicht, schwieg jedoch, um eine Auseinandersetzung zu vermeiden. Er liebte Ada zu sehr, um ihr irgend etwas vorzuwerfen. Seiner Ansicht nach reichte es, wenn sie glücklich war und in der Schule einigermaßen gut mitkam. Manchmal bedauerte er, daß sie das Mädchen mit einem bedeutungsvollen Namen belastet hatten, doch Edith bestand noch immer darauf, eine geniale Tochter zu haben. Es gab noch viele andere Meinungsverschiedenheiten; wenn Ada nicht gewesen wäre, hätten sie sich wahrscheinlich längst scheiden lassen.

»Was ist mit dem Hund?« fragte Donald, um das Thema zu wechseln. »In drei Wochen hat sie Geburtstag, und wir sind an ein Versprechen gebunden.«

»Nun«, sagte Edith etwas sanfter, »sie muß sich noch entscheiden. Ich hoffe nur, daß sie kein großes Tier wählt, zum Beispiel eine dänische Dogge. Außerdem war es kein Versprechen in dem Sinne. Wir haben ihr gesagt, es hinge vom Ergebnis der nächsten Klassenarbeit ab.«

Das hast du ihr gesagt, dachte Donald. Wie auch immer das Resultat sein mag, ihr Wunsch geht in Erfüllung. Selbst wenn sie einen irischen Wolfshund möchte – der für dieses Anwesen genau richtig wäre.

Er hielt den Erwerb des Schlosses nicht unbedingt für eine gute Idee, aber sie konnten es sich leisten, und er hatte es längst aufgegeben, irgendwelche Einwände zu erheben, wenn sich Edith etwas in den Kopf setzte. Sie war in Irland geboren und aufgewachsen, und sie wollte unbedingt, daß Ada die gleichen Voraussetzungen bekam.

Seit mehr als einem halben Jahrhundert hatte sich niemand um Schloß Conroy gekümmert, und ein Teil davon war fast baufällig. Doch der Rest bot genug Platz für eine moderne Familie, und die Ställe befanden sich in einem erstklassigen Zustand – eine Reitschule hatte sie instandgehalten. Nach gründlichem Schrubben und dem Einsatz chemischer Waffen wurden dort Computer und Kommunikationsgeräte installiert; Pferde wären den Einheimischen vermutlich lieber gewesen.

Doch im großen und ganzen nahmen sie die neuen Mitbürger freundlich in ihre Gemeinschaft auf. Immerhin war Edith eine Irin, die es zu etwas gebracht hatte; man verzieh ihr die Ehe mit einem Engländer. Sie halfen den Craigs dabei, den großen Park in Ordnung zu bringen, so daß dieser einige Reste seiner Pracht während des neunzehnten Jahrhunderts zurückgewann.

Nach der Renovierung des Erdgeschosses im westlichen Flügel ließ Donald die *Camera obscura* reparieren, deren Kuppel sich als späte viktorianische Erweiterung (beziehungsweise Auswuchs, wie manche Leute behaupteten) auf dem Dach des Schlosses wölbte, neben den Zinnen. Lord Francis Conroy hatte sie installieren lassen, ein begeisterter Amateur-Astronom und Konstrukteur von Teleskopen. Als er gelähmt und zu stolz war, um sich im Rollstuhl durch das Anwesen schieben zu lassen, beobachtete er sein Reich von diesem Aussichtspunkt – und übermittelte einem Heer von Gärtnern Anweisungen mit Hilfe von Semaphor-Signalen.

An den hundert Jahren alten optischen Komponenten gab es nichts auszusetzen, und sie projizierten ein überraschend klares Bild der Außenwelt auf den Tisch. Das Instrument faszinierte Ada, und sie genoß ein Gefühl der Macht, als sie das Schloßgelände beobachtete. Das sei viel besser als Fernsehen oder die langweiligen alten Filme, mit denen ihre Eltern arbeiteten.

Und hoch oben auf den Zinnen konnte sie nicht die zornigen Stimmen hören, wenn sich Vater und Mutter stritten.

12

Eine sehr große Molluske

Die ersten schlechten Nachrichten trafen ein, als Bradley mit einem späten Mittagessen begann. Chevron-Kanada bewirtete seine VIPs gut, und Jason wußte, daß er in St. John's keine Zeit haben würde, um in aller Ruhe zu essen.

»Bitte entschuldigen Sie die Störung, Mr. Bradley«, sagte der Steward. »Ein dringender Anruf von der Zentrale.«

»Kann ich ihn hier entgegennehmen?«

»Leider nicht. Es handelt sich um eine Video-Verbindung, Sie müssen nach hinten gehen.«

»Mist!« Bradley nahm einen Bissen von dem saftigen

Texas-Steak, schob widerstrebend den Teller beiseite und schritt zur Kommunikationsnische im Heckbereich des Flugzeugs. Nur der Anrufer sendete ein Videosignal, und deshalb kaute Bradley genüßlich, während Rawlings Bericht erstattete.

»Wir haben Nachforschungen in Hinsicht auf die Größe von Tintenfischen angestellt, Jason – einige Leute hier auf der Plattform waren nicht besonders glücklich, als Sie über ihre Schätzungen lachten.«

»Tut mir leid, aber in meinem elektronischen Lexikon wird behauptet, daß Kraken *höchstens* zehn Meter groß werden, von einer Tentakelspitze zur anderen.«

»Dann sollten Sie sich das hier ansehen.«

Das Bild auf dem Schirm war ganz offensichtlich ein altes Foto, aber von ausgezeichneter Qualität. Es zeigte einige Männer am Strand, vor einer unförmigen Masse in der Größe eines Elefanten. Es folgten einige andere Fotografien, in Abständen von wenigen Sekunden. Jason sah klare Konturen, aber er wußte noch immer nicht, was die seltsame Masse darstellte.

»Wenn Sie mich nach meinem ersten Eindruck fragten – wahrscheinlich ein halb verwester Wal«, sagte Bradley. »Ich habe einige gesehen. Und gerochen. Sie sahen genauso aus. Nur Marinebiologen wären imstande, eine genaue Identifizierung vorzunehmen. Auf diese Weise werden Seeschlangen geboren.«

»Klingt einleuchtend, Jason. Zu dem gleichen Schluß gelangten die damaligen Experten. Übrigens: Die Aufnahmen stammen aus dem Jahr 1896. Und der Ort: Florida. St. Augustine Beach, um genau zu sein.«

»Mein Steak wird kalt, und ein solcher Anblick schlägt mir auf den Magen.«

»Nur noch ein paar Minuten. Jener kleine Brocken wog etwa fünf Tonnen. Ein Stück davon wurde glücklicherweise im Smithsonian-Institut konserviert, und fünfzig

Jahre später bekamen Wissenschaftler Gelegenheit, ihn genau zu untersuchen. Es besteht kein Zweifel daran, daß es tatsächlich ein Tintenfisch war – fast siebzig Meter groß. Also liegt unser Taucher mit seinen hundert Metern vielleicht gar nicht so falsch.«

Bradley schwieg eine Zeitlang und dachte über diese unerwartete – und unwillkommene – Information nach.

»Ich glaube es erst, wenn ich das Biest sehe«, meinte er schließlich. »Obwohl ich gar nicht so sicher bin, ob ich es sehen *möchte.*«

»Sie haben doch mit niemandem darüber gesprochen, oder?« vergewisserte sich Rawlings.

»Natürlich nicht«, erwiderte Jason scharf. Die Frage verärgerte ihn.

»Trotzdem ist etwas zu den Medien durchgesickert. Die Nachrichtenfax-Schlagzeilen nennen unseren Freund Oskar.«

»Gute Publicity. Warum machen Sie sich Sorgen?«

»Wir hofften, daß Sie das Ungeheuer vertreiben können, ohne daß Ihnen dabei jemand über die Schulter sieht. Jetzt müssen wir vorsichtig sein: Unserem lieben kleinen Oskar darf nichts passieren. Die Typen von World Wildlife sind aktiv geworden. Ganz zu schweigen von Bluepeace.«

»Ein Haufen Verrückter!«

»Vielleicht. Aber WW muß ernst genommen werden. Denken Sie daran, wer der Präsident dieser Organisation ist. Wir möchten uns keinen königlichen Ärger einhandeln.«

»Ich versuche, besonders vorsichtig und sanft zu sein. Bomben kommen wohl kaum in Frage, nicht einmal kleine.«

Als Bradley ein Stück vom kalt gewordenen Steak abschnitt, erinnerte er sich an etwas. Er hatte mehrmals Tintenfisch gegessen und großen Gefallen daran gefunden.

Er wollte keineswegs feststellen, ob er einem Kraken schmeckte.

13
Pyramidenkräfte

Als die schluchzende Ada in ihrem Zimmer verschwand, sahen sich Edith und Donald Craig ungläubig an.

»Ich verstehe das nicht«, brachte Edith hervor. »Sie ist noch nie zuvor ungehorsam gewesen und kam immer gut mit Miß Ives zurecht.«

»Außerdem schneidet sie bei solchen Tests normalerweise gut ab: keine Gleichungen, die Möglichkeit, zwischen verschiedenen Antworten zu wählen, und hübsche Bilder. Laß mich noch einmal den Brief lesen...«

Edith reichte ihm das Schreiben und starrte dann wieder auf den Prüfungsbogen, der soviel Unruhe geschaffen hatte.

> Sehr geehrter Mr. Craig,
> leider muß ich Ihnen mitteilen, daß ich Ada wegen Aufsässigkeit nach Hause geschickt habe.
> Heute morgen legte man ihrer Klasse den beigefügten allgemeinen visuellen Wahrnehmungstest vor. Bei allen Fragen erzielte sie ein sehr gutes Ergebnis (insgesamt 95 Prozent), mit der Ausnahme von Nummer 15. Zu meiner großen Überraschung war sie die *einzige* Schülerin der ganzen Klasse, die hier eine falsche Antwort gab.
> Als man sie darauf hinwies, stritt sie hartnäckig ab, daß ihr ein Fehler unterlaufen war. Sie leugnete ihn sogar, als ich ihr die gedruckte Antwort zeigte. Ada behauptete, daß sich alle anderen irrten! Um die

Klassendisziplin zu wahren, blieb mir nichts anderes übrig, als sie mit dem Ausschluß vom Unterricht zu bestrafen.
Es tut mir sehr leid, denn für gewöhnlich ist sie ein braves Mädchen. Vielleicht gelingt es Ihnen, sie zur Vernunft zu bringen.
Mit freundlichen Grüßen
Elizabeth Ives (Schulleiterin)

»Man könnte fast den Eindruck gewinnen, daß sie bei dem Test durchfallen wollte«, meinte Donald.

Edith schüttelte den Kopf.

»Das glaube ich nicht. Auch mit dem einen Fehler hätte sie ihn problemlos bestanden.«

Donald betrachtete die bunten geometrischen Formen, die Ada solche Schwierigkeiten bereitet hatten.

»Ich schlage vor, du gehst zu ihr und versuchst, sie zu beruhigen«, sagte er. »Gib mir zehn Minuten mit Schere und Pappe. Ich *zeige* ihr, daß sie sich geirrt hat – dann muß sie ihren Fehler eingestehen.«

»Ich fürchte, damit behandeln wir nur die Symptome und nicht die eigentliche Krankheit. *Warum* beharrte sie darauf, recht zu haben? Das ist fast... pathologisch. Vielleicht müssen wir einen Psychiater konsultieren.«

Donald hatte ebenfalls an diese Möglichkeit gedacht – und sie sofort abgelehnt. In späteren Jahren erinnerte er sich oft an die Ironie dieses Moments.

Während Edith Ada tröstete, zeichnete er mit Bleistift und Lineal die notwendigen Dreiecke, schnitt sie aus, fügte ihre Kanten aneinander und formte die beiden einfachsten Körper: zwei Tetraeder, eine Pyramide, mit gleichen Seiten. Es schien eine kindliche Übung zu sein, aber er war sie seiner geliebten Tochter schuldig.

»15 (a)«, las er. »Hier sind zwei identische Tetraeder. Jedes besteht aus 4 gleichseitigen Dreiecken, also 8.

Wenn zwei Seiten aufeinandergelegt werden, wie viele Seiten hat dann der neue Körper?«

Ein einfaches Gedankenexperiment, zu dem jedes Kind in der Lage sein sollte. Da zwei von insgesamt acht Seiten in dem neuen, diamantförmigen Körper verschwanden, blieben sechs übrig. Zumindest hatte Ada *hier* die richtige Antwort gegeben...

Donald hielt den kleinen Pappdiamanten zwischen Daumen und Zeigefinger und drehte ihn mehrmals hin und her, bevor er ihn seufzend auf den Tisch fallen ließ. Sofort fiel er zu den beiden Komponenten auseinander.

»15 (b) Hier haben wir ein Tetraeder und eine Pyramide, beide Körper mit gleich langen Kanten. Allerdings hat die Pyramide eine *quadratische* Basis, und ihre Seiten bestehen aus 4 Dreiecken. Also haben die beiden Körper insgesamt 9 Seiten.

Wenn zwei der dreieckigen Flächen aufeinandergelegt werden, wie viele Seiten hat dann der neue Körper?«

Natürlich sieben, da zwei der ursprünglich neun Seiten im neuen Körper verschwinden, dachte Donald.

Er drehte die ausgeschnittenen Stücke, bis sich zwei Dreiecke berührten.

Dann blinzelte er.

Und riß die Augen auf.

Eine Zeitlang saß er völlig still und reglos, hatte dabei das Gefühl, seinen Augen nicht trauen zu können. Ein dünnes Lächeln umspielte seine Lippen, als er die hausinterne Wechselsprechanlage einschaltete. »Edith, Ada... ich möchte euch etwas zeigen.«

Als das noch immer leise schluchzende Mädchen hereinkam, nahm Donald es in die Arme.

»Ada«, flüsterte er und strich seiner Tochter übers Haar, »ich bin sehr stolz auf dich.« Die Verblüffung in Ediths Gesicht freute ihn mehr, als es eigentlich der Fall sein durfte.

»Ich hätte es nie geglaubt«, sagte er. »Die Antwort war so offensichtlich, daß die Autoren der Fragen gar keine Überprüfung vornahmen. Seht euch das an...«

Donald nahm die fünfseitige Pyramide und legte das vierseitige Tetraeder an eine Seitenfläche.

Der neue Körper hatte nur fünf Seiten – nicht die »offensichtlichen« sieben...

»Zwar kenne ich nun die Antwort«, fuhr er fort, und so etwas wie Ehrfurcht erklang in seiner Stimme, als er Ada ansah, »aber ich kann es mir noch immer nicht *vorstellen*. Woher wußtest du, was mit den anderen Seiten geschieht?«

Ada wirkte verwirrt.

»Was soll denn sonst mit ihnen passieren?« entgegnete sie.

Langes Schweigen folgte, während Donald und Edith nachdachten und zum gleichen Schluß gelangten.

Was Logik und Analyse betraf, mochte Ada kaum talentiert sein, aber ihr Gefühl für Raum – ihre geometrische Intuition – verdiente die Bezeichnung außergewöhnlich. In dieser Hinsicht war sie schon als Neunjährige ihren Eltern überlegen. Und auch jenen Leuten, die den Prüfungsbogen vorbereitet hatten...

Die Anspannung im Zimmer schwand allmählich, und kurz darauf umarmten sie sich alle mit fast kindlicher Freude.

»Arme Miß Ives«, meinte Donald und schmunzelte. »Wartet nur, bis wir ihr mitteilen, daß sie den Ramanudschan der Geometrie in ihrer Klasse hat!«

Es war einer der glücklichsten Augenblick ihrer Ehe. In den bitteren Jahren, die darauf folgten, erinnerten sie sich häufig daran.

14
Begegnung mit Oskar

»Warum heißen diese Dinger immer Jim?« fragte ein Reporter, der Bradley am Flughafen St. John's abgefangen hatte. Es überraschte Jason, daß nur ein Journalist auf ihn wartete – immerhin führte seine Mission zu erheblicher Aufregung in der Öffentlichkeit. Nun, einer genügte völlig; wenigstens fand hier keine Bluepeace-Demonstration statt.

»Der Name geht auf den ersten Taucher zurück, der einen speziellen Anzug trug, damals in den dreißiger Jahren, als man das Gold der *Lusitania* barg. Natürlich sind sie inzwischen erheblich verbessert worden...«

»Wie meinen Sie das?«

»Sie verfügen über einen eigenen Antrieb, und in einer Tiefe von zwei Kilometern könnte ich fünfzig Stunden lang in Jim überleben – was jedoch nicht besonders angenehm wäre. Zwar sind die Gliedmaßen mit Servomotoren ausgestattet, doch die maximale effiziente Arbeitszeit beträgt vier Stunden.«

»*Mich* würde niemand in ein solches Ding kriegen«, erwiderte der Reporter, als die fünfzehnhundert Kilogramm Titan und Kunststoff, die Bradley von Houston begleitet hatten, vorsichtig in einem Chevron-Hubschrauber verladen wurden. »Ich bekomme schon einen klaustrophobischen Anfall, wenn ich es nur *sehe*. Und wenn man daran denkt...«

Bradley wußte bereits, wie die nächsten Worte lauteten. Rasch winkte er zum Abschied und ging zum Helikopter. Zahlreiche Journalisten hatten ihn darauf angesprochen, in der einen oder anderen Form, und sich eine Reaktion erhofft. Sie alle mußten Enttäuschungen hinnehmen und waren schließlich gezwungen, sich imaginäre Schlagzeilen einfallen lassen, zum Beispiel: ›Der eiserne Mann im Titan-Anzug.‹

»Fürchten Sie sich nicht vor Geistern?« Manchmal stammte diese Frage auch von anderen Tauchern, und nur dann beantwortete Jason sie offen und aufrichtig.

»Warum denn?« entgegnete er bei solchen Gelegenheiten. »Ted Collier war mein bester Freund. Gott allein weiß, wie oft wir zusammen getrunken haben.« Manchmal hatten wir sogar die gleichen Freundinnen, fügte Jason in Gedanken hinzu. »Ted hätte sich bestimmt gefreut. Andernfalls wäre ich gar nicht in der Lage gewesen, Jim zu bezahlen – ich bekam ihn zu einem Preis, der nur einem Viertel der Herstellungskosten entspricht. Und er befand sich in einem ausgezeichneten Zustand; bis zu jenem Zeitpunkt gab es keinen einzigen mechanischen Defekt. Es war schlicht und einfach Pech, daß Ted unter der gesunkenen Bohrinsel festsaß. Wissen Sie, Jim hielt ihn drei Stunden länger am Leben, als die Leistungsgarantie vorsah. Irgendwann einmal brauche ich vielleicht diese drei zusätzlichen Stunden.«

Aber nicht bei diesem Job, dachte er. Vorausgesetzt, meine Geheimwaffe funktioniert. Inzwischen war es zu spät für einen Rückzieher. In einem Punkt hatte sein elektronisches Lexikon falsche Informationen geliefert, und er konnte nur hoffen, daß die übrigen Angaben zuverlässig waren.

Erneut ließ sich Jason von den gewaltigen Ausmaßen der Plattform Hibernien beeindrucken, obgleich nur ein Teil davon aus dem Meer ragte. Die eine Million Tonnen schwere Betoninsel sah wie eine Festung aus, und die gezackten Konturen am Rand wirkten wie besondere Zinnen. Tatsächlich war sie dazu bestimmt, einen gefährlichen Feind abzuwehren, wenn auch keinen menschlichen: große Eisberge, die in den atlantischen Strömungen trieben. Die Techniker und Ingenieure behaupteten, daß

Hibernien selbst dem stärksten denkbaren Aufprall standhalten konnte. Nicht alle glaubten ihnen.

Es kam zu einer kurzen Verzögerung, als sich der Hubschrauber der Landefläche auf dem Dach des vielstöckigen Bauwerks näherte. Dort stand bereits ein RAF-Helikopter, der erst zur Seite gerollte werden mußte. Bradley warf einen kurzen Blick auf die Insignien und stöhnte innerlich. Wie haben die so schnell davon erfahren? überlegte er.

Der World-Wildlife-Präsident wartete bereits, als er auf die windige Plattform trat und über ihm große Rotorblätter verharrten.

»Mr. Bradley? Ich kenne natürlich Ihren Ruf und freue mich sehr, Sie kennenzulernen.«

»Äh, danke, Euer Hoheit.«

»Der Tintenfisch... Ist er *wirklich* so groß, wie man sagt?«

»Ich bin hier, um das herauszufinden.«

»Und ich möchte nicht an Ihrer Stelle sein. Wie wollen Sie vorgehen?«

»Das ist ein Berufsgeheimnis.«

»Ich hoffe, Sie verzichten auf Gewaltanwendung.«

»Ich habe bereits versprochen, keinen Sprengstoff zu verwenden – Sir.«

Der Prinz lächelte kurz und deutete dann auf den verbeulten Feuerlöscher, den Bradley in der einen Hand hielt.

»Ich schätze, Sie sind der erste Taucher, der *so etwas* unter Wasser mitnimmt. Wollen Sie den Apparat wie eine Spritze benutzen? Und wenn der Patient Einwände erhebt?«

Nicht schlecht getippt, dachte Bradley. Der Bursche hat was auf dem Kasten. Aber ich bin kein britischer Bürger. Er kann mich also nicht im Tower einkerkern, wenn ich es ablehne, seine Fragen zu beantworten.

»Etwas in der Art, Euer Hoheit. Es wird dem Tier nicht schaden.«

Das hoffe ich jedenfalls. Natürlich gab es andere Möglichkeiten. Vielleicht reagierte Oskar überhaupt nicht darauf – oder er wurde wütend. Bradley glaubte fest daran, daß ihm in Jims Metallpanzer keine Gefahr drohte, aber es war sicher unangenehm, wie eine Erbse in der Schote hin und her geschüttelt zu werden.

Der Prinz schien noch immer beunruhigt zu sein, und Jason zweifelte kaum daran, daß seine Sorge nicht etwa dem menschlichen Protagonisten bei der bevorstehenden Begegnung galt. Die nächsten Worte Seiner Königlichen Hoheit bestätigten diesen Verdacht.

»Mr. Bradley, bitte denken Sie daran, daß wir es mit einem einzigartigen Geschöpft zu tun haben – zum erstenmal sieht jemand ein lebendes Wesen dieser Art. Wahrscheinlich ist es das größte Tier auf der ganzen Welt, vielleicht sogar das größte, *das jemals existiert hat.* Oh, sicher, einige Dinosaurier wogen mehr, aber sie beanspruchten nicht soviel Platz.«

Jason erinnerte sich an diese Bemerkungen, als er langsam zum Meeresgrund sank und das blasse Sonnenlicht des Nordatlantik völliger Finsternis wich. Sie alarmierten ihn nicht etwa, sondern weckten eine seltsame Aufregung in ihm. Er hätte seinen Beruf verfehlt, wenn er sich einen Schrecken einjagen ließ. Außerdem glaubte er, nicht allein zu sein: Zwei gute Geister begleiteten ihn.

Der erste hieß William Beebe, Jasons Kindheitsheld, der erste menschliche Besucher in dieser Welt; in den dreißiger Jahren hatte er sich mit einer primitiven Tauchkugel in die Tiefe gewagt. Der Name des anderen lautete Ted Collier. Er ist hier gestorben, in Jim – ruhig und ohne Aufhebens, weil er genau wußte, daß es keine Rettung für ihn gab.

»Ich nähere mich dem Grund. Die Sichtweite beträgt

etwa zwanzig Meter. Von der Anlage ist noch nichts zu erkennen.«

Oben beobachteten ihn alle mit Hilfe des Sonars – und der fortgerissenen Kamera, sobald er sie erreichte.

»Ziel dreißig Meter entfernt, Kurs zwei zwei null.«

»Ja, ich sehe es nun. Die Strömung muß etwas stärker sein, als ich zunächst annahm. Landung erfolgt – jetzt.«

Einige Sekunden lang verbarg sich alles in einer dichten Wolke aus Schlick und Schwemmsand. Wie immer bei derartigen Gelegenheiten erinnerte sich Bradley an jene Worte, die ein Apollo-11-Astronaut während der Mondlandung formuliert hatte: »Wir wirbeln ein wenig Staub auf.« Die Strömung trieb den »Dunst« rasch fort, und dann erblickte Jason den riesigen technischen Komplex; das Licht von Jims externen Scheinwerfern entlockte ihn der Dunkelheit.

Eine große chemische Fabrik schien auf den Meeresgrund hinabgesenkt worden zu sein und hatte sich daraufhin in einen Treffpunkt für Myriaden Fische verwandelt. Bradley sah weniger als ein Viertel der Anlage, denn der größte Teil davon verschwand in der Schwärze, aber er kannte die Struktur: Er hatte viele teure, frustrierende und manchmal auch gefährliche Einsätze bei ähnlichen Bohrzentren hinter sich.

Ein gewaltiges Gerüst aus stählernen Röhren, jede mit einem Durchmesser von mehr als fünfzig Zentimetern, formte einen offenen Käfig um eine Ansammlung aus Ventilen, Rohrleitungen und Druckbehältern, untereinander durch diverse Kabelstränge und andere Leitungssysteme verbunden. Es sah nach einem wilden Durcheinander aus, aber Bradley wußte, daß alles sorgfältig geplant worden war, um mit den schlafenden Kräften tief unten fertig zu werden.

Jim hatte keine Beine – unter Wasser nützten sie ebensowenig wie im Weltraum –, und seine Bewegungen ließen sich präzise mit kleinen Düsen kontrollieren, die nicht viel Energie verschlangen. Jason hatte den mobilen Panzeranzug zum letztenmal vor rund einem Jahr getragen, und deshalb mußte er sich erst wieder an die Steuerung gewöhnen.

Mit geringer Geschwindigkeit trieb er seinem Ziel entgegen und schwebte dabei einige Zentimeter über dem Grund, um zu vermeiden, daß weitere Wolken aus Schlick und Sand entstanden. Unter den gegenwärtigen Umständen kam es auf gute Sicht an, und er war froh, daß ihm Jims halbkugelförmige Kuppel den Blick nach allen Seiten gewährte.

Bradley entsann sich an das Schicksal der Kamera – sie lag einige Meter entfernt in einem Gewirr aus bleistiftdünnen Kabeln –, hielt vor dem Außengerüst an und überlegte. Zunächst ging es darum, die unterbrochene Stelle in der Datenverbindung zu finden. Kein Problem; er wußte, wo man das betreffende Glasfaserkabel verlegt hatte.

Anschließend mußte er Oskar vertreiben, was nicht ganz so einfach sein mochte.

»Los geht's«, berichtete er. »Ich nehme den Lieferanteneingang, Zugangstunnel B. Dort habe ich zwar nicht viel Platz, um zu manövrieren, aber daraus sollten sich keine Schwierigkeiten ergeben.«

Einmal kratzte Jim ganz leicht über die Metallwand des kreisförmigen Korridors, und dabei hörte Bradley ein dumpfes Bumm-bumm-bumm, das irgendwo im Labyrinth aus Tanks und Röhren erklang. Offenbar funktionierten noch immer einige Maschinen. Vermutlich ist es hier viel lauter, wenn alles voll in Betrieb ist...

Bei diesem Gedanken fiel ihm etwas ein. Plötzlich erinnerte er sich daran, wie er als kleiner Junge das Gewehr seines Vaters genommen und mit einigen gut gezielten Schüssen das Lautsprechersystem des lokalen Messegeländes außer Gefecht gesetzt hatte – anschließend lebte er einige Wochen lang in der Furcht, entlarvt zu werden. Vielleicht verhält es sich mit Oskar ebenso. Vielleicht hat ihn der laute Eindringling in seine Domäne so sehr verärgert, daß er energische Maßnahmen ergriff, um Ruhe und Frieden wiederherzustellen.

Aber wo *war* Oskar?

»Seltsam. Ich bin jetzt im Innern der Anlage und kann alles sehen. Hier gibt's viele Verstecke, aber keins ist groß genug für ein Wesen, das mehr Platz braucht als ein Mensch. Ein Geschöpf von den Ausmaßen eines Elefanten müßte hier sofort auffallen. Ah, hier ist es ja.«

»Was haben Sie gefunden?«

»Den Hauptkabelstrang. Sieht aus wie ein Teller mit Spaghetti, den ein ungeschickter Kellner fallen ließ. Wer das Ding zerrissen hat, muß ziemlich stark sein. Bestimmt ist es notwendig, den ganzen Abschnitt zu ersetzen.«

»Wer könnte dafür verantwortlich sein? Ein hungriger Hai?«

»Oder eine zornige Muräne. Eigentlich müßten die Zähne Spuren hinterlassen haben, aber nirgends zeigt sich etwas in der Art. Vielleicht doch ein Tintenfisch. Aber wer auch immer das Kabel zerfetzt hat – er ist nicht zu Hause.«

Bradley nahm sich Zeit und untersuchte auch den Rest der Installation, ohne weitere Beschädigungen zu finden. Mit ein wenig Glück konnte die Anlage innerhalb weniger Tage wieder in einen betriebsbereiten Zustand versetzt werden. Es sei denn, der unbekannte Saboteur schlug noch einmal zu. Unterdessen gab es für Jason nichts mehr zu tun. Vorsichtig steuerte er Jim durch den Irrgarten aus Trägern und Leitungen, kehrte in die Richtung zurück, aus der er kam. Einmal scheuchte er eine kleine, breiige Masse auf, die sich als Tintenfisch herausstellte, doch das Tier war höchstens einen Meter groß.

»*Dich* können wir von der Liste der Verdächtigen streichen«, murmelte Bradley.

Als er das äußere Gerüst aus massiven Röhren erreichte, fiel ihm eine veränderte Szenerie auf.

Vor vielen Jahren hatte er als nicht besonders interessierter Schüler an einem Ausflug zum berühmten botanischen Garten im Süden von Georgia teilgenommen. Er erinnerte sich kaum mehr an Einzelheiten, aber eine Sache beeindruckte ihn damals. Zum erstenmal sah er einen Banyan und stellte überrascht fest, daß es Bäume gab, die nicht nur einen Stamm besaßen, sondern gleich Dutzende, jeder eine individuelle Säule, die das breite Dach aus Zweigen trug.

In diesem Fall beobachtete er insgesamt acht, obgleich er sich nicht die Mühe machte, sie zu zählen. Er starrte in große, pechschwarze Augen – wie zwei unergründliche tiefe Teiche aus Tinte –, die ihn mit kühler Gelassenheit beobachteten.

Man hatte Bradley oft gefragt: »Haben Sie sich jemals gefürchtet?« Die Antwort lautete: »Himmel, ja, sogar häufig. Aber immer nachher – deshalb lebe ich noch.« Bestimmt hätte es ihm niemand geglaubt, aber auch jetzt fürchtete er sich nicht. Er staunte nur, wie jeder Mensch, der mit einem regelrechten Wunder konfrontiert wird. Sein erster Gedanke war: Ich sollte mich bei jenem Taucher entschuldigen. Und dann: Mal sehen, ob's klappt.

Der Zylinder des Feuerlöschers ruhte bereits im linken Greifarm Jims, und der Servomotor brachte ihn jetzt in die Zielposition. Gleichzeitig bewegte Bradley den rechten Arm, so daß die mechanischen Finger den Auslöser betätigen konnten. Die ganze Operation dauerte nur wenige Sekunden, aber Oskar reagierte zuerst.

Er schien Jasons Verhalten nachzuahmen, indem er ebenfalls einen Zylinder ausrichtete, der in seinem Fall jedoch aus Fleisch bestand. Will er etwas auf mich spritzen? fuhr es Bradley durch den Sinn.

Er hätte nie gedacht, daß ein so großes Wesen so ungeheuer schnell sein konnte. Selbst im Innern von Jim spürte er die Wucht des Wasserstrahls, als Oskar von einem Augenblick zum anderen beschleunigte – er hielt dies nicht für den geeigneten Zeitpunkt, um wie ein achtbeiniger Tisch über den Meeresgrund zu schreiten. Unmittelbar darauf verschwand alles in einer so dichten Wolke aus Tinte, daß sie selbst das Scheinwerferlicht schluckte.

Als Bradley langsam zur Oberfläche schwebte, flüsterte er seinem toten Freund zu: »Nun, Ted, wir haben's wieder mal geschafft. Aber ich glaube, diesmal gebührt das Verdienst nicht in erster Linie uns selbst.«

Oskars überstürzte Flucht deutete darauf hin, daß er nicht zurückkehren würde. Jason verstand die Reaktion des Tiers, hatte sogar Mitleid mit ihm.

Er versuchte, sich in die Lage des riesigen Kraken zu versetzen. Gemütlich durchstreifte er das Meer und sorgte dafür, daß die Kabeljauschwärme im Nordatlantik nicht überhandnahmen. Dann plötzlich, aus dem Nichts, erschien ein Monstrum, das hell strahlte und seine Gliedmaßen in einer bedrohlichen Geste hob, woraufhin sich Oskar wie jeder vernünftiger Tintenfisch verhielt. Er hatte ein Geschöpf gesehen, das noch gefährlicher war als er selbst.

»Herzlichen Glückwunsch, Mr. Bradley«, sagte Seine Königliche Hoheit, als Jason mühsam und nicht sehr würdevoll aus dem Panzeranzug kletterte. Es fiel ihm nie besonders leicht, aber wenigstens blieb er dadurch in Form. Wenn er im Bereich der Taille noch einige Zentimeter zulegte, konnte er sich nicht mehr durch den O-Ring des Helmsiegels zwängen.

»Danke, Sir«, erwiderte er. »Reine Routine.«

Der Prinz lachte leise.

»Ich dachte, wir Briten hätten das Monopol für Untertreibungen. Vermutlich sind Sie nicht bereit, mir Ihre Geheimwaffe zu erklären, oder?«

Jason schmunzelte und schüttelte den Kopf.

»Vielleicht brauche ich sie eines Tages noch einmal.«

»Was auch immer es war ...«, warf der grinsende Rawlings ein. »Es kostet uns einen Haufen Geld. Als wir Oskars Kurs mit dem Sonar verfolgten – er gibt ein erstaunlich schwaches Echo –, stellten wir fest, daß er sich mit ziemlich hoher Geschwindigkeit in tieferes Wasser zurückzieht. Aber wenn er wieder hungrig wird und zurückkehrt? Nirgends sonst im Nordatlantik gibt es so viele Fische wie hier.«

»Ich schlage Ihnen folgendes vor«, meinte Jason und deutete auf den verbeulten Zylinder. »Wenn er Sie noch einmal belästigt, gebe ich Ihnen mein Zaubermittel – dann können Sie einen Ihrer eigenen Männer damit hinunterschicken. Es kostet Sie keinen Cent.«

»Bestimmt gibt's irgendwo einen Haken«, brummte Rawlings. »So einfach kann das nicht sein.«

Jason lächelte, antwortete jedoch nicht. Zwar hielt er sich streng an die Regeln, aber trotzdem fühlte er leichte Gewissensbisse. Das ›Kein Erfolg, kein Geld‹-Prinzip bedeutete: Man wurde bezahlt, wenn man das gewünschte Ergebnis erzielte – ohne Fragen beantworten zu müssen. Er hatte sein Honorar verdient, und wenn sich jemand erkundigte, wie er es angestellt hatte, so sagte er einfach: »Wußten Sie das nicht? Kraken sind leicht zu hypnotisieren.«

Dennoch war Bradley nicht ganz zufrieden. Sein elektronisches Lexikon hatte aus einem alten Jacques-Cousteau-Buch zitiert, das ein ganz bestimmtes Mittel nannte. Funktionierte es wirklich? Verabscheute *Octopus giganteus* konzentriertes Kupfersulfat ebensosehr wie sein kleiner Vetter, der nur zehn Meter große *Octopus vulgaris*?

15
Schloß Conroy

Wir halten die Mandelbrot-Menge – fortan M-Menge genannt – für die außergewöhnlichste Entdeckung in der ganzen Geschichte der Mathematik. Das ist eine kühne Behauptung, und wir hoffen, sie zu rechtfertigen.
Die atemberaubende Schönheit ihrer bildlichen Darstellungen bedeutete, daß ein emotionaler und universeller Reiz davon ausgeht. Wer sie noch nie gesehen hat, reagiert unweigerlich mit großem Erstaunen. Wir haben Menschen beobachtet, die wie hypnotisiert vor den Bildschirmen saßen, während sie die im wahrsten Sinne des Wortes unendlichen Verästelungen der M-Menge betrachteten.
Benoît Mandelbrot entdeckte sie 1980, und nur zehn Jahre später entfaltete sie bereits eine nachhaltige Wirkung auf die visuellen Künste und Handwerke – auf das Design von Stoffen, Teppichen, Tapeten und sogar Schmuck. Es dauerte nicht lange, bis die Traumfabriken von Hollywood sie (und ihre Verwandten) vierundzwanzig Stunden am Tag nutzten...
Die psychologischen Gründe für diese Attraktivität sind noch unklar und bleiben es vielleicht auch für immer. Möglicherweise existiert irgend etwas im menschlichen Bewußtsein, das von den Mustern der M-Menge stimuliert wird. Carl Jung wäre überrascht – und erfreut – gewesen zu erfahren, daß dreißig Jahre nach seinem Tod die Computerrevolution (deren Anfang er miterlebte) der Theorie von den Archetypen und insbesondere seinem Glauben an das kollektive Unbewußte neue Impulse gab.

Viele Bilder in der M-Menge erinnern stark an islamische Kunst; als Beispiel soll hier nur das vertraute kommaförmige ›Paisley‹-Muster angeführt werden. Andere ähneln organischen Formen – Tentakel, die Facettenaugen von Insekten, Seepferdchen, Elefantenrüssel – und verwandeln sich plötzlich in die Kristalle und Schneeflocken der Welt, bevor das Leben begann.

Das erstaunlichste Merkmal der M-Menge besteht vielleicht in ihrer grundsätzlichen Einfachheit. Im Gegensatz zu einem großen Teil der modernen Mathematik kann jedes Schulkind verstehen, wodurch sie hervorgerufen wird. Um sie zu erzeugen, braucht man nur Addition und Multiplikation. Subtraktion und Division sind ebensowenig erforderlich wie höhere Funktionen...

Im Prinzip – aber nicht in der Praxis! – hätte sie entdeckt werden können, als der Mensch zu zählen lernte. Aber selbst wenn alle Menschen, die jemals lebten, ständig und unermüdlich gerechnet hätten: Das Ergebnis ihrer Bemühungen würde nicht genügen, um eine M-Menge von bescheidener Größe zu schaffen...

(Aus: ›Die Psychodynamik der M-Menge‹, von Edith und Donald Craig, in: *Studien und Essays. Zum achtzigsten Geburtstag von Professor Benoît Mandelbrot*, MIT-Presse 2004)

»Bezahlen wir für den Hund oder den Stammbaum?« fragte Donald Craig mit gespielter Empörung und starrte auf das beeindruckende Dokument. »Lieber Himmel, sie hat sogar ein Wappen!«

Es war Liebe auf den ersten Blick zwischen dem neunjährigen Mädchen und Lady Fiona MacDonald von Glen Abercrombie, einem flaumigen fünfhundert Gramm leichten Cairn Terrier. Zur großen Überraschung und Enttäuschung der Nachbarn hatte Ada kein Interesse an Ponys gezeigt. »Scheußliche, stinkende Biester«, wandte sie sich an den Chefgärtner Patrick O'Brian. »Ein Biß am einen Ende und ein Tritt am anderen.« Der alte Mann war schockiert von dieser unnatürlichen Reaktion einer jungen Dame, in deren Adern noch dazu irisches Blut floß.

Er freute sich auch nicht sehr, als er hörte, welche Pläne der neue Eigentümer für das Anwesen hatte, auf dem seine Familie seit fünf Generationen arbeitete. Natürlich hielt er es für wundervoll, daß nach all den Jahrzehnten des Verfalls *echtes* Geld ins Schloß Conroy floß, aber die Ställe in ein Computerzentrum umzubauen... Da konnte man wirklich zum Trinker werden – wenn man nicht bereits an der Flasche hing.

Patrick gelang es, die Verwirklichung einiger besonders exzentrischer Craig-Ideen mit einer Politik konstruktiver Sabotage zu verhindern, aber sie – beziehungsweise Miz Edith – bestanden hartnäckig darauf, dem Teich eine neue Form zu geben. Nachdem er ausgebaggert und einige hundert Tonnen Pflanzen von der Gattung *Eichhornia crassipes* fortgebracht worden waren, präsentierte Edith dem Gärtner eine ungewöhnliche Karte.

»Ich möchte, daß der Teich *so* aussieht«, sagte sie in einem Tonfall, den Patrick inzwischen gut kannte.

»Was soll das sein?« erwiderte er voller Abscheu. »Ein Käfer?«

»In gewisser Weise.« Donald fügte seiner Antwort einen Ich-habe-nichts-damit-zu-tun-es-ist-Ediths-Idee-Blick hinzu. »Der Mandelbrot-Käfer. Bitten Sie Ada bei Gelegenheit, es Ihnen zu erklären.«

Vor einigen Monaten hätte O'Brian diese Bemerkung für herablassend gehalten, aber jetzt wußte er es besser. Ada war eine Art Genie, und Patrick spürte, daß ihr die Eltern sowohl Ehrfurcht als auch Bewunderung entgegenbrachten. Außerdem: Er mochte Donald weitaus mehr als Edith; für einen Engländer schien er gar nicht so übel zu sein.

»Der Teich ist kein Problem. Aber die großen Zypressen an eine andere Stelle zu bringen... Ich war ein Junge, als man sie hier anpflanzte. Zuerst muß ich mit der Forstverwaltung in Dublin sprechen.«

»Wie lange dauert das?« fragte Edith und überhörte die Einwände.

»Möchten Sie es schnell, billig oder gut? Sie können zwei Möglichkeiten wählen.«

Das war bereits ein alter Witz zwischen Patrick und Donald. Craig gab die erwartete Antwort.

»Ziemlich schnell – und *sehr* gut. Der Mathematiker, der dies hier entdeckte, hat bereits seinen achtzigsten Geburtstag hinter sich, und wir möchten, daß er den veränderten Teich bald sieht.«

»Auf eine solche Entdeckung wäre *ich* nicht stolz.«

Donald lachte.

»Hiermit geben wir die Form nur in groben Zügen wieder. Warten Sie, bis Ada sie Ihnen am Computer zeigt. Sie werden überrascht sein.«

Das bezweifle ich, dachte Patrick.

Der kluge alte Ire behielt meistens recht, doch diesmal irrte er sich.

16
Die Kipling-Suite

Jason Bradley und Roy Emerson hatten viel gemeinsam, fand Rupert Parkinson. Sie gehörten beide zu einer bedrohten, wenn nicht gar aussterbenden Spezies: der amerikanische Selfmademan, der eine neue Industrie schuf oder die Führung einer alten übernahm. Er bewunderte sie ohne Neid; Rupert gab sich ganz damit zufrieden, »ins Geschäft hineingeboren zu sein«, wie er es nannte.

Mit voller Absicht wählte er die Kipling-Suite für dieses Treffen, obgleich er nicht wußte, wie gut – oder wie schlecht – seine Gäste den Schriftsteller kannten. Zumindest schienen Emerson und Bradley von der Atmosphäre im Zimmer beeindruckt, von den historischen Fotografien an den Wänden und jenem Schreibtisch, an dem Kipling einst gearbeitet hatte.

»T. S. Eliot hat mir nie gut gefallen«, begann Parkinson. »Bis ich auf sein Werk Choice of Kipling's Verse stieß. Ich weiß noch, daß ich folgende Worte an meinen Englischprofessor richtete: Wer Kipling mag, kann nicht ganz so schlecht sein. Er lachte nicht darüber.«

»Leider habe ich kaum Gedichte gelesen«, erwiderte Bradley. »Kiplings Werk ist mir praktisch unbekannt.«

»Schade. Genau der richtige Mann für Sie. Kipling war der Dichter des Meeres *und* der Technik. Sie sollten sich unbedingt ›MacAndrews's Hymn‹ vornehmen: Die darin geschilderte Technik ist zwar seit hundert Jahren überholt, aber er zollte den Maschinen seine Hochachtung wie nie jemand zuvor oder danach. Außerdem schrieb er ein Gedicht über Tiefseekabel, das Ihnen bestimmt gefällt. Es lautet:

> ›Oben zerfallen die Wracks; auf uns herab sinkt ihr Staub, in Schauern...
> In die Dunkelheit, in völlige Finsternis, wo die blinden weißen Seeschlangen lauern.
> Kein Geräusch erklingt, nicht einmal ein Echo, in den Wüsten der Nacht,
> Oder auf den grauen, weiten Ebenen aus Schlamm, wo das muschelverkrustete Kabel wacht.‹«

»Klingt gut«, kommentierte Jason. »Aber mit ›kein Geräusch erklingt, nicht einmal ein Echo‹ lag er daneben. Im Meer ist es ziemlich laut, wenn man auf den richtigen Frequenzen lauscht.«

»Na ja, das konnte er damals im neunzehnten Jahrhundert kaum gewußt haben. Unser Projekt hätte ihn sicher fasziniert, zumal er einen Roman über die Grand Banks schrieb.«

»Tatsächlich?« fragten Emerson und Bradley wie aus einem Mund.

»Es ist kein sehr guter, nicht so hervorragend wie *Kim*, aber welcher Roman hält schon einen Vergleich damit stand? In *Captains Courageous* geht es um die Fischer von Neufundland und ihr hartes Leben. Hemingway hat fünfzig Jahre später und zwanzig Grad weiter südlich wesentlich bessere Arbeit geleistet...«

»*Das* Buch kenne ich«, verkündete Emerson stolz. »*Der alte Mann und das Meer*.«

»Ausgezeichnet, Roy. Ich habe immer bedauert, daß Kipling kein episches Gedicht über die *Titanic* schrieb. Vielleicht wollte er es, aber Hardy kam ihm zuvor.«

»Hardy?«

»Schon gut. Bitte entschuldigen Sie, Rudyard, aber die Arbeit ruft.«

Drei Flachbildschirme leuchteten auf und hätten Kipling sicher sehr erstaunt. Rupert Parkinson warf einen Blick auf seinen Monitor und begann: »Uns liegt Ihr Bericht vom 30. April vor. Gibt es seitdem weitere Neuigkeiten?«

»Nichts von Bedeutung. Meine Leute haben die Berechnungen noch einmal überprüft. Vielleicht können wir die Kosten senken, aber wir halten es trotzdem für besser, vorsichtig zu sein. Ich kenne keine wichtige Unterwasser-Operation, die nicht für Überraschungen sorgte.«

»Gilt das auch für Ihre Begegnung mit Oskar?«

»Und ob. Die Sache lief besser als erwartet.«

»Was ist mit der *Explorer*?«

»Unverändert, Rupe. Nach wie vor in der Suisun Bay eingemottet.«

Parkinson verzog andeutungsweise das Gesicht, als ihn Bradley mit ›Rupe‹ ansprach. Wenigstens war es besser als ›Parky‹ – so durften ihn nur sehr gute Freund nennen.

»Kaum zu glauben, daß ein so wertvolles und *einzigartiges* Schiff nur einmal eingesetzt wurde«, sagte Emerson.

»Die *Explorer* ist zu groß, um wirtschaftlich bei irgendeinem kommerziellen Projekt verwendet zu werden. Nur die CIA konnte sie sich leisten – was dem Kongreß ganz und gar nicht gefiel.«

»Wie ich hörte, hat man sie einmal den Russen angeboten.«

Bradlwey sah Parkinson an und lächelte.

»Sie wissen davon?«

»Natürlich. Wir haben gründliche Nachforschungen angestellt, bevor wir uns an Sie wandten.«

»Da muß ich passen«, brummte Emerson. »Bitte erklären Sie mir das.«

»Nun, 1989 sank eins der neuen sowjetischen U-Boote ...«

»Das einzige jemals gebaute Exemplar der Mike-Klasse.«

»... in der Nordsee, und irgendein schlauer Bursche im Pentagon sagte: ›He, vielleicht bekommen wir jetzt einen Teil unseres Geldes zurück!‹ Aber es wurde nichts draus. Oder, Jason?«

»Die Idee stammte nicht vom Pentagon; dort hat niemand genug Fantasie. Ich darf Ihnen folgendes anvertrauen: Damals verbrachte ich eine angenehme Woche in Genf, zusammen mit dem stellvertretenden CIA-Direktor und drei Admirälen, einem von uns, zwei von ihnen. Das war im, äh, Frühjahr 1990, als die Reformen in der Sowjetunion begannen. Später verlor man das Interesse. Igor und Alexei quittierten den Dienst, um sich im Export-Import zu betätigen. Ich bekomme noch immer Weihnachtskarten von ihrem Büro in Leningr... in Sankt Petersburg. Wir konnten keine Übereinkunft erzielen; aber wir nahmen etwa zehn Kilo zu und brauchten Wochen, um sie wieder loszuwerden.«

»Ich kenn die Genfer Restaurants. Wie lange würde es dauern, die *Explorer* in Ordnung zu bringen?«

»Wenn ich die dazu notwendigen Männer aussuchen darf... Drei bis vier Monate. Nur diese zeitliche Schätzung ist einigermaßen zuverlässig. Zum Wrack zu tauchen, seine Struktur zu überprüfen, der Bau eventueller Stützgerüste und der Transport von Milliarden Glaskugeln... Ehrlich gesagt, selbst die *maximalen* Angaben in meinem Bericht sind nur Spekulationen. Wie dem auch sei: Nach den ersten Untersuchungen kann ich Ihnen genauere Planungsdaten nennen.«

»Klingt vernünftig. Danke für Ihre Offenheit. Derzeit möchten wir nur wissen, ob das Projekt innerhalb der vorgesehenen Zeit durchführbar ist.«

»Das schon. Aber die Kosten... Wieviel wollen Sie höchstens investieren?«

Rupert Parkinson stöhnte leise, als er diese unverblümte Frage hörte.

»Wir rechnen die einzelnen Summen noch immer zusammen – stimmt's, Roy?«

Rupert und Emerson schienen eine für Jason unverständliche Botschaft auszutauschen, doch Roys Antwort gab einen Hinweis.

»Ich bin noch immer bereit, den gleichen Betrag beizusteuern, den der Aufsichtsrat beschließt. Wenn das Unternehmen gelingt, bekomme ich alles mit Plan B zurück.«„

»Und was hat es mit Plan B auf sich, wenn ich fragen darf? Und da wir gerade dabei sind: Was ist mit Plan A? Sie haben mir noch immer nicht erklärt, was mit dem Schiff geschehen soll, sobald es in New York eintrifft. Wollen Sie es in eine zweite *Vasa* verwandeln?«

Parkinson hob gespielt kummervoll die Hände.

»Er hat Plan C erraten«, ächzte er. »Ja, wir haben tatsächlich daran gedacht, die *Titanic* auszustellen, nachdem sie Manhattan erreicht hat – hundert Jahre zu spät. Aber Sie wissen ja, was mit einem eisernen Schiff geschieht, wenn man es nach Jahrzehnten im Meer an die Oberfläche holt. Die Konservierung von entsprechendem *Holz* ist schon schwer genug. Es würde viele Jahre dauern, die *Titanic* mit den erforderlichen Chemikalien zu behandeln. Und vermutlich wäre es teurer als ihre Bergung.«

»Also bleibt sie im seichten Wasser. Was bedeutet, daß sie nach Florida gebracht wird – wie es im Fernsehen hieß.«

»Hören Sie, Jason: Wir prüfen noch immer *alle* Möglichkeiten, und dazu gehört auch Disney World. Wir wären nicht einmal enttäuscht, wenn sie auf dem Grund bleiben müßte – vorausgesetzt, wir bekommen den Inhalt der Suite unseres Urgroßvaters. Zum Glück lehnte er es ab, seine Kisten und Truhen als normale Fracht transportieren zu lassen. In seinem letzten Funktelegramm klagte er darüber, keinen Platz zu haben, um sich zu amüsieren.«

»Glauben Sie wirklich, all das empfindliche Glas ist nicht zerbrochen?«

»Neunzig Prozent davon müßten heil sein. Die Chinesen entdeckten vor einigen Jahrhunderten, daß ihre Vasen sicher über die Seidenstraße transportiert werden konnten – wenn man sie in Teeblätter hüllte. Niemand fand besseres Verpackungsmaterial, bis zur Erfindung von Polystyrol. Außerdem: Man kann den Tee verkaufen und somit einen zusätzlichen Gewinn erzielen.«

»Bei dieser speziellen Ladung dürfte das nicht der Fall sein.«

»Ich fürchte, da haben Sie recht. Schade. Es handelte sich um ein persönliches Geschenk von Sir Thomas Lipton – der beste Tee von den Ceylon-Plantagen.

»Sind Sie sicher, daß er die Wucht des Aufpralls ausreichend gemildert hat?«

»Kein Problem. Das Schiff traf in einem Winkel auf den Meeresgrund und pflügte durch den Schlamm. Die Geschwindigkeit betrug etwa dreißig Knoten. Durchschnittliche Verzögerung: 2 g. Ein Maximum von 5 g.«

Rupert Parkinson faltete den Flachbildschirm zusammen und schloß den kleinen Koffer. Heute galt dieses Wunder an elektronischer Intelligenz als ebenso normal wie früher das Telefon.

»Wir setzen uns in einigen Tagen mit Ihnen in Verbindung, Jason. Morgen findet eine Aufsichtsratssitzung statt, und ich hoffe, dabei werden alle ausstehenden Entscheidungen getroffen. Noch einmal vielen Dank für Ihren Bericht. Wenn wir wirklich beschließen, die *Titanic* zu bergen – können wir dann auf Sie zählen?«

»In welcher Hinsicht?«

»Na ja, ich habe Sie mir als Einsatzleiter vorgestellt.«

Eine lange Pause folgte. Ein wenig zu lang, dachte Parkinson.

»Sie schmeicheln mir, Rupe. Ich muß erst darüber nachdenken und feststellen, ob in meinem Terminkalender genügend Platz ist.«

»Ich bitte Sie, Jason: Wenn wir grünes Licht geben, spielt Ihr Terminkalender keine Rolle mehr. Es wäre der größte Auftrag, den Sie je erhalten.« Aber wenn Sie sich dadurch überfordert fühlen…, hätte Parkinson fast hinzugefügt, verzichtete jedoch auf diese Bemerkung. Wenn er mit Jason Bradley ins Geschäft kommen wollte, durfte er ihn nicht verärgern.

»Das stimmt. Und ich würde Ihr Angebot gern annehmen. Es geht mir dabei nicht ums Honorar – das bestimmt großzügig sein wird –, sondern um die Herausforderung. Gewinnen oder verlieren. War nett, mit Ihnen gesprochen zu haben. Ich muß jetzt los.«

»Wollen Sie sich denn überhaupt nichts von London ansehen? Ich bin in der Lage, Karten für die neue Andrew Lloyd Webber/Stephen King-Show zu besorgen. Es gibt nicht viele Leute, die das von sich behaupten können.«

Bradley lachte.

»Die Vorstellung ist bestimmt interessant. Aber in den Orkney-Ölfeldern hat es jemand fertiggebracht, ein Bohrmodul zu beschädigen, und ich habe versprochen, bis heute nachmittag in Aberdeen zu sein.«

»Na schön. Sie hören von uns...«

»Was halten Sie davon, Roy?« fragte Parkinson, als James Hodley das Zimmer verlassen hatte.

»Zäher Bursche, nicht wahr? Glauben Sie, er wartet auf den Meistbietenden?«

»Daran habe ich ebenfalls gedacht. Wenn das der Fall ist, muß er eine Enttäuschung hinnehmen.«

»Ach? Sind unsere Anwälte erfolgreich gewesen?«

»Fast. Es müssen nur noch einige kleine Probleme gelöst werden. Erinnern Sie sich an unseren Abstecher zu Lloyd's?«

»Natürlich.«

Der Besuch hatte Emerson zutiefst beeindruckt – selbst im einundzwanzigsten Jahrhundert wirkte das »neue« Lloyd's-Gebäude sehr futuristisch. Am erstaunlichsten fand er das sogenannte Verlustbuch, die Liste der Wracks. In den dicken Bänden waren die dramatischsten Momente der Seefahrtsgeschichte dokumentiert. Roy entsann sich an die Seite mit dem Eintrag des 15. April 1912: eine gestochene scharfe Handschrift schilderte jenes Ereignis, das gerade die ganze Welt bestürzt hatte.

Die Worte erschütterten Emerson, aber eine seltsame Banalität entfaltete noch weitaus größere Wirkung auf ihn.

Die Einträge umfaßten eine Zeitspanne von zweihundert Jahren und schienen alle die gleiche Handschrift zu zeigen. Es war ein Beispiel für Tradition und Kontinuität, das kaum übertroffen werden konnte.

»Mein Vater ist schon lange ein Mitglied von Lloyd's, und deshalb haben wir dort, äh, gewissen Einfluß.«

»*Das* glaube ich Ihnen gern.«

»Danke. Der Aufsichtsrat hat also mit der International Sea-bed Authority gesprochen. Es gibt Dutzende von verschiedenen Ansprüchen, und die Anwälte erzielen gute Fortschritte. Nur sie können nicht verlieren – was auch geschieht.«

Manchmal verzweifelte Roy Emerson fast an Ruperts Weitschweifigkeit; er schien es nie besonders eilig zu haben, auf den Kern der Sache zu kommen. Es war kaum zu glauben, daß er im Notfall rasch handeln konnte – und doch gehörte er zu den besten Seglern der Welt.

»Wir streben das Recht auf exklusives Eigentum an. Immerhin ist die *Titanic* ein britisches Schiff.«

»Das mit amerikanischem Geld gebaut wurde.«

»Ein Umstand, den wir nicht berücksichtigen. Derzeit gehört sie niemandem, und die Sache muß vor dem Weltgerichtshof verhandelt werden. Vielleicht dauert es Jahre, bis eine endgültige Entscheidung fällt.«

»Soviel Zeit haben wir nicht.«

»In der Tat. Aber vielleicht gelingt es uns, eine einstweilige Verfügung durchzusetzen, um alle anderen daran zu hindern, das Wrack zu heben – während wir in aller Ruhe unsere Pläne verwirklichen.«

»In aller Ruhe! Soll das ein Witz sein? Wissen Sie eigentlich, wie viele Interviews ich in den letzten Wochen abgelehnt habe?«

»Wahrscheinlich ebenso viele wie ich.« Rupert warf einen Blick auf seine Armbanduhr. »Es ist noch nicht zu spät. Möchten Sie etwas Interessantes sehen?«

»Gern.« Was Parkinson für »interessant« hält, dachte Emerson, stellt vermutlich etwas dar, auf das ich normalerweise nie einen Blick werfen könnte. Zum Beispiel die *echten* Kronjuwelen. Oder 221b Baker Street. Oder die Bücher in der Bibliothek des Britischen Museums, die sonderbarerweise als sonderbar galten und deren Titel nicht im Hauptkatalog standen...

»Wir brauchen nur die Straße zu überqueren«, meinte Rupert. »In zwei Minuten sind wir da. Die Royal Institution. Faradays Labor, dem wir einen großen Teil unserer Zivilisation verdanken. Als die Ausstellung verändert wurde, ließ irgendein Idiot jene Retorte fallen, die er benutzte, als er das Benzol entdeckte. Der Direktor möchte wissen, ob wir das gleiche Glas herstellen und die Vorrichtung so reparieren konnen, daß niemand etwas merkt.«

Emerson wußte, daß man nicht jeden Tag die Chance bekam, Michael Faradays Laboratorium zu besuchen. Sie schritten über die Albemarle Street, wichen den langsam fahrenden Wagen aus und näherten sich der klassischen Fassade der Royal Institution.

»Guten Tag, Mr. Parkinson. Sir Ambrose erwartet Sie.«

17
Einfrieren

»Mrs. Craig, Donald – hoffentlich haben Sie nichts dagegen, daß wir uns am Flughafen treffen, aber in Tokio wird der Verkehr mit jedem Tag schlimmer. Außerdem: Je weniger Leute uns sehen, desto besser. Das verstehen Sie sicher.«

Dr. Kato Mitsumasa, der junge Präsident von Nippon-Turner, war elegant gekleidet und trug einen Savile-Row-Anzug, der auch in zwanzig jahren noch modisch sein würde. Wie üblich begleiteten ihn zwei Samurai-Klone, die im Hintergrund blieben und die ganze Zeit über schwiegen. Donald fragte sich manchmal, ob die japanische Robotik noch höher entwickelt war, als man im allgemeinen annahm.

»Uns blieben einige Minuten, bis der andere Gast eintrifft, und deshalb möchte ich einige Details mit Ihnen erörtern, die nur uns betreffen...

Zuerst einmal: Wir haben uns die weltweiten Kabel- und Satellitenrechte für die tabaklose Version von *Der Untergang der Titanic* gesichert, und zwar für die ersten sechs Monate des Jahres 2012. Hinzu kommt eine Option für ein weiteres halbes Jahr.«

»Hervorragend. Ich habe bezweifelt, ob Sie das fertigbringen – eigentlich hätte ich es besser wissen sollen.«

»Danke. Es war nicht einfach, wie das Stachelschwein zu seiner Freundin sagte.«

Während seines Studiums im Westen – die Londoner School of Economics, dann Harvard und Annenberg – hatte Kato einen Sinn für Humor entwickelt, der nicht ganz zu seiner gegenwärtigen Position zu passen schien. Wenn Donald die Augen schloß, konnte er kaum glauben, daß er einem gebürtigen Japaner zuhörte – Katos mittelatlantischer Akzent war schlicht und einfach perfekt. Doch gelegentlich gab er einen gewagten Witz zum besten, der ganz allein von ihm stammte, weder auf östliches noch westliches Kulturerbe zurückging. Seine Scherze mochten häufig geschmacklos sein, aber Donald argwöhnte, daß Kato sich alles genau überlegte. Auf diese Weise neigten andere Leute dazu, ihn zu unterschätzen, was sie zu sehr teuren Fehlern verleitete.

»Ich freue mich, Ihnen mitteilen zu können, daß alle Computersimulationen und die übrigen Tests zufriedenstellende Ergebnisse lieferten«, fuhr Kato lebhaft fort. »Wenn ich dies hinzufügen darf: Unser Vorhaben ist einzigartig und wird die Fantasie der ganzen Welt anregen. Niemand sonst wäre auch nur zu dem Versuch imstande, die *Titanic* mit dem von uns geplanten Bergungsmanöver zu heben!«

»Sie meinen einen Teil des Wracks. Warum nur das Heck?«

»Aus verschiedenen Gründen, die sowohl praktischer als auch psychologischer Natur sind. Es ist der kleinere Teil und wiegt weniger als fünfzehntausend Tonnen. Und er ging zuletzt unter, während sich noch immer viele Passagiere auf dem Deck festklammerten. Wir fügen Szenen aus *Der Untergang der Titanic* hinzu. Ich habe daran gedacht, sie neu zu drehen oder dem Original Farbe hinzuzufügen...«

»Nein!« erwiderten beide Craigs gleichzeitig.

Kato wirkte überrascht.

»Nach allem, was *Sie* bereits damit angestellt haben? Ach, der unergründliche Westen! Wie dem auch sei: Es ist eine Nachtszene, die in Schwarzweiß ebenso eindrucksvoll wirkt.«

»In diesem Zusammenhang gibt es ein anderes Problem, das wir noch nicht gelöst haben«, warf Edith ein. »Die Tanzkapelle der *Titanic.*«

»Was soll damit sein?«

»Im Film spielt sie *Nearer My God to Thee.*«

»Und?«

»So will es der Mythos. Aber natürlich ist das völliger Blödsinn. Die Aufgabe der Kapelle bestand darin, die Passagiere vor Verzweiflung zu bewahren und eine Panik zu verhindern. Sie hätte bestimmt keine Trauermusik gespielt. In dem Fall wären die Musikanten von einem der Offiziere erschossen worden.«

Kato lachte. »Bei vielen Tanzkapellen habe ich einen ähnlichen Wunsch verspürt. Was wurde tatsächlich gespielt?«

»Ein Potpourri aus populären Melodien, zum Schluß wahrscheinlich ein Walzer.«

»Ich verstehe. So ist das wahre Leben. Aber um Himmels willen: Wir können die *Titanic* nicht im Walzertakt sinken lassen. *Ars longa, vita brevis,* wie es bei MGM beinahe hieß. In diesem Fall gewinnt die Kunst, und das Leben muß sich mit dem zweiten Platz begnügen.«

Kato sah auf die Uhr und wandte sich dann an einen der beiden Klone, der daraufhin zur Tür ging und im Flur verschwand. Nach einer knappen Minute kehrte er mit einem kleinen, kräftig gebauten Mann zurück, der die überall bekannten Insignien des globalen Managers trug: eine Reisetasche in der einen Hand, einen elektronischen Aktenkoffer in der anderen.

Kato begrüßte ihn herzlich.

»Freut mich sehr, daß Sie gekommen sind, Mr. Bradley. Jemand sagte einmal, die Pünktlichkeit sei der Dieb der Zeit. Ich habe nie daran geglaubt und bin froh, daß Sie meinen Standpunkt teilen. Jason Bradley – Edith und Donald Craig.«

Als sich Bradley sowie Edith und Donald Craig die Hände schüttelten, zeigten sie die vage Verwirrung von Menschen, die glaubten, sich eigentlich kennen zu müssen, aber nicht ganz sicher waren. Kato füllte die Wissenslücke rasch.

»Jason ist der weltbeste Ozeantechniker...«

»Natürlich! Der Riesenkrake...«

»Ein friedliches Tierchen, Mrs. Craig. Völlig harmlos.«

»... während Edith und Donald dafür sorgen, daß alte Filme so gut wie neu werden – oder noch besser. Wahrscheinlich fragen Sie sich, warum ich Sie hierhergebeten habe.«

Bradley lächelte.

»Das ist nicht schwer zu erraten, Mr. Mitsumasa. Trotzdem: Ich würde gern die Details hören.«

»Natürlich ist alles streng vertraulich.«

»Selbstverständlich.«

»Zuerst planen wir, das Heck zu heben und einen spektakulären Dokumentarbericht fürs Fernsehen zu produzieren, wenn es an die Oberfläche kommt. Anschließend schleppen wir es nach Japan, wo es permanenter Bestandteil der Ausstellung in Tokio-on-Sea werden soll. Dort entsteht ein 360-Grad-Theater. Stellen Sie sich das vor: Das Publikum sitzt in Rettungsbooten, die auf den Wellen schaukeln... Eine klare, kalte Nacht; natürlich verteilen wir Mäntel... Die Zuschauer sehen und *hören*, wie das Schiff untergeht. Dann begeben sie sich in die große Tauchkapsel und beobachten das Heck durch das breite Fenster. Zwar handelt es sich nur um ein Drittel des Schiffes, doch das Ding ist so groß, daß man nicht d en ganzen Rumpf sehen kann – wir benutzen destilliertes Wasser, aber die Sichtweite beträgt weniger als hundert Meter. Das Wrack verschwindet einfach in der Ferne... Warum also mehr davon heben? Eine perfekte Illusion: Das Publikum hat den Eindruck, sich auf dem Grund des Atlantik zu befinden.«

»Logisch«, kommentierte Bradley. »Und natürlich ist das Heck einfacher zu bergen als der Bug. Man könnte es in einzelnen Teilen heben, die jeweils nur einige hundert Tonnen wiegen, und später werden sie dann wieder zusammengesetzt.«

Verlegenes Schweigen folgte, und nach einer Weile sagte Kato: »Das sähe im Fernsehen nicht besonders gut aus, oder? Nein, wir haben ehrgeizigere Pläne. Jetzt kommt die streng geheime Sache. Zwar ist das Heck in einem ziemlich schlechten Zustand, aber wir heben es trotzdem in einem Stück – *im Innern eines Eisbergs*. Poetische Gerechtigkeit, nicht wahr? Ein Eisberg versenkte die *Titanic* – ein anderer bringt sie wieder nach oben.«

Wenn Kato gehofft hatte, seinen Besucher zu überraschen, so war er nun enttäuscht. Inzwischen kannte Bradley alle vom menschlichen Einfallsreichtum ersonnenen Möglichkeiten, um die *Titanic* zu heben.

»Fahren Sie fort«, erwiderte er. »Ich nehme an, Sie brauchen eine Kühlanlage.«

Kato lächelte triumphierend.

»Nein. Nach dem neuesten Durchbruch in der Festkörperphysik ist so etwas nicht notwendig. Haben Sie von dem Peltier-Effekt gehört?«

»Natürlich. Es ergibt sich eine abkühlende Wirkung, wenn elektrischer Strom durch bestimmte Materialien fließt – ich weiß nicht mehr, welche dafür in Frage kommen. Jeder häusliche Kühlschrank nutzt dieses Prinzip, seit 2001 die Umweltvereinbarungen Fluorkohlenwasserstoffe verboten.«

»Genau. Das gewöhnliche Peltier-System, wie man es in Küchen verwendet, ist nicht sehr effizient, aber das braucht es auch gar nicht sein, solang es brav Eiswürfel herstellt, ohne Löcher in der guten alten Ozonschicht entstehen zu lassen. Unsere Physiker haben vor kurzer Zeit einige neue Halbleiter entdeckt – gewissermaßen ein Abfallprodukt der Supraleiter-Revolution –, die den Wirkungsgrad wesentlich erhöhen. Was bedeutet, daß seit der letzten Woche alle Kühlschränke auf der Welt veraltet sind.«

Bradley schmunzelte. »Die japanische Industrie ist sicher todunglücklich, nicht wahr?«

»Das Gerangel um die Patentlizenzen hat gerade begonnen. Wir denken dabei natürlich auch an die Werbung – der größte Eiswürfel der Welt steigt an die Meeresoberfläche und trägt in seinem Innern die *Titanic*.

»Ich bin beeindruckt. Allerdings erfordert so etwas einen erheblichen Energieaufwand.«

»Was das betrifft, können wir ebenfalls für gute Publicity sorgen: Schwerter zu Pflugscharen – ein ziemlich weit hergeholter Vergleich, zugegeben. Aber nicht völlig falsch. Wir haben vor, zwei außer Dienst gestellte Atom-Unterseeboote einzusetzen: ein russisches und ein amerikanisches. Sie versorgen uns mit allen notwendigen Megawatts. Darüber hinaus stationieren wir sie einige hundert Meter unter der Wasserobertläche, so daß sie auch während des schlechtesten atlantischen Wetters Energie produzieren können.«

»Und Ihr Zeitplan?«

»Sechs Monate, um die Hardware auf dem Grund zu installieren. Dann zwei Jahre Peltier-Kühlung. Denken Sie daran: Dort unten ist es ziemlich kalt. Wir brauchen die Temperatur nur um ein paar Grad zu senken, um einen Eisberg zu schaffen.«

»Wie wollen Sie ihn daran hindern, nach oben zu schweben, bevor Sie fertig sind?«

Kato schmunzelte.

»Lassen Sie uns derzeit nicht zu sehr ins Detail gehen. Ich versichere Ihnen, daß unsere Techniker auch dieses Problem berücksichtigt haben. Nun, an dieser Stelle kommen Sie ins Spiel – wenn Sie möchten.«

Weiß er von den Parkinsons? überlegte Bradley. Wahrscheinlich. Und selbst wenn er nicht sicher ist – bestimmt ahnt er, daß sie mit einem Angebot an mich herangetreten sind.

»Entschuldigen Sie bitte«, sagte Kato, drehte sich um und öffnete seinen Aktenkoffer. Als er kaum fünf Sekunden später wieder die Besucher ansah, schien er sich in einen Piraten verwandelt zu haben. Nur ein dünnes Kabel, das zur Tastatur in seiner Hand führte, verriet die überaus moderne technologische Natur der Augenklappe.

»Vielleicht beweise ich damit, kein echter Japaner zu sein – schlechte Manieren. Mein Vater benutzt noch immer einen alten Laptop, späte Ming-Dynastie. Monoks sind weitaus bequemer und zeigen die Bilder in einem wesentlich höheren Auflösungsvermögen.«

Bradley und die Craigs lächelten unwillkürlich. Kato hatte durchaus recht: Viele tragbare Videogeräte verwendeten inzwischen kompakte Mikroschirme, die kaum mehr wogen als eine Brille und oft sogar darin integriert waren. Zwar befand sich das Monok nur einen Zentimeter vor dem Auge, aber ein geschickt konstruiertes Linsensystem sorgte dafür, daß die winzigen Darstellungen jede gewünschte Größe bekamen.

Es eignete sich gut für Unterhaltungszwecke – und noch besser für Geschäftsleute, Anwälte, Politiker und alle anderen, die auf vertrauliche Informationen zurückgreifen wollten, ohne zu riskieren, sie mit jemand anders zu teilen. Es gab keine Möglichkeit, die Projektionen des elektronischen Monokels einer anderen Person zu beobachten – es sei dann, man zapfte die betreffende Datenverbindung an. Einer der wichtigsten Nachteile bestand darin, daß übertrieben häufiger Gebrauch zu einigen neuen Arten von Schizophrenie führen konnte – sie weckten das besondere Interesse der Psychologen, die sich mit dem *Split-brain*-Phänomen befaßten.[1]

Als Kato seine Litanei aus Megawattstunden, Kalorientonnen und Grad-pro-Monat-Koeffizienten beendet hatte, schwieg Bradley eine Zeitlang und versuchte, die Information zu verarbeiten, die man ihm gerade ins Hirn geschüttet hatte.

Viele Einzelheiten waren zu technisch, um sofort bewertet zu werden, und er beschloß, sich später eingehen-

1 Als *Split-brain* bezeichnet man die Durchtrennung der Querverbindungen zwischen den Hirnhemisphären. Beobachtungen an Split-brain-Patienten und entsprechenden Versuchstieren ermöglichten es, die funktionale Asymmetrie der Großhirnhemisphären genau zu untersuchen. – Anmerkung des Übersetzers

der mit ihnen zu befassen. Er bezweifelte nicht die Genauigkeit der Berechnungen, aber vielleicht gab es Aspekte, die man übersehen hatte. So etwas geschah immer wieder...

Sein Instinkt sagte ihm allerdings, daß mit dem Plan alles in Ordnung war. Er vertraute dem ersten Eindruck, erst recht dann, wenn er dabei Unbehagen empfand; der genaue Grund für sein Empfinden spielte dabei keine Rolle. Diesmal spürte er nichts dergleichen. Ein fantastisches Projekt, ja – und realisierbar.

Kato musterte Jason unauffällig und versuchte offenbar, seine Reaktion einzuschätzen. Ich kann ziemlich geheimnisvoll sein, wenn ich will, fuhr es Bradley durch den Sinn. Außerdem muß ich an meinen Ruf denken.

Kato lächelte andeutungsweise, als er ihm einen Zettel reichte. Jason entfaltete ihn langsam, und als er die darauf geschriebene Zahl las, begriff er: Selbst wenn das Projekt in einem völligen Fehlschlag endete, brauchte er sich um seine berufliche Zukunft keine Sorgen mehr zu machen. In einigen Jahren war er ohnehin gezwungen, sich in den Ruhestand zurückzuziehen – und soviel hatte er in seinem ganzen Leben nicht gespart.

»Ich bin geschmeichelt«, sagte er ruhig. »Sie sind mehr als großzügig. Trotzdem muß ich noch einige Angelegenheiten regeln, bevor ich Ihnen eine definitive Antwort geben kann.«

Kato hob überrascht die Brauen.

»Wieviel Zeit brauchen Sie?« fragte er brüsk.

Er glaubt, daß ich noch mit jemand anders verhandle, dachte Bradley. Und damit hat er durchaus recht...

»Geben Sie mir eine Woche. Eins steht schon jetzt fest: Ihr Angebot ist sicher das höchste.«

»Ich weiß« bestätigte Kato und schloß den Aktenkoffer. »Edith, Donald? Möchten Sie noch etwas hinzufügen?«

»Nein«, entgegnete Edith. »Sie haben alle Punkte angesprochen.« Donald gab keinen Ton von sich und nickte nur. Eine seltsame Partnerschaft, überlegte Bradley. Und keine sehr glückliche. Der sanfte und gutmütige Donald war ihm sofort symphatisch, ganz im Gegensatz zur kühlen, dominierenden und fast aggressiven Edith. Offenbar war sie der Boß.

»Wie geht es dem entzückenden Wunderkind, das zufälligerweise Ihre Tochter ist?« fragte Kato, als sich die Craigs verabschiedeten. »Bitte richten Sie ihr einen Gruß von mir aus.«

»Darüber wird sie sich freuen«, erwiderte Donald. »Ada entwickelt sich prächtig und findet großen Gefallen an ihrer Reise nach Kioto. Dadurch wird sie endlich mal von der Mandelbrot-Menge abgelenkt?«

»Mandelbrot-Menge?« wiederholte Bradley. »Was soll das sein?«

»Sie läßt sich viel leichter zeigen als beschreiben«, antwortete Donald. »Besuchen Sie uns. Wir würden uns freuen, Ihnen unser Studio zu zeigen – nicht wahr, Edith? Immerhin arbeiten wir vielleicht zusammen. Das hoffe ich jedenfalls.«

Nur Kato bemerkte, daß Bradley kurz zögerte, bevor er lächelte. »Gern. Nächste Woche bin ich in Schottland, und irgendwie finde ich sicher Zeit genug für einen Trip nach Irland. Wie alt ist Ihre Tochter?«

»Fast neun. Aber wenn Sie Ada nach ihrem Alter fragen, gibt sie es wahrscheinlich mit 8,876545 Jahren an.«

Bradley lachte. »Das klingt *wirklich* nach einem Wunderkind. Möglicherweise bin ich ihm nicht gewachsen.«

»Und das ist der Mann, der einen fünfzig Tonnen schweren Riesenkraken verjagte«, sagte Kato. »Ich werde die Amerikaner *nie* verstehen.«

18
In einem irischen Garten

»Als ich ein kleiner Junge war«, sagte Patrick O'Brian wehmütig, »kam ich oft hierher, um mir die magischen Bilder anzusehen. Sie schienen soviel interessanter und faszinierender zu sein als die *reale* Welt dort draußen. Damals gab's natürlich noch kein Fernsehen, und das reisende Zeltkino kam nur einmal monatlich in den Ort.«

»Glauben Sie kein Wort, Jason«, meinte Donald Craig. »Pat ist überhaupt nicht hundert Jahre alt.«

Bradley schätzte O'Brian auf fünfundsiebzig, aber er konnte auch weit über achtzig sein. Also war er in den dreißiger Jahren des vergangenen Jahrhunderts geboren, vielleicht sogar in den zwanzigern. Die Welt seiner Jugend schien bereits fernste Vergangenheit zu sein; in diesem Zusammenhang spielten Übertreibungen keine Rolle, erst recht nicht nach irischen Maßstäben.

Pat schüttelte traurig den Kopf und zog an der Schnur, die fünf Meter weiter oben große Linsen rotieren ließ. Auf dem mattweißen Tisch, an dem sie standen, vollführten die Rasen, Blumenbeete und Kiespfade des Schlosses Conroy eine würdevolle Pirouette. Alles war unnatürlich klar und hell; Bradley konnte sich gut vorstellen, daß dieser alte Apparat für einen Jungen die vertraute Außenwelt in ein wundervolles Märchenland verwandelt hatte.

»Ach, Mr. Bradley, es ist wirklich schade, daß Master Donald nicht die Wahrheit erkennt, wenn er sie hört. Ich könnte ihm viele Geschichten über den alten Lord erzählen, aber welchen Sinn hätte das?«

»Sie erzählen sie Ada.«

»Ja. Und *sie* glaubt mir. Ein sehr vernünftiges Mädchen.«

»Auch ich glaube Ihnen – manchmal. Wenn's um Lord Dunsany geht, zum Beispiel.«

»Aber Sie haben bei Pater McMullen nachgefragt.«

»Dunsany?« fragte Bradley. »Der Autor?«

»Ja. Kennen Sie seine Werke?«

»Äh, nein. Aber er war ein guter Freund von Dr. Beebe – der erste Mensch, der eine halbe Meile tief tauchte. Daher ist mir der Name bekannt.«

»Nun, Sie sollten sich mit seinen Stories beschäftigen, insbesondere mit denen, die das Meer betreffen. Pat meint, er sei oft hierhergekommen, um mit Lord Conroy Schach zu spielen.«

»Dunsany brachte es zum Großmeister von Irland«, fügte Patrick hinzu. »Er war sehr freundlich und zuvorkommend. Er ließ den alten Lord immer gewinnen – ganz knapp. Oh, bestimmt hätte es ihm sehr gefallen, gegen einen Ihrer Computer zu spielen! Da fällt mir ein: Er hat auch über eine schachspielende Maschine geschrieben.«

»Tatsächlich?«

»Na ja, es war keine Maschine in dem Sinne, eher eine Art Kobold.«

»Wie heißt die Geschichte? Ich würde sie gern lesen.«

»›The Three Sailor's Gambit.‹« Ah, dort ist sie. Hätte ich mir denken können.

Die Stimme des alten Mannes klang wesentlich sanfter, als das kleine Boot in Sicht kam. Es trieb in langsamen Kreisen in der Mitte eines recht großen Teichs, und das Mädchen darin schien ganz in ein Buch vertieft zu sein.

Donald Craig sprach in seinen Armband-Kommunikator. »Ada, ich möchte dir einen Besucher vorstellen. Wir sind gleich bei dir.« Die ferne Gestalt winkte kurz und las weiter. Dann verschwand sie, als Donald die Linsen der *Camera obscura* zoomte.

Jetzt sah Bradley, daß der Teich ungefähr herzförmig und mit einem anderen, runden verbunden war, dort, wo man die Spitze des Herzens erwartete. Der zweite Teich führte in einen dritten, noch etwas kleineren. Eine sonderbare Anordnung, und offenbar noch nicht sehr alt: Der Rasen zeigte nach wie vor Spuren von Maschinen, die Erde bewegt hatten.

»Willkommen beim Mandelbrot-Teich«, sagte Patrick mit einem auffallenden Mangel an Begeisterung. »Ich warne Sie, Mr. Bradley: Bitten Sie Ada nicht, Ihnen alles zu erklären.«

»Vermutlich ist eine entsprechende Bitte gar nicht notwendig«, warf Donald ein. »Ich schlage vor, wir gehen nach unten und finden es heraus.«

Als sich ihr Vater mit seinen beiden Begleitern näherte, startete Ada den Motor des kleinen Bootes. Er bezog seine Energie von einer Platte mit Solarzellen, und die Höchstgeschwindigkeit genügte kaum, um mit einem dahinschlendernden Wanderer Schritt zu halten. Ada überraschte Bradley, indem sie nicht sofort das Ufer ansteuerte, sondern ihr Boot an der zentralen Achse des Teichs entlanglenkte und dann durch den schmalen Kanal fuhr, der ihn mit seinem kleineren Bruder verband. Sie durchquerte ihn rasch und erreichte den kleinsten der drei Teiche. Zwar betrug die Entfernung jetzt nur noch wenige Meter, aber trotzdem hörte Jason kein Geräusch vom Motor. Seine technische Seele wußte das zu schätzen.

»Ada!« rief Donald Craig mit gedämpfter Stimme übers Wasser. »Das ist der angekündigte Besucher: Mr. Bradley. Er hilft uns dabei, die *Titanic* zu heben.«

Das Mädchen nickte nur und bereitete sich aufs Anlegen vor. Der letzte Teich – eigentlich kaum mehr als ein Tümpel, der einem Dutzend Enten gerade genug Platz bot – stand durch einen langen, schmalen Kanal mit einem Bootshaus in Verbindung. Er war völlig gerade, und Bradley stellte fest, daß er die zentrale Achse der drei Teiche fortsetzte. All das schien sorgfältig geplant zu sein, obgleich ihm der Zweck ein Rätsel blieb. Aus dem hintergründigen Lächeln auf Patricks Lippen schloß er, daß sich der alte Gärtner über seine Verwirrung freute.

Mehr als zwanzig Meter hohe Zypressen säumten den Kanal auf beiden Seiten, und Bradley verglich ihn mit einer Miniaturversion des Zugangs zum Tadsch Mahal. Er hatte jenes Meisterwerk nur einmal kurz gesehen, vor Jahren, erinnerte sich jedoch genau an den herrlichen Anblick.

»Mit den Bäumen ist alles in Ordnung, Pat – trotz Ihrer Bedenken.«

Der Gärtner schürzte die Lippen und sah an den Reihen der Zypressen entlang. Dann deutete er auf einige, die für Bradley genauso aussahen wie die anderen.

»*Die* dort müssen vielleicht umgepflanzt werden. Ich habe Sie ja gewarnt – und auch die gnä' Frau.«

Sie erreichten das Bootshaus am Ende des Kanals und warteten auf Ada, die langsam näher kam. Als sie nur noch einen Meter entfernt war, erklang fast schrilles Bellen. Ein mopartiges Etwas sprang aus dem Boot und zappelte um Bradleys Füßen herum.

»Wenn Sie sich nicht bewegen, hält der Hund Sie vielleicht für harmlos und läßt Sie leben«, meinte Donald.

Während der kleine Cairn Terrier mißtrauisch an seinen Füßen schnupperte, behielt Bradley das Mädchen im Auge. Anerkennend beobachtete er, wie es das Boot am Steg festband, obwohl das gar nicht notwendig war. Ada schien eine recht gut organisierte junge Dame zu sein, ganz im Gegenteil zu ihrem hysterischen kleinen Liebling, der inzwischen mit dem Schwanz wedelte.

Sie hob den Hund mit einer Hand hoch, preßte ihn sich sanft an die Brust und musterte Bradley mit unverhohlener Neugier.

»Wollen Sie uns wirklich helfen, die *Titanic* zu heben?« fragte sie.

Jason verlagerte das Gewicht unsicher von einem Bein aufs andere und erwiderte den durchdringenden Blick.

»Ich hoffe«, sagte er ausweichend. »Aber zuerst müssen noch viele Dinge besprochen werden.« Und dies ist weder der richtige Ort noch der geeignete Zeitpunkt, dachte Bradley. Er mußte warten, bis auch Mrs. Craig zugegen war, und er freute sich nicht unbedingt auf die Begegnung mit ihr.

»Was hast du im Boot gelesen, Ada?« erkundigte er sich und versuchte, das Thema zu wechseln.

»Warum wollen Sie das wissen?« entgegnete sie. Es war eine höfliche Frage, ohne irgendeine Spur von Frechheit. Bradley suchte noch immer nach einer passenden Antwort, als ihm Donald Craig aus der Klemme half. »Ich fürchte, meine Tochter kennt sich mit den gesellschaftlichen Umgangsformen nicht besonders gut aus. Sie glaubt, es gebe wichtigere Dinge im Leben. Zum Beispiel Fraktale und nichteuklidische Geometrie.«

Bradley deutete auf den Hund.

»Das Ding sieht nicht sehr geometrisch aus.«

Zu seinem großen Erstaunen belohnte ihn Ada mit einem strahlenden Lächeln.

»Sie sollten Lady sehen, wenn sie nach einem Bad abgetrocknet ist und das Haar in alle Richtungen absteht. Dann könnte man sie mit einem 3-D-Fraktal vergleichen.«

Jason verstand den Witz nicht, stimmte jedoch in das Lachen mit ein. Ada hatte einen befreienden Humor, der es ihm erleichterte, sie zu mögen. Er mußte nur daran denken, sie wie eine junge Erwachsene zu behandeln.

Er wagte es, eine neuerliche Frage zu stellen.

»Die Zahl 1999 am Bootshaus... Bezieht sie sich auf das berühmte Ende-des-Jahrhunderts-Programm deiner Mutter?«

Donald Craig schmunzelte.

»Gut getippt, Jason – die meisten Leute vermuten das. Ada? Die verständliche Version...«

Das Mädchen setzte den Hund ins Gras, der daraufhin sofort loslief und den Stamm der nächsten Zypressen untersuchte. Jason gewann den unangenehmen Eindruck, daß Ada seinen Intelligenzquotienten einschätzte, bevor sie begann:

»Wenn Sie genau hinsehen, Mr. Bradley, fällt Ihnen bestimmt das Minuszeichen vor der Zahl und ein Punkt über der letzten Neun auf.«

»Ja. Und?«

»Es heißt also *minus* eins Komma neun neun neun neun neun – für immer und ewig.«

»Amen«, murmelte Pat.

»Wäre es nicht einfacher gewesen, minus zwei zu schreiben?«

»Genau meine Worte.« Donald Craig lachte leise. »Aber sagen Sie das mal einem *wahren* Mathematiker.«

»Ich dachte, Sie sind einer.«

»Meine Güte, nein. Verglichen mit Edith bin ich nur ein primitiver Byte-Jongleur.«

»Und auch im Vergleich mit dieser jungen Dame, nehme ich an. Was höhere Mathematik betrifft, habe ich häufig das Gefühl, mir steht das Wasser bis zum Hals – was in meinem Job recht gefährlich sein kann.«

Adas Lachen vertrieb das Unbehagen, das seit einigen Minuten auf Bradleys Stimmung drückte. Er spürte irgend etwas Deprimierendes an diesem Ort – etwas Unheilvolles, das dicht hinter dem Horizont des Bewußtseins lauerte. Es hatte keinen Sinn, sich darauf zu konzentrieren: Das vage Erinnerungsfragment glitt fort und ließ sich nicht festnageln. Jason mußte warten; früher oder später würde sich ihm die Erkenntnis offenbaren.

»Sie wollten wissen, welches Buch ich gelesen habe, Mr. Bradley...«

»Bitte nenn mich Jason.«

»Hier ist es.«

»Hätte ich mir eigentlich denken sollen. Er war auch Mathematiker, nicht wahr? Leider muß ich zugeben, daß ich Alice nie gelesen habe. Unser nächstes Äquivalent heißt *Der Zauberer von Oz.*«

»Das kenne ich auch, aber Dodgson – Carroll – ist *viel* besser. Er wäre hiervon begeistert gewesen!«

Ada deutete auf die sonderbar geformten Teiche und das Bootshaus mit der rätselhaften Zahl.

»Dort ist der Äußerste Westen, Mr. Bradley – Mr. Jason. Minus Zwei bedeutet Unendlichkeit für die M-Menge; jenseits davon gibt es *nichts*. Wir wandern jetzt über den sogenannten Dorn, und dieser kleine Teich ist die letzte Mini-Menge auf der negativen Seite. Eines Tages pflanzen wir eine Grenze aus Blumen – nicht wahr, Pat? –, die den Detailreichtum am Rand symbolisieren sollen. Der Ursprung – null Komma null – befindet sich natürlich in der Mitte des größten Teichs. Die Menge reicht nicht sehr weit nach Osten; der Höcker bei der Kreuzung – direkt vor dem Schloß – liegt etwa bei null Komma zwei sieben drei.«

»Ich glaube dir jedes Wort«, erwiderte Bradley überwältigt. »Du weißt sicher, daß ich nicht die geringste Ahnung habe, wovon du sprichst.«

Das stimmte nicht ganz: Selbst er begriff, daß die Craigs einen Teil ihres Vermögens verwendet hatte, um die Landschaft nach einer bizarren mathematischen Funktion zu formen. Im Grunde genommen eine harmlose Manie. Es gab weitaus schlimmere Möglichkeiten, Geld auszugeben, und bestimmt hatten die Einheimischen dadurch viel Arbeit bekommen.

»Ich glaube, das genügt, Ada«, sagte Donald Craig mit weitaus mehr Festigkeit, als er bisher gezeigt hatte. »Gönnen wir Mr. Jason ein Mittagessen – bevor wir ihn Hals über Kopf in die M-Menge werfen.«

Als sie den von Bäumen gesäumten Weg verließen – an jener Stelle, wo der schmale Kanal in den kleinsten Teich mündete – gab Bradleys Gedächtnis die Erinnerung frei. Natürlich! Die glatten Wasserflächen, das Boot, die Zypressen – Schlüsselelemente von Böcklins Malerei! Unglaublich, daß ihm das erst jetzt auffiel...

Rachmaninows düstere Musik hallte in den Gewölben seines Herzens – vertraut und beruhigend. Jetzt, da er den Grund für seine innere Unruhe kannte, verflüchtigte sich der emotionale Schatten.

Selbst später glaubte er nicht daran, daß es eine Vorahnung gewesen war.

19
»Hebt die Titanic!«

Langsam und widerstrebend gerieten Tausende von Tonnen Metall in Bewegung, wie ein gewaltiges Ungeheuer, das aus dem Schlaf erwachte. Man hatte Sprengladungen angebracht, um das Wrack vom Meeresgrund zu lösen: Sie explodierten nun, wirbelten Schlamm auf und hüllten das Schiff in wogenden Dunst.

Der jahrzehntelange Griff des Schlicks ließ allmählich nach, und das Heck neigte sich nach oben. Die *Titanic* begann mit dem Aufstieg zu jener Welt, die sie vor langer Zeit verlassen hatte.

An der Oberfläche brodelte das Meer bereits. Der weiße Mahlstrom gebar einen dünnen Mast, der noch immer das Krähennest trug, in dem Frederick Fleet einst die fatalen Worte gesprochen hatte: »Eisberg direkt voraus.«

Dann stieß der Bug durch die schäumende Flut, und es folgten halb zerstörte Aufbauten, ein langes Deck, gewaltige Anker – einst war ein Gespann aus vierundzwanzig

Pferden notwendig gewesen, um sie zu bewegen –, drei hohe Schornsteine, der Stumpf eines vierten, eine hohe Klippe aus Stahl, darin die Öffnungen von Bullaugen. Und schließlich...

TITANIC
LIVERPOOL

Das Bild auf dem Monitorschirm verblaßte. Eine Zeitlang herrschte Stille im Studio, hervorgerufen von einer Mischung aus Ehrfurcht, Hochachtung und aufrichtiger Bewunderung für die Spezialeffekte des Films.

Dann sagte Rupert Parkinson, dem es nie an Worten mangelte: »Leider wird es nicht ganz so dramatisch sein. Als der Film gedreht wurde, wußte man natürlich nicht, daß die *Titanic* auseinandergebrochen ist und sie überhaupt keinen Schornstein mehr hat. Obwohl das offensichtlich sein sollte.«

Marcus Kilford, TV-Gastgeber des Kanals Zehn – seine vielen Feinde nannten ihn ›Mucus‹ oder ›Killjoy‹ – räusperte sich. »Es heißt, das Modell im Film habe mehr gekostet als das Original.«

»Ja, ich weiß. Es könnte sogar stimmen, wenn man die Inflation berücksichtigt.«

»Und der Witz...«

»... nachdem es billliger gewesen wäre, den Atlantik leerzupumpen? Himmel, ich kann es nicht mehr hören!«

»Dann werde ich ihn natürlich nicht erwähnen«, erwiderte Kilford und spielte mit dem berüchtigten Monokel, das zu seinem Markenzeichen geworden war. Man glaubte gemeinhin, daß die protzige Antiquität gar keine optischen Eigenschaften besaß und nur dazu diente, die Gäste des Talkmasters zu hypnotisieren. Die Fakultät für Physik des King's College bestätigte diese Annahme mit einer Wahrscheinlichkeit von 95 Prozent: Sie hatte eine

Computeranalyse der Bilder vorgenommen, die das Monokel im Licht der Studiolampen reflektierte. Um endgültige Klarheit zu gewinnen, mußte jemand das Ding stehlen, doch bisher waren alle entsprechenden Versuche fehlgeschlagen. Es schien fest mit Marcus verbunden zu sein, und um potentielle Diebe zu warnen, wies er gelegentlich auf ein integriertes Selbstzerstörungsmodul hin. Wenn es aktiviert werde, übernehme er keine Verantwortung für die Konsequenzen. Natürlich glaubte ihm niemand.

»Im Film erwähnte man die Möglichkeit, Schaum in den Rumpf zu pumpen, um das Schiff zu heben«, fuhr Marcus fort. »Könnte das funktionieren?«

»Kommt ganz darauf an, wie man es anstellt. Der Druck dort unten ist enorm hoch – vier*hundert* Atmosphären. Gewöhnlicher Schaum würde regelrecht zerquetscht. Wie dem auch sei: Das gleiche Ergebnis erzielen wir mit unseren Mikrokugeln; jede enthält eine kleine Luftblase.«

»Sind sie stabil genug, um dem Druck zu widerstehen?«

»Ja. Versuchen Sie mal, eine zu zerdrücken!«

Parkinson legte eine Handvoll Murmeln auf den Couchtisch. Kilford nahm eine, und seine Überraschung war nicht gespielt, als er leise pfiff.

»Sie wiegt kaum etwas!«

»Ein echtes Kunstwerk«, bemerkte Parkinson stolz. »Und sie sind bis zum Grund des Marianengrabens getestet worden, elftausend Meter tief – fast dreimal tiefer als die Position der *Titanic*.«

Kilford wandte sich an seine anderen Gäste.

»Hätten Sie im Jahre 1982 die *Mary Rose* mit diesen kleinen Kugeln heben können, Doktor Thornley?«

Der Meeresarchäologe schüttelte den Kopf.

»Das bezweifle ich. Damals hatten wir es mit einem ganz anderen Problem zu tun. Die *Mary Rose* lag in seichtem Wasser, und unsere Taucher konnten unter ihr eine

Art Hosenboje anbringen. Dann wurde sie vom größten Schwimmkran der Welt gehoben.«

»Es hing an einem Haar, nicht wahr?«

»Ja. Viele Leute waren dem Herzinfarkt nahe, als der Stahlgurt nachgab.«

»Kann ich mir vorstellen. Der Rumpf befindet sich also seit einem Vierteljahrhundert im Dock von Southampton und ist noch immer nicht für seine Ausstellung bereit. Brauchen Sie ebensoviel Zeit mit der *Titanic*, Mr. Parkinson – vorausgesetzt, es gelingt Ihnen wirklich, sie nach oben zu bringen?«

»Ich glaube nicht. Es liegt am Unterschied zwischen Holz und Stahl. Die Planken der *Mary Rose* hatten vierhundert Jahre Zeit, sich voll Wasser zu saugen – daher dauert es eine Weile, sie wieder zu trocknen. Inzwischen ist das ganze Holz aus der *Titanic* verschwunden; darüber brauchen wir uns also keine Sorgen zu machen. Unser Problem heißt Rost, und davon gibt's in jener Tiefe nur wenig: Der Sauerstoffgehalt des Wasser ist gering, und die Temperatur liegt nur knapp über dem Gefrierpunkt. Der größte Teil des Wracks befindet sich entweder in einem ausgezeichneten oder in einem miserablen Zustand.«

»Wie viele dieser... Mikrokugeln brauchen Sie?«

»Etwa fünfzig Milliarden.«

»Fünfzig *Milliarden*! Und wie sollen sie nach unten transportiert werden?«

»Ganz einfach. Wir lassen sie *fallen*.«

»Jede einzelne der fünfzig Milliarden mit einem Gewicht beschwert?«

Parkinson lächelte selbstgefällig.

»Nein. Unser Mr. Emerson hat eine verblüffende simple Technik entwickelt. Wir konstruieren eine Rohrleitung, die von der Wasseroberfläche bis zum Wrack führt. Nachdem das Wasser herausgepumpt ist, schütten wir die Mikrokugeln oben hinein und nehmen sie unten in Empfang. Sie brauchen nur etwa zwei Minuten, um den Grund zu erreichen.«

»Aber...«

»Natürlich müssen wir an beiden Enden spezielle Luftschleusen installieren, aber im großen und ganzen wird es ein kontinuierlicher Prozeß sein. Nach ihrer Ankunft packt man die Mikrokugeln zu Bündeln zusammen, jedes einen Kubikmeter groß. Dadurch bekommen wir pro Einheit einen Auftrieb von einer Tonne, und die Roboter können mit solchen Paketen gut umgehen.«

Marcus Kilford sah den schon seit einer ganzen Weile schweigenden Archäologen an.

»Glauben Sie, es klappt, Dr. Thornley?« fragte er.

»Vielleicht«, antwortete er zögernd. »Aber ich bin kein Experte. Die Röhre muß ziemlich stabil sein, um den hohen Druck am Grund auszuhalten, nicht wahr?«

»Kein Problem«, sagte Parkinson. »Wir verwenden das gleiche Material. Um den Slogan unserer Gesellschaft zu zitieren: MIT GLAS IST NICHTS UNMÖGLICH...«

»*Bitte* keine Werbung!«

Kilford blickte direkt in die Kamera. Zwar sprach er sehr ernst, aber in seinen Augen funkelte es humorvoll: »Ich möchte diese Gelegenheit nutzen, um ein boshaftes Gerücht zu dementieren. Es stimmt *nicht*, daß mir Mr. Parkinson in der BBC-Toilette einen mit gebrauchten Banknoten gefüllten Schuhkarton gab.«

Alle lachten, doch hinter der dicken Glasscheibe des Regiezimmers flüsterte der Produzent seinem Assistenten zu: »Wenn er noch einmal diesen Witz reißt, glaube ich allmählich daran.«

Die nächsten Worte Dr. Thornleys überraschten die anderen Anwesenden. »Darf ich eine Frage stellen? Was ist mit Ihren – sollen wir sie Rivalen nennen? Glauben Sie, daß sie vor Ihnen einen Erfolg erzielen?«

»Die Bezeichnung ›freundliche Konkurrenten‹ erscheint mir angemessener.«

»Tatsächlich?« Kilford wirkte skeptisch. »Wer auch immer seinen Teil der *Titanic* als erster nach oben bringt: Er bekommt die ganze Publicity.«

»*Wir* sehen alles aus einer langfristigen Perspektive. Wenn unsere Enkel nach Florida kommen, um zur *Titanic* zu tauchen, so ist es ihnen sicher völlig gleich, ob wir sie 2012 oder 2020 bargen – obwohl wir natürlich hoffen, sie zum hundertsten Jahrestag zu heben.«

Er wandte sich an den Archäologen.

»Ich wünschte fast, wir könnten sie nach Portsmouth schleppen, um sie dort neben Nelson *Victory* und der *Mary Rose* Heinrichs VIII. zu zeigen. Vierhundert Jahre britischer Schiffbau. Ein verlockender Gedanke.«

»Ich wäre am ersten Ausstellungstag dort«, sagte Kilford. »Aber jetzt möchte ich auf einige ernstere Punkte zu sprechen kommen. Zunächst einmal: Es ist nach wie vor die Rede von... Nun, ›Entweihung‹ erscheint mir übertrieben, aber was halten Sie von den Leuten, die in der *Titanic* ein Grab sehen und meinen, man sollte sie in Frieden ruhen lassen?«

»Ich respektiere solche Ansichten, aber inzwischen ist es bereits zu spät. Zahlreiche Taucher haben nicht nur die *Titanic* besucht, sondern auch andere Wracks, bei deren Untergang viele Menschen starben. Seltsam, daß sich die Einwände in erster Linie auf dieses Schiff beziehen. Wie viele Personen starben an Bord der *Mary Rose*, Dr. Thornley? Und hat irgend jemand gegen Ihre Arbeit protestiert?«

»Etwa sechshundert, fast halb so viele Opfer wie bei der *Titanic* – obgleich das Schiff nicht annähernd so groß war! Nein, wir haben nie ernste Klagen gehört – das ganze Land billigte unsere Operation. Immerhin wurde sie zum größten Teil mit privaten Geldern finanziert.«

»Das ist ein weiterer Aspekt, auf den man deutlich hinweisen sollte«, fügte Parkinson hinzu. »Es starb kaum jemand *in* der *Titanic*. Die meisten Passagiere und Besatzungsmitglieder verließen das sinkende Schiff, um anschließend zu ertrinken oder zu erfrieren.«

»Es gibt also keine Leichen an Bord?«

»Keine einzige. Dort unten wimmelt es von ziemlich hungrigen Geschöpfen.«

»Ich bin froh, daß wir diese Angelegenheit geklärt haben. Aber vielleicht gibt es noch eine wichtigere Sache ...«

Kilford griff nach einer der kleinen Glaskugeln und drehte sie zwischen Daumen und Zeigefinger.

»Sie wollen die *Titanic* mit fünfzig *Milliarden* davon heben, und bestimmt gehen viele verloren. Was ist mit den ökologischen Folgen?«

»Offenbar haben Sie die Bluepeace-Broschüren gelesen. Ich kann Sie beruhigen: Es sind keine nachteiligen Konsequenzen zu befürchten.«

»Nicht einmal dann, wenn sie an die Küste gespült werden und Glasscherben auf unseren Stränden herumliegen?«

»Ich würde denjenigen, der diesen Ausdruck geprägt hat, am liebsten erschießen – oder als Werbetexter einstellen. Es dauert *Jahrhunderte*, vielleicht sogar Jahrtausende, bis sich die Mikrokugeln auflösen. Und wenn das geschieht... Bitte denken Sie daran, woraus sie bestehen: aus *Quarz*. Worin verwandeln sie sich, wenn sie schließlich zerfallen? In einen von allen Stränden her bekannten Schadstoff – Sand!«

»Ich verstehe. Und die anderen Einwände? Angenommen, Fische oder andere Lebewesen im Meer verspeisen sie.«

Parkinson nahm eine der Mikrokugeln und drehte sie ebenfalls zwischen den Fingern.

»Glas ist chemisch neutral und somit völlig ungiftig. Jedes Geschöpf, das groß genug ist, um so ein Ding zu verschlucken, hat nichts zu befürchten.«

Mit diesen Worten schob er sich die Glaskugel in den Mund.

Hinter der Scheibe drehte sich der Produzent zu Roy Emerson um.

»Das war toll – aber ich bedauere noch immer, daß Sie nicht an der Gesprächsrunde teilnahmen.«

»Parky kam auch ohne mich gut zurecht. Glauben Sie, ich hätte mehr Diskussionsbeiträge leisten können als der arme Dr. Thornley?«

»Wahrscheinlich nicht. Daß er die Mikrokugel schluckte... Beeindruckend. Ich hätte das kaum über mich gebracht. Und ich wette, von jetzt an nennt man sie Parkys Pillen.«

Emerson lachte. »Das würde mich nicht überraschen. Sicher fordert man ihn bei jedem zukünftigen Fernsehinterview auf, diese Vorstellung zu wiederholen.«

Er wies nicht darauf hin, daß Parkinson unter anderem auch ein guter Zauberkünstler war. Bestimmt läßt sich nicht einmal in Zeitlupe feststellen, wohin die Mikrokugel verschwunden ist.

Es gab noch einen anderen Grund, warum er es für besser gehalten hatte, nicht ebenfalls vor die Kamera zu treten: Dies war eine Familienangelegenheit.

Jahrhunderte trennten die *Mary Rose* von der *Titanic*, aber trotzdem hatten die beiden Schiffe viel gemeinsam. Beide stellten Triumphe der britischen Schiffbaukunst dar – und beide sanken als spektakuläre Beispiele der britischen Inkompetenz.

20
In die M-Menge

Jason Bradley fiel es schwer zu glauben, daß vor einigen Jahrhunderten Menschen *tatsächlich* auf diese Weise gelebt hatten. Schloß Conroy mochte ein eher bescheidenes Beispiel seiner Spezies sein, aber trotzdem beeindruckte die Größe jeden, der an kleine Büros, Motelzimmer und Schiffskabinen gewöhnt war – ganz zu schweigen von Mini-Unterseebooten, in denen die persönliche Hygiene der Bordkameraden eine entscheidende Bedeutung gewann.

Das Eßzimmer mit der verzierten hohen Decke und den riesigen Wandspiegeln hätte mindestens fünfzig Personen Platz geboten. Donald Craig hielt es für notwendig, den kleinen Tisch zu erklären, der mitten im Saal verloren wirkte.

»Wir hatten noch keine Zeit für eine angemessene Einrichtung. Die ursprünglichen Möbel des Schlosses sind in einem schrecklichen Zustand gewesen; die meisten mußten verbrannt werden. Außerdem sind wir zu beschäftigt, um hier Empfänge zu veranstalten. Aber eines Tages, wenn wir als lokaler Adel etabliert sind...«

Edith schien nicht viel von der Frivolität ihres Mannes zu halten, und erneut gewann Bradley den Eindruck, daß sie der Herr im Haus war und sich Donald ihr – widerstrebend – fügte. Er kannte das Szenario: Wer genug Geld besaß, um sich teure Spielzeuge leisten zu können, stellte nachher oft fest, daß er ohne sie glücklicher gewesen wäre. Und Schloß Conroy mit dem großen Anwesen und vielen Angestellten mußte ein sehr teures Spielzeug sein.

Als die Diener (Diener! – noch etwas völlig Neues für Jason) das erlesene und extra von Dublin eingeflogene Porzellangeschirr fortgebracht hatten, zogen sich Bradley und seine Gastgeber ins Nebenzimmer zurück.

»Wir lassen Sie nicht fort, ohne Ihnen die M-Menge gezeigt zu haben«, sagte Donald Craig. »Edith erkennt eine Mandeljungfrau auf hundert Meter.«

Jason wußte nicht genau, ob diese Bezeichnung bei ihm zutraf. Er hatte die sonderbare Form der Teiche schließlich erkannt, ohne sich an den technischen Namen erinnern zu können. Während der letzten zehn Jahre des zwanzigstens Jahrhunderts war es praktisch unmöglich gewesen, den verschiedenen Manifestationen der Mandelbrot-Menge zu entkommen. Sie erschienen ständig auf Videoschirmen, Tapeten, Stoffen und in jeder Form von Design. Man sprach in diesem Zusammenhang von ›Mandelmanie‹, um die akuteren Symptome zu beschreiben, und eine derartige Bezeichnung schien für diesen seltsamen Haushalt durchaus angebracht zu sein. Bradley beschloß, die Lektionen oder Präsentationen seiner Gastgeber mit höflichem Interesse über sich ergehen zu lassen.

Donald und Edith Craig begegneten ihm ebenfalls mit ausgesuchter Höflichkeit, auf ihre eigene Art und Weise. Sie warteten auf seine Entscheidung, und er wollte sie so schnell wie möglich treffen.

Jason hoffte nur, daß er den ausschlaggebenden Anruf bekam, bevor der das Schloß verließ...

Er hatte nie jemanden kennengelernt, der sein Kind mit eiserner Entschlossenheit zum Ruhm treiben wollte – er kannte solche Motivationen nur aus Filmen wie zum Beispiel *Fame*. Hier beobachtete er die gleiche leidenschaftliche Hingabe einer Mutter, die unbedingt wollte, daß ihre Tochter zu einem Star wurde – selbst wenn sie keine besonderen Talente aufwies. Doch in diesem Fall war er sicher, daß Ada die in sie gesetzten Erwartungen nicht enttäuschte.

»Bevor Ada beginnt, möchte ich auf einige Dinge hinweisen«, sagte Edith. »Die M-Menge ist die komplexeste Entität in der ganzen Mathematik, doch sie erfordert nur

Addition und Multiplikation. Nicht einmal Subtraktion oder Division sind notwendig! Gleichzeitig ist sie so detailliert, daß Jahrmilliarden notwendig wären, um alle ihre Einzelheiten zu erforschen. Aus diesem Grund fällt es vielen Leuten mit guten Mathematik-Kenntnissen schwer, sie zu verstehen. Sie glauben einfach nicht, daß man etwas derart Kompliziertes schaffen kann, ohne Logarithmen, trigonometrische Funktionen oder höheren Transzendenten zu verwenden. Es verblüfft sie zu erfahren, daß es genügt, Zahlen zu addieren.«

»Mir geht es ähnlich. Wenn es wirklich ganz einfach ist – warum hat man die M-Menge dann nicht schon vor vielen hundert Jahren entdeckt?«

»Eine gute Frage! Es geht in diesem Zusammenhang um sehr große Zahlen und so häufiges Addieren, daß wir auf die Entwicklung von Hochgeschwindigkeits-Computern warten mußten. Wenn Adam und Eva und *alle* ihre Nachkommen bis heute mit einem Abakus gerechnet hätten, so wären sie nicht in der Lage gewesen, einige jener Bilder zu schaffen, die Ada Ihnen mit einem Tastendruck zeigen kann. Jetzt bist du dran, Schatz...«

Der Holoprojektor war gut verborgen – Bradley ahnte nicht, wo er sich befand. Es dürfte kein Problem sein, es in diesem Schloß spuken zu lassen und Eindringlinge zu vertreiben, dachte er. Besser als jede Alarmanlage.

Die beiden gekreuzten Linien eines normalen X-Y-Diagramms erschienen in der Luft; die ganzen Zahlen 0, 1, 2, 3, 4... reichten in alle vier Richtungen.

Ada bedachte Bradley erneut mit einem beunruhigenden, durchdringenden Blick. Einmal mehr schien sie seinen IQ einzuschätzen, um ihre Erklärungen entsprechend zu gestalten.

»Jeder Punkt in diesem Diagramm kann mit zwei Zahlen definiert werden: den x- und y-Koordinaten«, begann sie. »Okay?«

»Okay«, erwiderte Jason würdevoll.

»Also, die M-Menge erstreckt sich in einem kleinen Bereich in der Nähe des Schnittpunkts. In beiden Richtungen reicht sie nicht über plusminus zwei hinaus, und deshalb brauchen wir den anderen Zahlen keine Beachtung zu schenken.«

Die übrigen Markierungen verschwanden an den vier Achsen. Um den Abstand von der zentralen 0 zu kennzeichnen, blieben nur 1 und 2 übrig.

»Angenommen, wir nehmen irgendeinen Punkt in diesem Gitter, verbinden ihn mit dem Zentrum und messen seinen Radius, den wir *r* nennen.«

Noch kann meine mathematische Vorstellungskraft mithalten, dachte Bradley. Wann wird's kompliziert? »In diesem Fall kann *r* jeden Wert von 0 bis knapp unter drei annehmen, etwa 2,8«, fuhr Ada fort. »Okay?«

»Okay.«

»Na schön. Übung eins: Nehmen Sie einen beliebigen *r*-Wert und quadrieren Sie ihn. Quadrieren Sie ihn auch weiterhin. Was geschieht?«

»Ich will dir den Spaß nicht verderben, Ada.«

»Wenn *r* genau 1 ist, so verändert sich der Wert nicht, ganz gleich, wie oft man ihn quadriert. Einmal eins mal eins mal eins bleibt immer 1.«

»Okay«, sagte Bradley.

»Aber wenn die betreffende Zahl auch nur ein kleines bißchen größer ist als 1 und man sie ständig quadriert, wird sie früher oder später unendlich. Selbst wenn sie 1,0000...0001 lautet und eine Million Nullen rechts vom Komma hat. Es dauert nur etwas länger.

Aber wenn die Zahl *kleiner* als 1 ist – zum Beispiel 0,999999999... mit einer Million Neunen –, so ergibt sich irgendwann das Gegenteil. Zuerst bleibt sie unweit der 1, aber dann kommt es zu einem Kollaps, und sie reduziert sich auf 0 – okay?«

Diesmal war Ada etwas schneller, und Bradley nickte nur. Bisher blieb ihm der Sinn dieser elementaren Arithmetik ein Rätsel, obgleich die Ausführungen des Mädchens zweifellos auf ein bestimmtes Ziel zusteuerten.

»Lady, laß Mr. Bradley in Ruhe! Sie sehen also: Indem man Zahlen einfach quadriert – und zwar permanent –, bekommt man zwei verschiedene Gruppen...«

Ein Kreis mit Radius 1 erschien am Schnittpunkt der Achsen.

»Im Innern des Kreises befinden sich alle Zahlen, die schließlich den Wert 0 annehmen, wenn man sie ständig quadriert. Außerhalb davon sind die anderen, die unendlich werden. Man könnte diesen Kreis als eine Art *Grenze* bezeichnen, die beide Zahlengruppen voneinander trennt. Ich bezeichne ihn als Q-Menge.

»Q für Quadrieren?«

»Natürl... Ja. Jetzt kommt etwas Wichtiges. Die Zahlen auf beiden Seiten sind vollständig voneinander getrennt. Zwar ist die Grenze völlig undurchdringlich, aber sie hat keine Dicke. Es handelt sich nur um eine Linie. Und sie bleibt eine Linie, auch wenn man sie tausendfach vergrößert. Sie würde nur den Eindruck einer Geraden erwecken, weil man nicht mehr die Wölbung erkennen kann.«

»Dies erscheint Ihnen vielleicht nicht besonders aufregend«, warf Donald ein, »aber es ist von fundamentaler Bedeutung. Der Grund dafür wird Ihnen bald klar. Entschuldige, Ada.«

»Um die M-Menge zu erhalten, nehmen wir eine *winzig kleine* Veränderung vor. Wir begnügen uns nicht mehr nur damit, die Zahlen zu quadrieren. Nein, wir quadrieren sie und *addieren* etwas hinzu. Vielleicht glauben Sie, daraus ergäbe sich kaum ein Unterschied – aber diese Modifikation erschließt uns ein ganz neues Universum...

Angenommen, wir fangen erneut mit 1 an. Wir quadrieren die Zahl und das Ergebnis lautet 1. Dann addieren wir die Ursprungszahl hinzu und bekommen 2.

2 hoch 2 ist 4. Wenn wir erneut 1 hinzuzählen, lautet das Ergebnis 5.

5 hoch 2 ist 25. Plus 1 ergibt 26.

26 hoch 2 ist 676 – sehen Sie nur, was jetzt passiert! Die Zahlen werden ungeheuer schnell größer. Wenn wir diesen Rechenvorgang noch einige Male wiederholen, werden sie selbst für einen Computer zu groß – obgleich wir nur mit 1 begonnen haben! Darin besteht der *erste* wichtige Unterschied zwischen der M- und Q-Menge, deren Grenze sich bei 1 befindet.

Doch wenn wir mit einer wesentlich kleineren Zahl anfangen – zum Beispiel 0,1 –, was geschieht dann?«

»Das Ergebnis kollabiert schließlich, nachdem sich der Zyklus des Quadrierens und Addierens einige Male wiederholt hat.«

Für gewöhnlich wirkte Ada ernst, doch jetzt lächelte sie.

»*Normalerweise.* Gelegentlich schwankt das Ergebnis um einen kleinen festen Wert. Wie dem auch sei: Das Resultat ist *in* der Menge gefangen. Woraus folgt: Wieder haben wir eine Karte, die zwei Zahlengruppen teilt. Diesmal allerdings ist die Grenze nicht ganz so einfach beschaffen wie ein Kreis.«

»Das kann man wohl sagen«, murmelte Donald. Edith runzelte die Stirn, aber er achtete nicht darauf und fuhr fort. »Ich habe viele Leute gefragt, welche Form sie erwarten, und die meisten schlugen ein Oval vor. Niemand kam der Wahrheit nahe – niemand war dazu *imstande*. Schon gut, Lady! Ich unterbreche Ada nicht noch einmal!«

»Hier ist eine erste grobe Darstellung«, sagte das Mädchen, hob den umherspringenden kleinen Hund mit einer Hand hoch und betätigte mit der anderen einige Tasten. »Sie kennen sie bereits.«

Die vertrauten Umrisse des Mandelbrot-Teichs bildeten sich auf dem in kleine Quadrate unterteilten Gitter, aber hier sah Bradley weitaus mehr Details als im Park. Rechts bemerkte er das große, etwa herzförmige Gebilde, dann einen kleinen Kreis, der es berührte, und noch einen kleineren, der mit dem ersten in Verbindung stand. Darauf folgte ein langer schmaler Dorn, der nach links führte und bei minus 2 auf der x-Achse endete.

Außerdem sah Jason nun, daß die großen Kreise mit anhaftenden Rankenfußkrebsen bedeckt waren – dieser Vergleich bot sich sofort an –, mit vielen kleineren Kreisen, aus denen gezackte Auswüchse ragten. Dadurch wurde die Darstellung weitaus komplexer als die Anordnung der Teiche im Park. Sie mochte seltsam und faszinierend sein, aber nicht in dem Sinne schön. Trotzdem: Edith und Ada betrachteten sie mit einer hingebungsvollen Ehrfurcht, die Donald nicht ganz teilte.

»Dies ist die komplette Menge ohne Vergrößerung«, sagte Ada. Ihre Stimme klang nicht mehr selbstbewußt; sie sprach nun leise, voller Respekt.

»Selbst in diesem Maßstab fällt einem sofort der große Unterschied zur einfachen, kreisförmigen Grenze der Q-Menge auf. Die Dicke jener Linie beträgt 0, ganz gleich, wie oft man sie vergrößert. Die Begrenzung der M-Menge hingegen ist *verschwommen* – sie enthält unendliche Einzelheiten. Wenn man eine beliebige Stelle wählt und sie vergrößert, so entdeckt man immer neue und überraschende Details. Ich zeige es Ihnen...«

Das Bild schwoll an. Bradley hatte das Gefühl, in den Einschnitt zwischen dem großen Kardioiden und seinem angrenzenden Kreis zu fallen. Es sah aus, als werde ein Reißverschluß aufgezogen; allerdings nahmen hier die einzelnen Zähne höchst ungewöhnliche Formen an.

Zuerst wirkten sie wie kleine Elefanten mit erhobenen Rüsseln, aus denen dann Tentakel wurden. Kurz darauf entstanden Augen an den Tentakeln. Als das Bild weiterhin wuchs, verwandelten sich die Augen in zwei unendlich tiefe Strudel...

»Jetzt beträgt der Vergrößerungsfaktor mehrere Millionen«, hauchte Edith. »Das Anfangsbild ist bereits größer als Europa.«

Sie glitten an den Strudeln vorbei und passierten Inseln mit langen Korallenriffen. Ganze Schwärme aus Seepferdchen schwebten in einer anmutigen Prozession dahin. Genau im Zentrum der holographischen Projektion erschien ein dunkler Fleck, dehnte sich aus und gewann eine gespenstisch vertraute Form. Wenige Sekunden später offenbarte er sich als genaue Kopie der ursprünglichen Menge.

Damit haben wir angefangen, dachte Bradley. Oder? Er wußte es nicht ganz und glaubte, einige subtile Unterschiede zu erkennen. Doch die allgemeine Ähnlichkeit war unübersehbar.

»Jetzt hat das Anfangsbild die Größe der Mars-Umlaufbahn erreicht«, verkündete Ada. »Diese Mini-Menge ist also viel kleiner als ein Atom. Dennoch zeichnet sie sich durch den gleichen Detailreichtum aus. Und so geht es weiter.«

Der Zoom hielt jetzt inne, und einige Sekunden lang verharrte das verblüffende Gespinst aus komplexen Schleifen und Wirbeln in völliger Reglosigkeit. Dann schien ein Malkasten darüber geöffnet zu werden: In der monochromen Darstellung leuchteten plötzlich so herrliche Farben, daß Bradley erstaunt nach Luft schnappte.

Kurze Zeit später begann der Zoom-Effekt erneut, diesmal in der entgegengesetzten Richtung, führte nun durch ein von Farben metamorphiertes Mikro-Universum. Niemand gab einen Ton von sich, bis sie zur Anfangsmenge zurückkehrten. Sie präsentierte sich in einem düsteren Schwarz, gesäumt von goldenem Feuer, von dem blaue und purpurne Blitze ausgingen.

»Woher kommen all die Farben?« fragte Jason, als er sich von der Überraschung erholte. »Zuerst haben wir nichts dergleichen gesehen.«

Ada lachte.

»Nein, sie gehören auch gar nicht zur M-Menge. Aber sie sind wundervoll, nicht wahr? Ich kann sie frei wählen; eine Anweisung an den Computer genügt.«

»Zwar handelt es sich um willkürliche Farben, aber sie haben durchaus Bedeutung«, erklärte Edith. »Sie wissen sicher, daß Kartographen verschiedene Blau- und Grüntönungen verwenden, um auf Höhenunterschiede hinzuweisen.«

»Natürlich. Die Ozeanographie benutzt das gleiche Prinzip. Je dunkler das Blau, desto tiefer das Wasser.«

»Genau. Hier weisen die Farben darauf hin, wie oft der Computer die Rechenoperationen wiederholen mußte, um zu entscheiden, ob eine bestimmte Zahl zur M-Menge gehört oder nicht. In Grenzfällen muß er das Quadrieren und Addieren viele tausend mal wiederholen.«

»Und oft geht es dabei um hundertstellige Zahlen«, fügte Donald hinzu. »*Jetzt* verstehen Sie sicher, warum die M-Menge nicht früher entdeckt wurde.«

»Ja, es leuchtet mir ein.«

»Sehen Sie sich das an«, sagte Ada.

Bewegung kam in das Bild, als Farbwellen nach außen strömten. Die Grenzen der Menge schienen sich dauernd zu erweitern – und doch an der gleichen Stelle zu bleiben. Nach einer Weile stellte Bradley fest, daß sich eigentlich gar nichts bewegte. Die Illusion stammte von den Farben, die durch alle Bereiche des Spektrums glitten.

Langsam begreife ich, warum sich jemand in diesem Ding verlieren und sogar sein Leben davon bestimmen lassen kann, fuhr es Jason durch den Sinn.

»Ich bin fast sicher, daß sich dieses Programm in meiner Computerbibliothek befindet – zusammen mit vielen tausend anderen«, sagte er. »Zum Glück habe ich es nie gestartet. Meine Güte, man könnte süchtig danach werden!«

Donald Craig warf seiner Frau Edith einen scharfen Blick zu, und daraus schloß Bradley, daß seine Bemerkung taktlos gewesen war. Adas Mutter schien von den fließenden Farben wie hypnotisiert zu sein, obgleich sie diese Darstellung sicher oft gesehen hatte.

Sie wandte sich an das Mädchen. »Nenn Mr. Jason unser Lieblingszitat von Einstein.«

Damit verlangt sie viel von einer Neunjährigen, dachte Bradley. Selbst von einem solchen Kind. Aber Ada zögerte nicht, und ihrer Stimme fehlte der typische Klang für mechanische Wiederholungen. Sie verstand die Worte und sprach sie aus dem Herzen:

»Die wundervollste Erfahrung in unserem Leben besteht aus dem Geheimnisvollen. Es ist die Quelle wahrer Kunst und Wissenschaft. Wer dieses Gefühl nicht kennt, wer nicht staunen und voller Ehrfurcht bewundern kann, ist so gut wie tot.«

Der Meinung bin ich auch, dachte Bradley. Er erinnerte sich an stille Nächte auf dem Pazifik, an einen sternenbesetzten Himmel und den schimmernden Streifen aus Biolumineszenz hinter dem Schiff. Er entsann sich an die wimmelnden Lebensformen – so fremdartig wie von einem anderen Planeten – im Bereich der Galapagos-Eruptionskanäle, dort, wo sich die Kontinentalplatten langsam voneinander lösten. Und er hoffte, daß er bald erneut voller Ehrfurcht staunen konnte, wenn die *Titanic* aus den Tiefen emporkam.

Der bunte Tanz hörte auf, und die M-Menge verblaßte.

Zwar hatte sich nicht *Reales* vor ihnen in der Luft befunden, aber Bradley spürte, daß der virtuelle Schirm des holographischen Projektors ausgeschaltet worden war.

»Jetzt wissen Sie mehr über die Mandelbrot-Menge, als Ihnen lieb ist«, sagte Donald. Erneut sah er Edith an, und wieder regte sich Mitgefühl für ihn in Jason.

Mit solchen Empfindungen hatte er nicht gerechnet, als er zum Schloß Conroy kam – tatsächlich begleitete ihn ein wenig Neid. Er besuchte einen reichen Mann, der auf einem prächtigen Anwesen lebte sowie eine talentierte und attraktive Familie hatte – alle Ingredienzen, die Glück gewährleisten sollten. Doch irgend etwas ist schiefgegangen, überlegte Bradley. Ich frage mich, wann Donald und Edith zum letztenmal miteinander geschlafen haben. Vielleicht lag dort das Problem – und es konnte groß genug sein...

Er sah noch einmal auf die Uhr. Möglicherweise glaubten seine Gastgeber, daß er nach einem Vorwand suchte, um nicht länger die M-Menge zu erörtern – und damit hatten sie vollkommen recht. Beeilen Sie sich, Herr Generaldirektor, dachte er.

Eine Sekunde später fühlte er ein vertrautes Prickeln am Handgelenk.

»Entschuldigen Sie bitte«, wandte sich Bradley an die Craigs. »Ein wichtiger Anruf für mich. Es dauert nur eine Minute.«

»Natürlich. Wir lassen Sie allein.«

Inzwischen wiederholte sich dieses Ritual pro Tag mehrere Millionen Mal auf der Welt. Die allgemeine Etikette verlangte, daß alle anderen Anwesenden anboten, das Zimmer zu verlassen, wenn es um ein persönliches Kom-Gespräch ging; die Höflichkeit hingegen erforderte, daß sich der Betreffende entschuldigte und den Raum verließ. Es gab zahlreiche Variationen, in Abhängigkeit von Umständen und Nationalitäten. In Japan, so betonte Kato häufig, nahmen die Formalitäten häufig soviel Zeit in Anspruch, daß der Anrufer verärgert auflegte.

»Bitte verzeihen Sie die Störung«, sagte Bradley, als er durch die Verandatür zurückkehrte. »Die Entscheidung über unser Geschäft – ich mußte bis zu diesem Anruf damit warten.«

»Ich hoffe, Sie haben nun eine gute Nachricht für uns«, erwiderte Donald Craig. »Wir brauchen Sie.«

»Nun, ich würde gern mit Ihnen zusammenarbeiten, aber...«

»Parky hat Ihnen ein besseres Angebot unterbreitet«, vermutete Edith mit kaum verhohlener Verachtung.

Jason sah sie ruhig an und antwortete in aller Ruhe:

»Nein, Mrs. Craig. Ich bitte Sie, diese Information vertraulich zu behandeln – die Parkinson-Gruppe war sehr großzügig, aber Sie haben mir doppelt soviel Geld in Aussicht gestellt. Und jenes Angebot, das ich eben gerade erhielt, entspricht nur einem *Zehntel* davon. Trotzdem ziehe ich es ernsthaft in Erwägung.«

Laute Stille folgte, unterbrochen von einem untypischen Kichern Adas.

»Sie müssen verrückt sein«, sagte Edith. Donald lächelte nur.

»Vielleicht haben Sie recht. Aber ich bin inzwischen in der angenehmen Lage, kein Geld mehr zu benötigen – obwohl es immer vorteilhaft ist, welches zu bekommen.« Bradley legte eine kurze Pause ein und lachte leise.

»Mein derzeitiges Vermögen genügt mir. Ich weiß nicht, ob Sie den klugen Spruch des berühmtesten Opfers der *Titanic* kennen. J. J. Astor sagte einmal: ›Wer eine Million Dollar besitzt, ist ebenso gut dran wie ein Reicher.‹ Im Verlauf meiner Karriere habe ich einige Millionen verdient, und ein Teil davon befindet sich noch immer in der Bank. Eigentlich brauche ich nicht mehr. Und falls ich doch etwas benötige, kann ich jederzeit tauchen und einen anderen Kraken verjagen.

Ich habe dies nicht *geplant* – es war wie ein Blitz aus heiterem Himmel. Vor zwei Tagen hatte ich bereits beschlossen, Ihr Angebot anzunehmen.«

Edith wirkte jetzt nicht mehr verärgert, sondern nur neugierig.

»Verraten Sie uns, wer Nippon-Turner *unterboten* hat?«

Bradley schüttelte den Kopf.

»Geben Sie mir einige Tage Zeit. Es müssen noch immer einige Probleme gelöst werden, und ich möchte nicht zwischen *drei* Stühlen sitzen.«

»Ich glaube, ich verstehe Sie«, sagte Donald. »Es gibt nur einen Grund, für einen Appel und ein Ei zu arbeiten. Jeder ist seinem Beruf etwas schuldig.«

»Das klingt wie ein Zitat.«

»In der Tat. Von Dr. Johnson.«

»Es gefällt mir. In den nächsten Wochen werde ich es vielleicht recht häufig benutzen. Bevor ich mich endgültig entscheide, brauche ich etwas Zeit, um mir alles gründlich durch den Kopf gehen zu lassen. Herzlichen Dank für Ihre Gastfreundschaft – und natürlich Ihr Angebot. Vielleicht nehme ich es tatsächlich an. Wenn nicht... Ich hoffe, dann können wir trotzdem Freunde bleiben.«

Als Jason mit dem Hubschrauber startete, sorgte der von den Rotorblättern erzeugte Abwind dafür, daß sich die Wasseroberfläche des Mandelbrot-Teichs kräuselte; die Spiegelbilder der Zypressen verschwanden. Ihm stand die größte Veränderung in seiner beruflichen Laufbahn bevor. Um eine Entscheidung zu treffen, mußte er sich völlig entspannen.

Er kannte einen Ort, wo das möglich war.

21
Ein Haus von gutem Ruf

Selbst der Überschall-Flugverkehr führte kaum zu einem Wandel im Status von Neuseeland; viele Leute hielten den Inselstaat nur für die letzte Etappe auf dem Weg zum Südpol. Die Mehrheit der Neuseeländer wollte nicht, daß sich etwas an dieser Situation änderte.

Evelyn Merrick gehörte zu den wenigen Ausnahmen. Im für sie sehr reifen Alter von siebzehn Jahren stellte sie fest, daß ihr Schicksal woanders lag. Nach drei Ehen, durch die sie einige emotionale Narben sowie finanzielle Sicherheit bekam, entdeckte sie ihre spezielle Rolle im Leben und war so glücklich, wie man nur sein konnte.

Die Villa, wie sie ihre vielen Kunden nannten, erhob sich auf einem prächtigen Anwesen in einer der noch immer unberührten Regionen von Kent, nicht allzu weit vom Flughafen Gatwick entfernt. Sie verdankte ihre Existenz einem Medien-Magnaten, der auf das falsche System setzte, als sich am Ende des zwanzigsten Jahrhunderts das hochauflösende Fernsehen durchsetzte. Spätere Versuche, seinen Reichtum wiederzugewinnen, schlugen fehl. Derzeit war er Gast der Regierung, und zwar für die nächsten fünf Jahre – wenn man einen Straferlaß wegen guter Führung berücksichtigte.

Als Mann mit hohen moralischen Maßstäben empörte er sich darüber, wie Dame Eva seinen früheren Besitz nutzte, und er hatte mehrmals versucht, sie zu vertreiben. Allerdings waren Evas Anwälte ebensogut wie seine – vielleicht sogar besser, wenn man daran dachte, daß sie nach wie vor die Freiheit genoß und sie auch weiterhin genießen wollte.

Die Villa wurde mit großer Sorgfalt und Gewissenhaftigkeit verwaltet: Pässe und Ausweise der jungen Frauen, ihre Steuererklärungen, Beiträge zur Gesundheits- und Rentenversicherung, medizinische Unterlagen und so weiter – alle Dokumente standen zur Verfügung, damit Regierungsinspektoren (von denen es eindeutig zu viele gab, fand Dame Eva) jederzeit Einblick in sie nehmen konnten. Wenn Untersuchungsbeamte in der Hoffnung kamen, etwas zu entdecken, um sich eine Beförderung (oder die Gunst des Hauses) zu verdienen, so erwartete sie eine Enttäuschung.

Im großen und ganzen handelte es sich um eine lohnende Karriere, voller emotionaler und intellektueller Stimuli. Evelyn belastete sich nicht mit ethischen Problemen: Sie hatte schon vor langer Zeit entschieden, daß es an Dingen, die Erwachsenen gefielen, nichts auszusetzen gab – vorausgesetzt, sie waren ungefährlich, hygienisch und machten nicht dick. Ihre Hauptsorge bestand darin, daß die unmittelbaren Beziehungen mit der Kundschaft einen hohen Personalwechsel verursachten und zu beträchtlichen Kosten in bezug auf Hochzeitsgeschenke führten. Sie hatte auch festgestellt, daß von der Villa gestiftete Ehen länger zu dauern schienen als konventionelle; wenn zuverlässige Daten vorlagen, wollte sie eine statistische Studie veröffentlichen. Derzeit lag der Korrelationsfaktor noch unter der Bedeutungsschwelle.

Angesichts ihres speziellen Berufs war Evelyn Merrick eine Frau mit vielen Geheimnissen – die zum größten Teil von anderen Personen stammten. Aber sie hütete auch mehrere eigene. Eins davon mochte durchaus ehrenhaft sein, aber wenn es bekannt wurde, litt vielleicht das Geschäft darunter: Seit zwei Jahren nutzte sie ihre umfassenden und einzigartigen Erfahrungen mit verschiedenen Formen der Paraphilie, um an der Universität von Auckland den Doktortitel in Psychologie zu erwerben.

Sie kannte Professor Hinton nur von wenigen Video-Gesprächen – beide bevorzugten die digitale Unpersönlichkeit von ausgetauschten Computer-Dateien. Eines Tages, wenn sie sich längst in den Ruhestand zurückgezogen hatte, erlaubte sie möglicherweise eine Veröffentlichung ihrer Dissertation. Natürlich würde sie ein Pseudonym verwenden und die einzelnen Fallgeschichten so verändern, daß die Anonymität der Betreffenden gewahrt blieb. Nicht einmal Professor Hinton kannte die einzelnen Personen, obwohl er manchmal gewisse Vermutungen hegte.

»Name: O. G.«, tippte Eva. »Alter: 50. Erfolgreicher Techniker.«

Nachdenklich blickte sie auf den Schirm. Die Initialen hatte sie mit Hilfe eines einfachen Codes geändert, und das Alter rundete sie immer auf das volle Jahrzehnt ab. Beim letzten Eintrag mußte sie jedoch relativ genau sein: Der Beruf eines Mannes spiegelte seine Persönlichkeit wider, und in diesem Zusammenhang waren nur dann falsche Angaben zulässig, wenn es darum ging, eine Identifizierung zu vermeiden. Selbst dann ließ Evelyn besonderes Feingefühl walten. Bei einem weltberühmten Musiker machte sie aus ›Pianist‹ ganz einfach ›Violinist‹, und einen ebenfalls bekannten Bildhauer verwandelte sie in einen Maler. Einmal hatte sie sogar einen Politiker als Staatsmann bezeichnet.

»Als kleiner Junge wurde O. G. von den Schülerinnen einer nahen Mädchenschule gehänselt und gelegentlich entführt, um ihn als (recht bereitwilliges) Untersuchungsobjekt in Hinsicht auf Krankenpflege und männliche Anatomie zu verwenden. Sie hüllten ihn von Kopf bis Fuß in Verbände. Zwar behauptet er heute, daß dabei erotische Elemente fehlten, aber das erscheint unglaubwürdig. Wenn man ihn darauf anspricht, zuckt er nur mit den Schultern und meint, er könne sich nicht an Einzelheiten erinnern.

Später, als junger Mann, erlebte er die Folgen eines

schweren Unfalls, bei dem viele Menschen starben. Er wurde nicht selbst verletzt, doch diese Erfahrung hat offenbar seine sexuelle Phantasie stimuliert. Er mag verschiedene Formen von Fesseln (siehe Liste A) und hat einen geringfügigen Sankt-Sebastian-Komplex entwickelt, wie er von Yukio Mishima bekannt ist. Im Gegensatz zu Mishima ist O. G. jedoch völlig heterosexuell: Der allgemeine Mapplethorpe-Fototest erbrachte bei ihm den Wert von 2,5 plusminus 0,1.

O. Gs. Verhaltensmuster wird durch folgenden Umstand sehr interessant und sogar ungewöhnlich: Er zeichnet sich durch eine aktive und auch ein wenig aggressive Persönlichkeit aus, typisch für einen Managern, der in einem Markt mit starker Konkurrenz tätig ist. Man kann sich kaum vorstellen, daß er in irgendeinem Lebensbereich eine *passive* Rolle spielt. Trotzdem findet er großen Gefallen daran, sich von meinem Personal wie eine ägyptische Mumie einwickeln zu lassen, bis er völlig hilflos ist. Nur dann, nach beträchtlicher Stimulation, erreicht er einen zufriedenstellenden Orgasmus.

Als ich ihn darauf hinwies, daß er vielleicht einem unbewußten Todeswunsch nachgibt, lachte er, ohne es abzustreiten. Bei seiner Arbeit kommt es häufig zu physischen Gefahren, was der Grund dafür sein mag, warum er diesen Beruf wählte. Allerdings bot er mir eine alternative Erklärung an, die sicher einen großen Teil Wahrheit enthält.

›Wenn man Verantwortung für Millionen von Dollar und viele Menschen trägt, so ist es ausgesprochen angenehm, eine Zeitlang *vollkommen* hilflos zu sein und nicht kontrollieren zu können, was in unmittelbarer Nähe geschieht. Ich *weiß* natürlich, daß es nur ein Spiel ist, aber eine Zeitlang gelingt es mir, mich vom Gegenteil zu überzeugen. Gelegentlich frage ich mich, ob ich auch dann Spaß daran fände, wenn es sich um eine reale Situation handel.‹

›Wahrscheinlich nicht‹, erwiderte ich, und er pflichtete mir bei.«

Evelyn las den Eintrag noch einmal und suchte nach Stellen, die O. Gs. Identität verraten mochten. Die Villa war auf Berühmtheiten spezialisiert, und deshalb konnte man gar nicht vorsichtig genug sein.

Das galt auch für die einzelnen Personen. Es gab nur eine Regel in der Villa, und sie lautete: »Kein Blut auf den Teppichen.« Eva verzog voller Abscheu das Gesicht, als sie sich an den Stabschef eines Landes der Dritten Welt erinnerte, dessen Raserei eine junge Frau verletzt hatte. Evelyn nahm seine Entschuldigungen und den Scheck mit kühler Verachtung entgegen, rief anschließend das Auswärtige Amt an. Der General wäre sicher sehr überrascht – und bestürzt – gewesen zu erfahren, warum der britische Botschafter so viele Gründe fand, um seinen nächsten Besuch im Vereinigten Königreich zu verschieben.

Manchmal überlegte Eva, was Schwester Margarita vom gegenwärtigen Beruf ihrer besten Schülerin gehalten hätte – sie erinnerte sich daran, geweint zu haben, als Mutter Oberin vom Tod ihrer alten Freundin berichtete. Außerdem entsann sich Evelyn mit wehmütiger Melancholie an jene Frage, die sie einmal ihrer Lehrerin hatte stellen wollen: *Warum* sollte der Schwur ewiger Keuschheit ehrenhafter und *heiliger* sein als ein Schwur ewiger Verstopfung?

Sie meinte diese Frage durchaus ernst, wollte damit keineswegs schockieren oder den Glauben der alten Nonne erschüttern. Trotzdem, dachte Eva. Vielleicht ist es besser, daß ich nie Gelegenheit bekommen habe, sie zu stellen.

Schwester Margarita hatte damals bereits gewußt, daß die kleine Evelyn Merrick nicht für die Kirche bestimmt war. Dennoch schickte Eva dem Kloster jedes Jahr zu Weihnachten großzügige Spenden.

22
Bürokrat

ARTIKEL 156
Gründung des Amtes

1. Hiermit wird die International Sea-bed Authority (Internationals Meeresgrund-Amt) gegründet. Sie nimmt ihre Aufgaben gemäß den allgemeinen Bestimmungen der UN wahr.
2. Alle UN-Staaten sind *ipso facto* Mitglieder der Authority.

...

4. Sitz des Amtes ist Jamaika.

ARTIKEL 158
Organe des Amtes

2. Hiermit wird die Initiative gegründet, jenes Organ, mit dem das Amt seine in Artikel 170, Paragraph 1, beschriebenen Aufgaben wahrnimmt.

(United Nations Convention on the Law of the Sea – Un-Konvention über das Seerecht, unterzeichnet in Montego Bay, Jamaika, am 10. Dezember 1982)

»Bitte entschuldigen Sie die geringe Vergütung«, sagte Generaldirektor Wilbur Jantz. »Aber sie wird von den UN-Vorschriften bestimmt.«

»Ich verstehe. Sie wissen, daß es mir dabei nicht ums Geld geht.«

»Natürlich bieten wir Ihnen zusätzliche Leistungen an. Zunächst einmal bekommen Sie den Rang eines Botschafters...«

»Muß ich mich auch wie einer kleiden? Hoffentlich

nicht. Ich habe keinen Smoking, ganz zu schweigen von dem anderen Unsinn.«

Jantz lachte.

»Keine Sorge – um solche Dinge kümmern wir uns. Außerdem reisen Sie ständig als VIP, was recht angenehm sein kann.«

Es ist schon lange her, seit ich zum letztenmal *nicht* als VIP unterwegs gewesen bin, dachte Bradley, verzichtete jedoch auf diese taktlose Bemerkung. Trotz seiner Erfahrungen war er ein Neuling in diesem Milieu. Vielleicht hätte er sich nicht über die Sache mit dem Botschafter lustig machen sollen...

Der Generaldirektor sah auf den Bildschirm seines Schreibtischs und gab gelegentlich einen Pause-Befehl ein, um bestimmte Passagen aufmerksam zu lesen. Bradley hätte einen beträchtlichen Teil seines Einkommens den neuen Arbeitgebern zurückgegeben, wenn er dadurch imstande gewesen wäre, einen Blick auf diese Datei zu werfen. Ob man hier weiß, daß Ted und ich falsche Amphoren in jenem Wrack vor Delos untergebracht haben? Ich fühle mich deshalb nicht schuldig: Dadurch kamen viele Leute in Schwierigkeiten, die es nicht anders verdienten.

»Ich sollte Sie darauf hinweisen, daß wir ein kleines Problem haben«, fuhr der Generaldirektor fort. »Obwohl es kaum eine Rolle spielt. Einige der, äh, aggressiven Mitgliedsstaaten könnten an Ihrer Verbindung zur CIA Anstoß nehmen.«

»Seitdem sind dreißig Jahre vergangen! Und ich wußte nicht einmal, daß es sich um ein CIA-Unternehmen handelte, bis ich mich dafür meldete – als Leichtmatrose, um Himmels willen! Ich dachte damals, einen Job in Hughes Summa Corporation zu finden. Und das war auch der Fall.«

»Lassen Sie sich dadurch nicht um den Schlaf bringen.

Ich erwähne diese Sache nur, weil Sie vielleicht jemand darauf anspricht. Was eher unwahrscheinlich ist: In jeder anderen Hinsicht sind Ihre Qualifikationen hervorragend. Das hat selbst Ballard zugegeben.«

»Ach, tatsächlich?«

»Er meinte, Sie seien der beste aus einem üblen Haufen.«

»Klingt ganz nach Bob.«

Der Generaldirektor las einige weitere Einträge, lehnte sich dann zurück und dachte nach.

»Es hat nichts mit der ISA zu tun, und bitte entschuldigen Sie, daß ich dieses Thema anschneide. Ich spreche von Mann zu Mann zu Ihnen...«

Lieber Himmel! dachte Bradley. Sie wissen von der Villa! Ich frage mich, wie sie trotz der Sicherheitsmaßnahmen Evas dahintergekommen sind. Aber die Überraschung war noch viel größer...

»Offenbar haben Sie vor mehr als zwanzig Jahren den Kontakt zu Ihrem Sohn und seiner Mutter verloren. Wenn Sie möchten, können wir Sie mit ihnen in Verbindung bringen.«

Jason hatte das Gefühl, als schnüre ihm etwas die Kehle zu, und einige schreckliche Sekunden lang glaubte er zu ersticken. Er kannte dieses Empfinden nur zu gut und spürte einen Anflug von Panik, die der schlimmste Feind des Tauchers ist.

Er faßte sich wieder, indem er langsam und ruhig atmete. Generaldirektor Jantz begriff, daß er eine alte Wunde aufgerissen hatte, und er wartete geduldig.

»Danke«, erwiderte Bradley schließlich. »Das ist nicht nötig. Geht es ihnen... gut?«

»Ja.«

Mehr wollte er nicht wissen. Es war unmöglich, die Uhr zurückzudrehen: Er konnte sich kaum an den fünfundzwanzigjährigen Mann – *Jungen*! – namens Jason Bradley erinnern, als er das College besuchte. Und sich dort zum ersten- und letztenmal verliebte.

Er würde nie erfahren, wer die Verantwortung trug, und vielleicht war das auch besser so. Sie hätten jederzeit mit ihm Kontakt aufnehmen können, jedoch nie von dieser Möglichkeit Gebrauch gemacht. (Dachte J. J. jemals an die Zeiten zurück, als sie zusammen gespielt hatten? Bradleys Augen brannten, und rasch verdrängte er die Erinnerungen.)

Manchmal überlegte er, ob er Julie wiedererkennen würde, wenn er ihr auf der Straße begegnete. Er besaß keine Fotos mehr von seiner Ex-Frau (nur noch eins von J. J.) und konnte sich kaum an ihr Gesicht entsinnen. Zweifellos waren durch jene Erfahrung unauslöschliche Narben in seiner Psyche entstanden, aber er hatte inzwischen gelernt, mit ihnen zu leben – was er auch Dame Eva verdankte. Das in der Villa für ihn institutionalisierte Ritual brachte ihm sowohl geistige als auch körperliche Erleichterung und versetzte ihn in die Lage, allen Anforderungen seines Berufs zu genügen. Dafür war er sehr dankbar.

Jetzt wurde er zum stellvertretenden Direktor (Atlantik) der International Sea-bed Authority und stellte sich neuen Herausforderungen. Ted hätte über diese seltsame Metamorphose sicher schallend gelacht, aber es stimmte: Gelegentlich gaben Wilderer tatsächlich die besten Wildhüter ab.

»Ich habe Dr. Zwicker gebeten, hierherzukommen und Sie zu begrüßen – immerhin werden Sie eng zusammenarbeiten. Kennen Sie ihn bereits?«

»Nicht persönlich. Aber ich habe ihn erst gestern im TV-Kanal der Wissenschaftsnachrichten gesehen. Er analysierte den Parkinson-Plan – und hielt nicht viel davon.«

»Unter uns gesagt: Er hält kaum etwas von Dingen, die er nicht selbst erfunden hat. Und für gewöhnlich hat er recht – wodurch er seinen Kollegen nicht sympathischer wird.«

Viele Leute hielten es noch immer für komisch, daß der beste Ozeanograph der ganzen Welt in einem Alpental geboren war. In diesem Zusammenhang kursierten viele Witze über die Kühnheit der schweizerischen Marine. Was jedoch nichts an der Tatsache änderte, daß man den Bathyskaph in der Schweiz konstruiert hatte. Der lange, von den Piccards geworfene Schatten lag noch immer auf der von ihnen entwickelten Technik.

Generaldirektor Jantz blickte auf seine Armbanduhr, sah Bradley an und lächelte.

»Wenn es mein Gewissen erlauben würde, könnte ich auf diese Weise Wetten gewinnen.« Er begann mit einem leisen Countdown, und bei »eins« klopfte es an der Tür.

»Verstehen Sie, was ich meine?« wandte sich Jantz an Jason. »Wie heißt es so schön: ›Zeit ist die Kunst der Schweizer.‹.« Lauter fügte er hinzu: »Kommen Sie herein, Franz.«

Einige Sekunden stummen Respekts verstrichen, bevor sich Wissenschaftler und Techniker die Hände schüttelten. Jeder kannte den Ruf des anderen und dachte: Sind wir Kollegen – oder Rivalen? Dann sagte Professor Franz Zwicker: »Willkommen an Bord, Mr. Bradley. Wir haben viel zu besprechen.«

II
VORBEREITUNGEN

23
Auf Sendung

»Bestimmt gibt es nur wenige Leute, die nicht wissen, daß es nur noch vier Jahre dauert, bis ein Jahrhundert seit der *Titanic*-Tragödie verstrichen ist«, sagte Marcus Kilford. »Die meisten von uns kennen bereits die Pläne, das Wrack zu heben. Erneut freue ich mich, heute abend drei wichtige Repräsentanten dieses Projekts begrüßen zu können. Ich spreche abwechselnd mit ihnen, und anschließend haben Sie die Möglichkeit, im Studio anzurufen und Fragen zu stellen. Zur gegebenen Zeit wird die Telefonnummer am unteren Bildschirmrand eingeblendet.

Der Herr links von mir ist der berühmte Unterwasser-Techniker Jason Bradley – seine Begegnung mit dem Riesenkraken bei einer Bohrstation von Neufundland ist inzwischen Legende. Derzeit arbeitet er für die International Sea-bed Authority und überwacht die Operationen am Wrack.

Neben ihm sitzt Rupert Parkinson, der im vergangenen Jahr *fast* den American Cup nach England gebracht hätte – nehmen Sie mir das bitte nicht übel, Rupert. Seine Firma will den Bug des Wracks heben, den größeren Teil des auseinandergebrochenen Schiffes.

Rechts von mir sehen Sie Donald Craig, Geschäftspartner der Nippon-Turner Corporation, die zur größten Medien-Kette der Welt geworden ist. Er wird uns berichten, wie das Hecksegment geborgen werden soll. Es sank zuletzt und nahm viele der Menschen mit, die in jener unvergeßlichen Nacht vor sechsundneunzig Jahren starben.

Mr. Bradley, könnte man Sie als eine Art Schiedsrichter bezeichnen, der sicherstellt, daß bei dem Wettrennen dieser beiden Gentlemen niemand mogelt?«

Kilford hob die Hand, um dem Protest seiner beiden anderen Gäste zuvorzukommen.

»Ich bitte Sie, meine Herren! Sie bekommen Gelegenheit, sich zu äußern. Überlassen Sie Jason das Wort.«

Da ich jetzt als Diplomat verkleidet bin, sollte ich versuchen, dieser Rolle gerecht zu werden, dachte Bradley. Kilford provoziert uns – das gehört zu seinem Job. Also sei ganz cool.

»Ich sehe kein *Wettrennen* darin«, antwortete er vorsichtig. »Beide Gruppen halten sich an einen Zeitplan, der die Bergung des Wracks Mitte April 2012 vorsieht.«

»Vielleicht direkt am 15? Und *beide* Teile?«

Das war eine heikle Angelegenheit, die Bradley nicht in aller Öffentlichkeit erörtern wollte. Er hatte die hohen Tiere der ISA davon überzeugt, daß auf keinen Fall ein Fotofinish erlaubt werden durfte. Zwei große Bergungsmissionen konnten unmöglich *gleichzeitig* stattfinden, wenn die Entfernung weniger als einen Kilometer betrug. Es bestand immer die Möglichkeit, daß alles in einer Katastrophe endete, und dadurch hätten sich die Risiken enorm vergrößert. Wenn man versuchte, zwei schwierige Arbeiten zur gleichen Zeit zu erledigen, so forderte man einen Fehlschlag geradezu heraus.

»Wissen Sie«, fuhr Bradley ruhig fort, »so etwas läßt sich nicht in einigen Stunden erledigen. Die *Titanic* hat den Grund innerhalb weniger Minuten erreicht, doch es dauert Tage, um sie an die Meeresoberfläche zurückzubringen. Vielleicht sogar Wochen.«

»Wenn Sie mir einen Hinweis gestatten...«, warf Parkinson ein und sprach sofort weiter. »Wir haben nicht die Absicht, unseren Teil des Wracks an die *Oberfläche* zu bringen. Es soll ständig unter Wasser bleiben, damit keine Korrosion erfolgt. *Wir* planen keine spektakuläre Fernseh-Show.« Er vermied es, den Blick auf Craig zu richten, doch die Studiokamera war weniger taktvoll.

Donald tut mir leid, dachte Bradley. Kato hätte hier seinen Platz einnehmen sollen – er und Parky wären einander ebenbürtig gewesen. Er stellte sich vor, wie beide versuchten, den anderen als Narren dazustellen, natürlich auf eine überaus höfliche Art und Weise. Jason bedauerte es, Donald nicht helfen zu können – er mochte ihn, brachte ihm fast väterliche Gefühle entgegen. Aber er mußte einen freundlich-neutralen Standpunkt vertreten.

Donald Craig rutschte unruhig auf seinem Stuhl hin und her, bedachte Parkinson mit einem beleidigten Blick. Kilford schmunzelte zufrieden.

»Nun, Mr. Craig? Sie wollen doch filmen, wie das Heck im Innern eines großen Eisbergs aus dem Wasser kommt, oder?«

Genau darin bestand Katos Absicht, obgleich er es nie in der Öffentlichkeit zugegeben hatte. Wie dem auch sei: Ein solches Vorhaben konnte im elektronischen globalen Dorf nur wenige Mikrosekunden lang geheim bleiben.

»Nun, äh...«, begann Donald unsicher. »Wenn wir unseren Teil *tatsächlich* an und über die Oberfläche bringen, so wird er dort nicht lange bleiben...«

»Aber lange genug, um einen spektakulären Film zu drehen, stimmt's?«

»... weil wir ihn kurze Zeit später unter Wasser fortschleppen, so wie Sie Ihren Teil, Rupert – bis er seine letzte Ruhestätte in Tokio-on-Sea erreicht. Eine Korrosionsgefahr besteht nicht: Der größte Teil des Stahls befindet sich im Eis, und überall liegt die Temperatur dicht unterm Gefrierpunkt.«

Donald zögerte kurz, und ein dünnes Lächeln umspielte nun seine Lippen.

»Übrigens…«, fuhr er zuversichtlicher fort. »Ich habe gehört, daß *Sie* ein Fernsehspektakel planen. Was ist mit dem Gerücht, Taucher zum Wrack zu bringen, sobald es eine zugängliche Tiefe erreicht hat? Wie viele Meter wären das, Mr. Bradley?«

»Kommt darauf an, was die Taucher atmen. Dreißig Meter mit normaler Luft. Hundert oder mehr mit verschiedenen Mischungen.«

»Unter diesen Voraussetzungen wären sicher Tausende von Sporttauchern bereit, für einen Besuch zu bezahlen – bevor der Bug in den Gewässern von Florida eintrifft.«

»Danke für den Vorschlag, Donald«, erwiderte Parkinson liebenswürdig. »Wir ziehen ihn in Erwägung.«

»Nun, da wir jetzt das Eis gebrochen haben – ha-ha! –, sollten wir in die Einzelheiten gehen. Donald, Rupert: Bitte erklären Sie uns, wie weit Sie mit Ihren Projekten sind. Ich erwarte natürlich nicht, daß Sie Geheimnisse verraten. Im Anschluß daran bitte ich Jason um einen Kommentar – wenn er dazu bereit ist. Da C vor P kommt, fangen Sie an, Donald.«

»Nun, äh… das Problem mit dem Heck besteht darin, daß es in einem sehr schlechten Zustand ist. Indem wir es in Eis packen, können wir es als eine Einheit behandeln. Und natürlich *schwimmt* Eis – was Kapitän Smith damals im Jahre 1912 vergessen zu haben schien.

Meine Freunde in Japan haben eine recht wirkungsvolle Methode entwickelt, um Wasser zu gefrieren; sie verwenden dabei elektrischen Strom. Die Temperatur am Grund beträgt fast null Grad, und das bedeutet, es ist nur eine geringe zusätzliche Abkühlung notwendig.

Kabel mit neutralem Auftrieb und die thermoelektrischen Elemente haben wir bereits hergestellt. Unsere Unterwasser-Roboter installieren sie in wenigen Tagen. Wir verhandeln noch immer, was die Elektrizität betrifft, aber wahrscheinlich können die Verträge bald unterschrieben werden.«

»Und wenn ihr Tiefsee-Eisberg entstanden ist – was dann?«

»Nun, darüber möchte ich derzeit noch nicht sprechen.«

Donald wich der Antwort keineswegs aus, was die Anwesenden im Studio jedoch nicht wissen konnten. Die Einzelheiten waren ihm schlicht und einfach unbekannt, und einmal mehr fragte er sich, was Kato während ihres letzten Gesprächs gemeint hatte. Bestimmt hat er sich einen Scherz erlaubt, dachte Craig. Es ist nicht gerade höflich, seine Geschäftspartner im unklaren zu lassen...

»Wie Sie meinen, Donald. Möchten Sie einen Kommentar dazu abgeben, Jason?«

Bradley schüttelte den Kopf.

»Nur folgenden: Es ist ein verwegener Plan, aber unsere Wissenschaftler haben keinen Fehler darin gefunden. Außerdem läßt sich eine gewisse poetische Gerechtigkeit nicht leugnen.«

»Rupert?«

»Der Meinung bin ich auch. Eine gute Idee. Ich *hoffe* nur, es klappt alles.«

Irgendwie gelang es Parkinson, aufrichtiges Bedauern in Hinsicht auf das Scheitern zu vermitteln, mit dem er offenbar rechnete. Er zeigte dabei ein erstaunliches Schauspieltalent.

»Jetzt sind Sie dran. Wie weit ist das Parkinson-Projekt?«

»Wir benutzen nichts Exotisches, sondern schlichte Technik! Da im Bereich der *Titanic* ein Druck von vierhundert Atmosphären herrscht, hat es keinen Sinn, Luft hinabzupumpen. Deshalb verwenden wir hohle Glaskugeln – sie haben in jeder Tiefe den gleichen Auftrieb. Millionen von ihnen werden zu Bündeln zusammengepackt. Einige davon bringen wir vielleicht an bestimmten Stellen im Wrack unter, mit Hilfe von ROVs. Entschuldigung: Das Kürzel steht für Remote Operated Vehicles. Nun, weitaus die meisten Glaskugel-Bündel befestigen wir an einem Hebegerüst, das wir von oben herablassen.«

»Und wie soll das Gerüst mit dem Wrack verbunden werden?« warf Kilford ein.

Er scheint sich sehr gründlich auf diese Talk-Show vorbereitet zu haben, dachte Bradley anerkennend. Die meisten Laien hätten so etwas als selbstverständlich hingenommen, ohne diesem Punkt besondere Beachtung zu schenken. Doch es handelte sich um den wichtigsten Aspekt der ganzen Operation.

Rupert Parkinson lächelte breit.

»Donald hat seine kleinen Geheimnisse, und uns geht es nicht anders. Wir führen bald einige Tests durch, und Jason hat sich freundlicherweise bereit erklärt, sie zu beobachten – nicht wahr?«

»Ja«, bestätigte Bradley. »Wenn wir *Marvin* rechtzeitig von der amerikanischen Marine bekommen. Leider verfügt die ISA nicht über eigene Tiefseeboote. Wir arbeiten noch daran.«

»Eines Tages würde ich gern mit Ihnen tauchen – vielleicht«, sagte Kilford. »Können Sie eine Video-Verbindung zum Wrack schaffen?«

»Mit Glasfaserkabeln ist das kein Problem. Wir haben bereits einige ferngesteuerte Kameras in Position gebracht.«

»Ausgezeichnet. Ich spreche mit meinem Produzenten darüber. Wie ich sehe, herrscht in der Telefonzentrale bereits reger Betrieb. Unser erster Anrufer ist Mr., äh, das heißt Miß Chandrika de Silva aus Notting Hill Gate. Stellen Sie Ihre Frage, Chandrika...«

24
Eis

»Wir haben es mit einem Käufermarkt zu tun«, sagte Kato erfreut. »Die Marinen der USA und UdSSR unterbieten sich gegenseitig. Wenn wir hart bleiben, *bezahlen* sie uns vielleicht sogar dafür, ihnen ihre radioaktiven Spielzeuge abzunehmen.«

Auf der anderen Seite der Welt sahen ihn die Craigs mit Hilfe des letzten kommunikationstechnischen Wunders. POLAR 1, vor einigen Wochen mit großem Trara in Betrieb genommen, war das erste Glasfaserkabel, das man unter der arktischen Eiskappe verlegt hatte. Es führte zu einer großen Verbesserung des globalen Telefonsystems, da man sich den Umweg über einen Satelliten im geostationären Orbit sparte. Jetzt blieben Verzögerungen aus: Die einzelnen Gesprächspartner unterbrachen sich nicht mehr und verschwendeten keine Zeit, indem sie auf Antworten warteten. Der Generaldirektor von INTELSAT hatte versucht, seine Tränen zurückzuhalten, als er verkündete: »Jetzt können wir Kom-Satelliten zu dem Zweck einsetzen, der ihnen von Gott bestimmt ist: Sie bieten ihre Navigationsdienste Flugzeugen, Schiffen, Autos und *jedem* an, der an die frische Luft möchte.«

»Haben Sie bereits eine Vereinbarung getroffen?« fragte Donald.

»Bis zum Wochenende steht der Vertrag. Ein Iwan und ein Yankee. Dann konkurrieren sie miteinander, um festzustellen, wer mehr für uns leistet. Ist doch viel besser, als sich gegenseitig mit Atombomben zu bedrohen, nicht wahr?«

»Allerdings.«

»Die Briten und Franzosen versuchen ebenfalls, ins Geschäft zu kommen, was unsere Verhandlungsposition noch weiter verbessert. Vielleicht sollten wir eins ihrer U-Boote als Reserve mieten – oder falls wir die allgemeinen Operationen beschleunigen wollen.«

»Um mit Parky und Co. Schritt zu halten? Oder um unseren Teil zuerst zu heben?«

Eine kurze Pause folgte, lange genug für die Frage, um zum Mond und zurück zu reisen.

»Ich bitte Sie, Edith!« erwiderte Kato. »Ich dachte dabei an unerwartete Probleme. Immerhin ist es kein Wettrennen – Gott behüte! Beide Gruppen haben der ISA versprochen, das Wrack zwischen dem 7. und 15. April 2012 zu heben. Wir wollen nur sicherstellen, daß wir diesen Termin halten können – das ist alles.«

»Sind Sie dazu imstande?«

»Ich möchte Ihnen einen kleinen Film zeigen und schlage vor, daß Sie den Aufzeichnungsmodus ausschalten. Es ist noch keine endgültige Version, und ein Kommentar Ihrerseits wäre sicher nützlich.«

Die japanischen Studios, erinnerte sich Donald, genossen schon seit langem einen guten Ruf in bezug auf Modelle und Spezialeffekte. (Wie oft war Tokio von verschiedenen Ungeheuern zerstört worden?) Das Schiff und der Meeresgrund wiesen so viele Details auf, daß man kein Gefühl für die Größe bekam. Wer nicht wußte, daß die Sichtweite unter Wasser nie mehr als hundert Meter betrug – unter den besten Bedingungen –, hätte die Darstellungen für echt halten können.

Die hintere Sektion der *Titanic* – etwa ein Drittel des ganzen Wracks – lag auf einer flachen, schlammigen Ebene, umgeben von Trümmern, die herabgeregnet waren, als das Schiff auseinanderbrach. Das eigentliche Heck befand sich in einem recht guten Zustand, auch wenn ein Teil des Decks fehlte, aber weiter vorn sah es aus, als sei ein gewaltiger Hammer auf den Rumpf herabgesaust. Nur das halbe Ruder ragte aus dem Grund, und zwei der drei Schiffsschrauben steckten tief darin. Sie aus dem Schlick zu lösen, stellte ein Problem für sich dar.

»Sieht nach einem ziemlichen Durcheinander aus, nicht wahr?« fragte Kato fröhlich. »Beobachten Sie, was jetzt geschieht.«

Ein Hai schwamm langsam vorbei, bemerkte die imaginäre Kamera und floh. Donald lächelte unwillkürlich und bewunderte die Tricktechniker.

Kurz darauf verstrich die Zeit schneller. Tageszahlen erschienen am rechten Bildschirmrand: Eine Sekunde repräsentierte jeweils vierundzwanzig Stunden. Dünne Träger kamen aus dem flüssigen Himmel herab und hüllten das Wrack in ein Gerüst. Dicke Kabel krochen in den geborstenen Rumpf.

Tag 400 – mehr als ein Jahr war vergangen. Das bis dahin völlig transparente Wasser trübte sich. Zuerst verschwand der obere Teil des Wracks in einem großen weißen Block, gefolgt von der stählernen, an vielen Stellen aufgeplatzten Beplankung. Schließlich reichte der weiße Glanz bis zum Grund.

»Tag 600«, sagte Kato stolz. »Der größte Eiswürfel auf der Welt – allerdings ist er nicht ganz würfelförmig. Denken Sie nur daran, wie viele neue Kühlschränke wir *dadurch* verkaufen.«

Vielleicht in Asien, dachte Donald. Aber nicht im Vereinigten Königreich. Und schon gar nicht in Belfast. Dort war es bereits zu Protesten gekommen: Man sprach von einem Sakrileg und drohte damit, alles Japanische zu boykottieren. Nun, das ist Katos Problem. Und bestimmt ignoriert er es nicht.

»Tag 650. Inzwischen ist auch der Meeresgrund gefroren, bis zu einer Tiefe von mehreren Metern unter den drei Schiffsschrauben. Alles befindet sich in einem massiven Eisblock, den wir jetzt nur noch an die Oberfläche bringen müssen. Das gibt uns nur einen Bruchteil des benötigten Auftriebs, und deshalb...«

»... wollen Sie Parky bitten, Ihnen einige Milliarden Mikrokugeln zu schicken.«

»Ob Sie's glauben oder nicht: Wir haben *tatsächlich* daran gedacht, selbst welche herzustellen. Aber eine Nachahmung der westlichen Technologie? Gott bewahre!«

»Wie wollen Sie statt dessen vorgehen?«

»Ganz einfach: Wir setzen High-Tech ein.

Verraten Sie es noch niemandem: Wir heben die *Titanic* mit Raketen.«

25
Jason Jr.

Manchmal gab es für den stellvertretenden ISA-Direktor (Atlantik) keine offiziellen Pflichten, weil bei den *Titanic*-Operationen keine Probleme auftraten. Aber Jason Bradley gehörte nicht zu den Männern, die den Müßiggang liebten.

Da ihm seine Amtszeit keine Sorgen bereitete – verschiedene Investitionen sicherten ihm ein Einkommen, das weit über die ISA-Vergütungen hinausging –, verhielt er sich wie ein freier Mitarbeiter. Kollegen von ihm mochten in ihren Kästchen des Organisationsdiagramms gefangen sein, doch Jason streifte frei umher und besuchte alle Abteilungen, die sein Interesse weckten. Manchmal informierte er den Generaldirektor, manchmal nicht. Normalerweise war er immer willkommen, denn sein Ruf ging ihm voraus. Außerdem sahen die übrigen Sektionsleiter keinen Rivalen in ihm, sondern eher einen exotischen Besucher.

Die vier anderen stellvertretenden Direktoren (Pazifik, Indischer Ozean, Antarktis und Arktis) schienen sofort bereit zu sein, ihm zu zeigen, was in ihren jeweiligen maritimen Reichen geschah. Sie kämpften gegen einen gemeinsamen Feind: den globalen Anstieg des Meeresspiegels. Nach mehr als zehn Jahren teilweise recht erbitterter Auseinandersetzungen war man inzwischen überein gekommen, daß die Zunahme pro Jahr ein bis zwei Zentimeter betrug.

Bluepeace und andere Öko-Gruppen gaben die Schuld dem Menschen, doch die Wissenschaftler waren nicht so sicher. Zwar stand fest, daß Milliarden Tonnen Kohlendioxid von Kraftwerken und Autos mit Verbrennungsmotoren einen *gewissen* Beitrag zum sogenannten ›Treibhauseffekt‹ leisteten, aber vielleicht traf die Schuld in erster Linie Mutter Natur selbst. Auch die größten Anstrengungen der Menschheit konnten nicht so viele Schadstoffe hervorbringen wie ein großer Vulkan. Diese Argumente klangen freilich sehr akademisch für Leute, die vielleicht in wenigen Jahrzehnten ihre Heimat ans Meer verloren.

Franz Zwicker, Chefwissenschaftler der ISA, galt weltweit als bester Ozeanograph – eine Meinung, der er nicht widersprach. Wenn Besucher sein Büro betraten, so bemerkten sie sofort das *Time*-Cover mit dem Titel: ›Admiral aller Meere.‹ Außerdem entkam niemand einem Vortrag – oder zumindest einem werbenden Hinweis –, der seiner Operation *Neptun* galt.

»Es ist ein Skandal«, sagte Zwicker bei solchen Gelegenheiten. »Wir haben Fotokarten von Mond und Mars, die Einzelheiten bis zur Größe eines kleinen Hauses zeigen – aber der überwiegende Teil *unseres* Planeten ist noch immer unbekannt! Man gibt Milliarden Dollar aus, um das menschliche Genom zu katalogisieren, in der Hoffnung, dadurch Durchbrüche in der Medizin zu erzielen – eines Tages. Das bezweifle ich nicht. Doch die Kartographierung des Meeresbodens bis zum Auflösungsvermögen von einem Meter würde sich sofort auszahlen. Mit Kamera und Magnetometer könnten wir die Wracks *aller* in der Menschheitsgeschichte gesunkenen Schiffe finden!«

Wer ihm Monomanie vorwarf, hörte die berühmte Antwort Edward Tellers: »Das stimmt nicht. Ich habe gleich mehrere fixe Ideen.«

Die Operation *Neptun* spielte dabei jedoch eine zentrale Rolle, und nach einigen Monaten Zusammenarbeit mit Zwicker beschäftigte sich auch Bradley damit – zumindest dann, wenn er seine Aufmerksamkeit nicht auf die *Titanic* konzentrierte.

Das Resultat von vielen Brainstorming-Stunden und einigen Gigabyte an CAD- und CAM-Elaborationen war der Experimental Long Range Autonomous Surveyor 1 (Experimentelle Autonome Langstrecken-Erkundungseinheit). Das offizielle Akronym ELRAS überlebte nur eine Woche lang, bevor es über Nacht in Vergessenheit geriet...

»Er hat kaum Ähnlichkeit mit seinem Vater«, sagte Roy Emerson.

Bradley hatte diesen Witz längst satt, wenn auch aus Gründen, die keiner seiner Kollegen kannte – abgesehen vom Generaldirektor. Für gewöhnlich rang er sich ein schiefes Lächeln ab, wenn er das neueste Wunder der Entwicklungslaboratorien irgendwelchen VVIPs zeigte. Um gewöhnliche VIPs kümmerte sich die Abteilung Public Relations.

»Er ist nicht nach mir benannt, aber das wird mir niemand glauben. Reiner Zufall will es, daß jener amerikanische Marine-Roboter, der die ersten Aufnahmen vom Innern der *Titanic* lieferte, Jason Junior hieß. Ich fürchte, bei diesem Namen bleibt es.

Wie dem auch sei: Unser J. J. ist weitaus leistungsfähiger und praktisch völlig unabhängig. Er ist imstande, tage- oder wochenlang ganz allein zu arbeiten, ohne daß Menschen eingreifen müssen. Der erste J. J. hingegen wurde per Kabel kontrolliert; manche Leute beschrieben ihn als ein braves Hündchen an der Leine. *Dieser* J. J. kann alle Weltmeere durchstreifen und den Grund dort beschnüffeln, wo er etwas Interessantes findet.«

Jason Junior war nicht viel größer als ein Mensch, wie ein dicker Torpedo geformt sowie vorn und hinten mit Kameras ausgestattet. Der Antrieb bestand aus einer drehbaren Schraube, und mehrere kleine Düsen ermöglichten die Höhenkontrolle ... Die Hülle wies mehrere stromlinienförmige Vorwölbungen auf, unter denen Instrumente ruhten, aber es fehlten externe Greifwerkzeuge, wie man sie von den meisten ROVs her kannte.

»Warum keine Hände?«

»Er braucht sie gar nicht. Auf diese Weise ergibt sich ein saubereres Design, das höhere Geschwindigkeiten und damit eine größere Reichweite erlaubt. J. Js. primäre Aufgabe besteht in der Erkundung. Später haben wir immer noch Gelegenheit, zurückzukehren und uns das anzusehen, was er auf dem Meeresgrund entdeckt hat. Oder darunter, mit Hilfe von Magnetometer und Sonar.«

Emerson war beeindruckt – diese Maschine übte erheblichen Reiz auf seinen technischen Instinkt aus. Der kurzlebige Ruhm des Wellenwischers hatte sich längst verflüchtigt, aber zum Glück nicht der damit einhergehende Reichtum.

Er schien ein Mann zu sein, der nur von einer Idee lebte. Spätere Erfindungen stellten sich als Fehlschläge heraus, und sein in den Medien viel zu oft besprochenes Experiment, Mikrokugeln durch eine mit Luft gefüllte Röhre zum Wrack *fallen* zu lassen, führte zu einem peinlichen Debakel. Emersons ›Loch im Meer‹ weigerte sich hartnäkkig, offen zu bleiben. Die fallenden Glaskugeln verstopften es auf halbem Wege nach unten – es sei denn, man gab oben so wenige hinein, daß sich diese Art des Transports nicht mehr lohnte.

Die Parkinsons waren darüber sehr verärgert, und während der letzten Aufsichtsratssitzung hatten sie Emerson so in Verlegenheit gebracht, wie es nur die englische Oberklasse vermochte. Einige Wochen lang begegnete ihm sogar sein guter Freund Rupert kühl und distanziert.

Aber damit noch nicht genug. Ein satirischer Karikaturist aus Washington hatte einen verrückten ›Thomas Alva Emerson‹ geschaffen, dessen bizarre Erfindungen Rube Goldbergs Werk weit in den Schatten stellten. Er begann mit einem motorisierten Reißverschluß, dem erst eine digitale Zahnbürste und dann ein mit Solarzellen betriebener Herzschrittmacher folgten. Als ein Braille-Tachometer für blinde Motorradfahrer vorgestellt wurde, wandte sich Roy Emerson an seinen Anwalt.

»Es ist weitaus einfacher, das Vaterunser mit einem Filzstift auf ein Reiskorn zu schreiben, als die Verleumdungsklage gegen ein Network zu gewinnen«, sagte Joe Wickram. »Der Beklagte beruft sich bestimmt auf das Recht der freien Meinungsäußerung, öffentliches Interesse und dergleichen.« Hoffnungsvoll fügte er hinzu: »Ich würde mich natürlich über eine solche Gelegenheit freuen. Weißt du, ich wollte schon immer mal einen Fall vor dem Obersten Gerichtshof verhandeln.«

Emerson war vernünftig genug, Joes Angebot abzulehnen. Wenigstens ein guter Aspekt ergab sich aus den Karikatur-Angriffen auf ihn: Alle Parkinsons hielten sie für unfair und stellten sich auf seine Seite. Sie nahmen seine technischen Vorschläge nicht mehr sehr ernst, aber sie ermutigten ihn zu Informationsreisen wie dieser.

Das bescheidene Forschungs- und Entwicklungszentrum der ISA auf Jamaika hatte keine Geheimnisse und stand jedem offen. Zumindest theoretisch sollte es ein unparteiischer Berater für alle sein, deren Arbeit das Meer betraf. Parkinson und Nippon-Turner waren jetzt die bei weitem bekanntesten Repräsentanten dieser Kategorie: Ihre Abgesandten statteten dem Zentrum häufige Besuche ab, um sich in Hinblick auf die eigenen Projekte beraten zu lassen – und um die Fortschritte der Konkurrenz in Erfahrung zu bringen. Sie versuchten natürlich, peinliche Begegnungen zu vermeiden, aber manchmal liefen sie sich im Institut über den Weg, und dann hörte man Bemerkungen wie: »Komisch, daß wir uns ausgerechnet *hier* treffen!« Roy Emerson glaubte, in der Abflughalle des Kingston Airport bei seiner Ankunft einen von Katos Leuten gesehen zu haben.

Die International Sea-bed Authority wußte natürlich, was vor sich ging, und sie trachteten danach, einen Nutzen daraus zu ziehen. Franz Zwicker entwickelte ein spezielles Talent, seine eigenen Projekte durchzusetzen – und andere dafür bezahlen zu lassen. Bradley freute sich darüber, mit ihm zusammenzuarbeiten, insbesondere in bezug auf J. J.; außerdem ließ er keine Gelegenheit ungenutzt, aufmunternde Worte fallenzulassen und glänzende Broschüren über *Neptun* zu verteilen.

»Wir setzen ihn ein, sobald die Software perfekt und er in der Lage ist, Hindernissen auszuweichen und mit kritischen Situationen fertig zu werden«, wandte sich Jason an Emerson. »Dann beginnt er, den Meeresgrund mit weitaus mehr Einzelheiten als bisher zu kartographieren. Wenn er später auftaucht, nehmen wir ihn an Bord, laden seine Batterien und überspielen die gesammelten Daten in die Speicher unserer Computer. Anschließend kehrt er in den Ozean zurück und setzt seine Mission fort.«

»Und wenn er dem großen weißen Hai begegnet?«

»Selbst daran haben wir gedacht. Haie greifen nur selten etwas an, das ihnen unbekannt ist, und J. J. sieht nicht sehr appetitanregend aus. Hinzu kommt: Mit seinen Sonar- und elektromagnetischen Emissionen wird er die meisten Raubtiere vertreiben.«

»Wann wollen Sie ihn testen – und wo?«

»Nächsten Monat, in einigen bereits gut bekannten maritimen Regionen. Die zweite Phase findet weiter draußen am Kontinentalsockel statt. Und dann – die Grand Banks.«

»Im Bereich der *Titanic* dürfen Sie wohl kaum mit neuen Entdeckungen rechnen. Beide Teile des Wracks sind genau fotografiert worden, und das Auflösungsvermögen der Bilder reicht bis zu einem Quadratmillimeter.«

»Ja. Daran sind wir auch gar nicht interessiert. Aber J. J. kann Messungen bis zwanzig Meter *unter* den Meeresboden vornehmen, und derartige Sondierungen sind beim Trümmerfeld noch nicht vorgenommen worden. Wer weiß, was dort im Schlamm vergraben liegt? J. Js. Fähigkeiten, und dadurch kommt das Projekt sicher ein ordentliches Stück voran. Nächste Woche suche ich die *Explorer* auf und treffe alle Vorbereitungen. Es ist eine Ewigkeit her, seit ich zum letztenmal an Bord jenes Schiffes war, und Parky – Rupert – will mir dort etwas zeigen.«

»Allerdings«, bestätigte Emerson und lächelte. »Ich sollte Ihnen das eigentlich nicht verraten, aber wir haben den *wahren* Schatz der *Titanic* gefunden. Und zwar genau an der richtigen Stelle.«

26
Der Medici-Kelch

»Ist Ihnen eigentlich klar, daß Sie dieses Schiff ausgesprochen günstig bekommen haben?« rief Bradley, um den Lärm der Maschinen zu übertönen. »Der Bau hat fast eine Viertelmilliarde Dollar gekostet. Und damals war eine Milliarde *wirklich* viel Geld.«

Rupert Parkinson trug tadellose Segler-Kleidung, und der Schutzhelm bildete einen seltsamen Kontrast dazu. In dieser Aufmachung wirkte er fehl am Platz neben dem Tauchbecken der *Glomar Explorer*. Am Rand des öligen Rechtecks aus Wasser, größer als ein Tennisplatz, standen schwere Bergungs- und Hebegeräte, denen man deutlich ihr Alter ansah. Überall zeigten sich die Spuren hastiger Reparaturen, Kleckse von Rostschutzmitteln und bedrohliche Schilder mit den Hinweis DEFEKT. Doch ein großer Teil der Anlage schien einwandfrei zu funktionieren; Parkinson behauptete sogar, sie seien dem Zeitplan voraus.

Es ist kaum zu glauben, daß ich vor mehr als dreißig Jahren auf diesem Deck stand und in das gleiche schwarze Rechteck sah, dachte Bradley. Ich fühle mich gar nicht dreißig Jahre älter. Aber ich erinnere mich kaum an den unreifen jungen Mann, der sich damals freiwillig für die erste wichtige Arbeit seines Lebens meldete. Der damalige Jason konnte nicht ahnen, womit ich mich heute befasse.

Es lief alles besser als erwartet. Nach jahrzehntelangen Auseinandersetzungen mit UN-Anwälten, Regierungsbehörden und Umweltschutz-Organisationen kam Bradley zu dem Schluß, daß sie ein notwendiges Übel darstellten.

Der Wilde Westen des Meeres gehörte zur Vergangenheit. Eine Zeitlang hatte es unterhalb einer Tiefe von hundert Faden kaum Gesetze gegeben. Jetzt war Bradley eine Art Sheriff, und zu seinem großen Erstaunen fand er Gefallen an dieser Rolle. Einen Hinweis auf seinen neuen Status – Freunde sprachen in diesem Zusammenhang von ›Bekehrung‹ – bot das gerahmte Zertifikat von Bluepeace, das nun an der Bürowand hing. Direkt daneben befand sich ein mehrere Jahres altes Foto, das von ›Red‹ Adair stammte, jenem berühmten Mann, der das Feuer vieler in Brand geratener Ölbohrstationen gelöscht hatte. Darunter standen die Worte: »Jason, ist es nicht großartig, nicht von Vertretern belästigt zu werden, die einem Lebensversicherungen anbieten? Mit besten Grüßen – Red.«

Die Bluepeace-Widmung war etwas würdevoller:

> Für Jason Bradley – in Anerkennung der rücksichtsvollen Behandlung eines einzigartigen Wesens, *Octopus Giganteus Verrill*

Mindestens einmal im Monat verließ Bradley sein Büro und flog nach Neufundland – ein Gebiet, das erneut seinem Namen gerecht wurde. Seit dem Beginn der Operationen schenkte die Welt dem Drama bei den Grand Banks immer mehr Beachtung. Der Countdown bis zum Jahr 2012 hatte begonnen, und man schloß Wetten darüber ab, wer als Sieger aus dem ›Wettrennen um die *Titanic*‹ hervorgehen würde.

Darüber hinaus gab es noch ein anderes, eher morbides Interesse ...

Als sie das laute Chaos des Tauchbeckens verließen, sagte Parkinson: »Ich ärgere mich darüber, daß die Schmöcke immer wieder fragen: ›Habt ihr noch keine Leichen gefunden?‹ «

»Das bekomme auch ich dauernd zu hören. Irgendwann antworte ich: ›Ja – Sie sind die erste.‹ «

Parkinson lachte.

»Vielleicht versuche ich es ebenfalls damit. Nun, bisher gebe ich folgende Antwort. Wissen Sie, daß wir nach wie vor Stiefel und Schuhe auf dem Meeresgrund finden, in *Paaren*? Oft liegen sie nur wenige Zentimeter auseinander. Meistens sind sie billig und abgetragen, aber im vergangenen Monat entdeckten wir ein prächtiges Beispiel für die besten englischen Lederwaren. Die Dinger sahen aus, als kämen sie gerade vom Schuster. Man kann sogar noch das Etikett mit der Aufschrift ›königlicher Hoflieferant‹ lesen. Offenbar gehörten sie einem Passagier der ersten Klasse...

Sie liegen jetzt in einer gläsernen Vitrine in meinem Büro, und wenn mich jemand nach Leichen fragt, deute ich darauf und erwidere: ›Sehen Sie nur. Nicht einmal ein Knochensplitter übrig. Es ist eine hungrige Welt dort unten. Ohne die Gerbsäure wäre auch das Leder verschwunden.‹ Dann schweigen die Leute.«

Die *Glomar Explorer* bot nicht viel Komfort, aber Rupert Parkinson hatte eine der großen Heckkabinen, direkt unter dem Hubschrauber-Landeplatz, so umgebaut, daß sie wie die Suite eines Luxushotels wirkte. Sie erinnerte Bradley an ihre erste Begegnung, damals in Piccadilly – eine halbe Ewigkeit schien seitdem vergangen zu sein. Der Raum enthielt einen Gegenstand, der ihn sehr überraschte.

Es handelte sich um eine Holzkiste, etwa einen Meter hoch und wie neu. Doch als sich Bradley ihr näherte, nahm er einen vertrauten und unverkennbaren Duft wahr: den metallischen Geruch von Jod, Beweis dafür, daß sich dieses Objekt lange im Meer befunden hatte. ›Der Geruch des Schatzes‹, lautete ein bekannter Ausdruck, der von einem Taucher – Cousteau? – geprägt worden war. Hier überlagerte er alles andere und beschleunigte Jasons Puls.

»Herzlichen Glückwunsch, Rupert. Sie sind also in der Suite Ihres Urgroßvaters gewesen.«

»Ja. Zwei Tiefsee-ROVs erreichten sie vor einer Woche und nahmen eine Untersuchung vor. Dies ist der erste Gegenstand, den wir geborgen haben.«

Die Schablonenschrift der Kiste war selbst nach fast hundert Jahren am Meeresgrund nicht verblaßt und zeigte die verblüffenden Worte:

BROKEN ORANGE PEKOE
OBERE GLENCAIRN-PLANTAGE
MATAKELLE

Fast ehrfürchtig hob Parkinson den Deckel und zog die Metallfolie darunter beiseite.

»Eine gewöhnliche 80-Pfund-Teekiste von Ceylon«, sagte er. »Zufällig war's die richtige Größe, und deshalb packte man sie einfach um. Ich wußte überhaupt nicht, daß man schon im Jahre 1912 Aluminiumfolie verwendete! Bei einer heutigen Colombo-Auktion würde das Zeug keinen guten Preis erzielen, aber es hat seinen Zweck erfüllt. Erstaunlich gut sogar.«

Parkinson nahm ein Stück Pappe und strich vorsichtig die oberste Schicht der nassen schwarzen Masse beiseite. Bradley verglich ihn mit einem Unterwasser-Archäologen, der behutsam eine Tonscherbe aus dem Meeresgrund löste. In diesem Fall wurde jedoch keine zweieinhalbtausend Jahre alte griechische Amphore freigelegt, sondern etwas weitaus Kostbareres.

»Der Medici-Kelch«, hauchte Parkinson. »Seit einem Jahrhundert hat ihn niemand bestaunt. Die ganze Welt dachte, er sei für immer verloren.«

Nur die obersten Zentimeter waren zu sehen. Bradleys Blick fiel auf einen Kreis aus Glas, in dem fadenartige Muster komplexe Strukturen bildeten.

»Wir holen ihn erst heraus, wenn wir wieder an Land sind«, fuhr Parkinson fort. »Wenn Sie sich schon jetzt einen Eindruck von dem Kunstwerk verschaffen wollen...«

Er öffnete ein großes Buch mit dem Titel *Die Pracht des venezianischen Glases*. Ein ganzseitiges Foto bildete etwas ab, das zunächst wie ein glitzernde, mitten in der Luft erstarrte Fontäne aussah.

»Ich fasse es nicht«, murmelte Bradley nach einigen Sekunden und bewunderte die Darstellung. »Wie konnte jemand daraus trinken? Und was noch viel wichtiger ist: Wie konnte man so etwas *herstellen?*«

»Gute Fragen. Was die erste betrifft: Es handelt sich um einen Ziergegenstand, der nie dazu bestimmt war, wirklich benutzt zu werden. Ein gutes Beispiel für Wildes Diktum: ›Jede Kunst ist eigentlich nutzlos.‹

Leider sehe ich mich außerstande, Ihre zweite Frage zu beantworten. *Wir wissen es einfach nicht*. Natürlich können wir in Hinsicht auf die eingesetzten Techniken Mutmaßungen anstellen, aber wie gelang es dem Glasbläser, die vielen Schnörkel miteinander zu verbinden und sie zu kreuzen? Und dann die kleinen Kugeln, die ineinander ruhen! Wenn ich sie nicht mit eigenen Augen gesehen hätte, wäre ich völlig sicher gewesen, daß die einzelnen Stücke in Schwerelosigkeit zusammengesetzt worden sind.«

»*Deshalb* hat die Parkinson-Gruppe einen Platz an Bord von Skylab 3 gebucht.«

»Ein dummes Gerücht, dem es nicht zu widersprechen lohnt.«

»Roy Emerson meinte, er freue sich auf seine erste Reise ins All – und darauf, ein schwereloses Laboratorium einzurichten.«

»Ich werde Roy eine höfliche Nachricht schicken und ihn auffordern, seine verdammte Klappe zu halten. Aber da wir schon bei diesem Thema sind: Ja, wir halten es für sehr aussichtsreich, Glas in einer gravitationslosen Umgebung herzustellen. Das ist zumindest einen Versuch wert – auch wenn es dadurch sicher nicht zu einer neuen Revolution im Herstellungsverfahren kommt, so wie damals beim Float-Glas.«

»Auch auf die Gefahr hin, taktlos zu sein: Wieviel ist der Kelch wert?«

»Vermutlich stellen Sie diese Frage nicht in Ihrer Funktion als stellvertretender ISA-Direktor, und deshalb verzichte ich darauf, Ihnen die Zahl zu nennen, die im Finanzbericht erscheinen wird. Wie dem auch sei: Sie wissen ja, wie verrückt das Kunstgeschäft ist – dort geht's noch weitaus schneller auf und ab als an den Börsen! Denken Sie nur an einige Gemälde aus dem späten zwanzigsten Jahrhundert, für die zunächst viele Millionen Dollar gezahlt wurden – heute kann man sie in den Müll werfen. In diesem Fall kommt auch noch die einzigartige Geschichte des Kelchs hinzu; wie soll man so etwas *bewerten*?«

»Eine grobe Schätzung genügt mir.«

»Ich wäre sehr enttäuscht, wenn man weniger als fünfzig Millionen für ihn bietet.«

Bradley pfiff leise.

»Und wie viele Stücke liegen noch dort unten?«

»Jede Menge. Hier ist die komplette Liste, vorbereitet für die vom Smithsonian-Institut geplante Ausstellung – sie wird hundert Jahre nach dem ursprünglich vereinbarten Termin stattfinden.«

Die Liste umfaßte mehr als vierzig Kunstwerke mit ausführlichen italienischen Beschreibungen. Etwa die Hälfte von ihnen waren mit einem Fragezeichen markiert.

»Eine seltsame Sache«, sagte Parkinson. »Zweiundzwanzig Gegenstände fehlen, obgleich wir *wissen*, daß sie sich damals an Bord befanden. Außerdem sind wir sicher, daß unser Urgroßvater sie in seiner Kabine unterbrachte:

Er beklagte sich darüber, daß sie zuviel Platz beanspruchten – er konnte keine Party veranstalten.«

»Wollen Sie erneut den Franzosen die Schuld geben?«

Das war ein alter Witz, und ein bitterer noch dazu. Nach der Entdeckung des Wracks im Jahr 1985 schickten die Franzosen einige Expeditionen zur *Titanic*: Sie richteten ziemlichen Schaden an, während sie versuchten, Artefakte zu bergen. Ballard und seine Partner hatten ihnen das nie verziehen.

»Nein. Ich glaube, diesmal haben sie ein hieb- und stichfestes Alibi – immerhin sind wir die ersten in der Kabine. Ich vermute, daß Urgroßvater die gläsernen Kunstwerke in einer nahen Suite verstauen ließ. Bestimmt sind sie nicht weit entfernt. Früher oder später finden wir sie.«

»Dabei wünsche ich Ihnen viel Glück. Wenn Ihre Schätzung stimmt – und immerhin sind Sie der Experte –, so genügen die Kisten mit dem Glas, um die ganze Operation zu bezahlen. Alles andere bringt dann einen Überschuß ein. Gute Arbeit, Rupert.«

»Danke. Wir hoffen, daß Phase 2 ebenso erfolgreich ist.«

»Der Maulwurf? Ich habe ihn neben dem Tauchbecken bemerkt. Hat sich inzwischen etwas Neues ergeben? Ihr letzter Bericht war nicht sehr ausführlich...«

»Ich weiß. Wir hatten es mit einigen dringenden Angelegenheiten zu tun, als Ihr Büro damit begann, uns an Zeitpläne, Termine und dergleichen zu erinnern. Jetzt haben wir das Problem gelöst – glauben wir wenigstens.«

»Planen Sie noch immer, den ersten Test in einem freien Bereich auf dem Meeresgrund durchzuführen?«

»Nein. Es wird alles auf eine Karte gesetzt. Wir sind sicher, daß es funktioniert – warum also Zeit verschwenden? Erinnern Sie sich daran, was 1968 mit dem Apollo-Programm geschah? Das kühnste technische Wagnis in der ganzen Menschheitsgeschichte...

Man hatte die großen Saturn V erst zweimal gestartet – unbemannt –, und der zweite Flug erwies sich zumindest teilweise als Fehlschlag. Trotzdem ging die NASA ein kalkuliertes Risiko ein: Der nächste Flug war nicht nur bemannt, sondern führte geradewegs zum Mond!

Wir riskieren natürlich weniger, aber wenn der Maulwurf nicht funktioniert – oder wenn wir ihn verlieren –, geraten wir in echte Schwierigkeiten. Je eher wir in diesem Zusammenhang von Problemen erfahren, desto besser.

Etwas in dieser Art hat noch niemand vor uns versucht. Beim ersten Test geht es gleich ums ganze – und wir möchten, daß Sie ihn beobachten.

Und nun, Jason... Möchten Sie eine Tasse Tee?«

27
Gerichtliche Verfügung

ARTIKEL 1
Begriffe und Kompetenzbereich

1. Zum Zweck dieser Konvention:

(1) Mit ›Gebiet‹ ist der Meeresboden und Untergrund außerhalb der nationalen Jurisdiktion gemeint.

(2) ›Amt‹ steht für die International Sea-bed Authority.

ARTIKEL 145
Schutz der maritimen Umwelt

Im Rahmen dieser Konvention und in Hinsicht auf die Aktivitäten in den einzelnen Gebieten werden alle notwendigen Maßnahmen ergriffen, um die maritime Umwelt vor schädlichen Auswirkungen zu schützen, die sich aus den betreffenden Aktivitäten ergeben könnten. In diesem Zusammenhang erläßt das Amt angemessene Vorschriften und Regeln für *inter alia*:

(a) zur Verhütung, Verminderung und Kontrolle von Schadstoffen und anderen Gefahren für die maritime Umwelt... wobei besondere Aufmerksamkeit den schädlichen Folgen gilt, die sich aus Aktivitäten wie Bohren, Ausgraben, Giftmüll-Entsorgung, Konstruktion, Betrieb und Wartung von Installationen, Pipelines und anderen Unterwasser-Anlagen ergeben können.

(UN-Konvention über das Seerecht, 1982)

»Wir hängen ganz schön tief drin«, sagte Kato von seinem Büro in Tokio. »Und das ist nicht witzig gemeint.«

»Wo liegt das Problem?« fragte Donald Craig, der im Schloßpark saß. Gelegentlich mochte er es, den Blick auf etwas zu richten, das sich nicht einen halben Meter vor seinen Augen befand, und für diese Jahreszeit war es ein außergewöhnlich warmer und sonniger Nachmittag.

»Es heißt Bluepeace. Sie haben der ISA einen weiteren offiziellen Protest übermittelt, und ich fürchte, diesmal bekommen sie recht.«

»Ich dachte, es sei alles geklärt.«

»Das nahmen wir ebenfalls an. In unserer Rechtsabteilung rollen die Köpfe. Wir können wie geplant vorgehen – aber es ist uns verboten, das Wrack zu *heben*.«

»Finden Sie das nicht ein wenig spät heraus? Außerdem haben Sie mir nie erklärt, auf welche Weise Sie den zusätzlichen Auftrieb erhalten wollen. Das mit den Raketen habe ich natürlich nicht ernst genommen.«

»Wir standen in Verhandlungen mit Dupont, Thiokol, Union Carbide und einigen anderen Unternehmen. Ich wollte erst darüber reden, wenn der Lieferant feststeht.«

»Und was soll er liefern?«

»Hydrazin. Raketentreibstoff. Ich habe also nicht sehr übertrieben.«

»Hydrazin? Aber was... Natürlich! Damit hat Cussler das Wrack nach oben gebracht, in *Hebt die Titanic*!«

»Ja, und es ist eine gute Idee. Das Zeug zerfällt zu Stickstoff und Wasserstoff, erzeugt dabei viel Wärme. Aber Cussler mußte sich nicht mit Bluepeace herumärgern. Sie haben von unseren Plänen erfahren – ich würde gern wissen, wie – und behaupten, Hydrazin sei ein gefährliches Gift. Ganz gleich, wie vorsichtig wir damit umgehen: Irgendwann wird etwas verschüttet. Und so weiter.«

»*Ist* es giftig?«

»Nun, ich kann nicht empfehlen, es zu trinken. Riecht wie konzentriertes Ammoniak und schmeckt wahrscheinlich noch viel schlimmer.«

»Was haben Sie jetzt vor?«

»Wir schicken die Anwälte in den juristischen Ring. Und lassen uns Alternativen einfallen. Parky lacht sich bestimmt ins Fäustchen.«

28
Maulwurf

Das Tiefsee-Tauchboot *Marvin* bot drei Personen Platz und war als Nachfolger des berühmten *Alvin* entwickelt worden, der eine wichtige Rolle bei der ersten Erforschung des Wracks gespielt hatte. Allerdings zeigte *Alvin* selbst nach vielen Reparaturen und Instandsetzungen nicht die geringste Bereitschaft, sich in den Ruhestand zurückzuziehen.

Marvin bot auch mehr Komfort als sein Vorgänger und verfügte über größere Energiereserven. Man brauchte jetzt keine zweieinhalb Stunden mehr im freien Fall zu verbringen, um den Meeresgrund zu erreichen: Mit seinen Motoren erreichte *Marvin* die *Titanic* in knapp einer

Stunde. Im Notfall konnten die externen Ausrüstungsteile abgesprengt werden, und dann kehrte die Titankugel mit den Passagieren innerhalb weniger Minuten an die Oberfläche zurück – eine Luftblase, die aus der Tiefe aufstieg.

Bradley standen nun gleich zwei neue Erfahrungen bevor. Er hatte die *Titanic* noch nicht mit eigenen Augen gesehen, und bei den bisherigen Testfahrten mit *Marvin* waren nur Tiefen von einigen hundert Metern erreicht worden. Der Pilot des Tauchbootes beobachtete ihn aufmerksam und versuchte, nicht zu einem Beifahrer zu werden, der dem Fahrer dauernd dazwischenredet.

»Höhe hundert Meter. Kurs zum Wrack eins zwei null.«

Höhe! Dieses Wort klang seltsam im Ohr eines Tauchers. Aber im Innern von *Marvins* Lebenserhaltungskapsel spielte die Tiefe fast keine Rolle. Bradley achtete in erster Linie auf die Entfernung zum Meeresgrund und wahrte ausreichend Abstand, um Hindernissen auszuweichen. Er gewann den Eindruck, nicht etwa ein Unterseeboot zu lenken, sondern ein niedrig fliegendes Flugzeug, das in dichtem Nebel nach Einzelheiten auf dem Boden suchte.

Obwohl von ›suchen‹ eigentlich nicht die Rede sein konnte: Jason wußte genau, wo das Wrack lag. Der Sonar-Schirm zeigte ein klares Echo, und die Distanz betrug nur noch hundert Meter. Es dauerte jetzt nicht mehr lange, bis die Übertragungskameras das Schiff erfaßten, aber Bradley blickte weiterhin durchs Fenster. Er gehörte nicht zu den Kindern des Video-Zeitalters, die etwas nur dann für echt hielten, wenn es auf einem Bildschirm erschien.

Kurz darauf riß *Marvins* Scheinwerferlicht die Messerschneide des Bugs aus der Dunkelheit. Bradley schaltete den Motor aus und ließ das Boot zu den aufragenden Stahlklippen treiben.

Nur einige Zentimeter diamantharter Kristall trennten ihn nun von der *Titanic* und hielten einem Druck stand, über den man besser nicht nachdachte. Jason beobachtete den Geist, der seit hundert Jahren in den Schiffahrtsrouten des Atlantik spukte. Das gewaltige Schiff schien noch immer in Bewegung zu sein, auf einer Reise, die selbst jetzt gerade erst begonnen hatte.

Der riesige Anker, halb in Tangfladen verborgen, wartete nach wie vor darauf, herabgesenkt zu werden. *Marvin* wirkte daneben wie ein Zwerg. Die große, viele Tonnen schwere Masse schien jeden Augenblick fallen zu können, und Bradley machte einen weiten Bogen um sie, lenkte das Tauchboot an Bullaugen vorbei – wie die leeren Augenhöhlen eines Schädels starrten sie ins Nichts.

Er hatte seine Aufgabe fast vergessen, als ihn eine Stimme von oben in die Wirklichkeit zurückbrachte.

»*Explorer* an *Marvin.* Warum melden Sie sich nicht?«

»Entschuldigung. Ich habe das Wrack bewundert. Die *Titanic* ist enorm – Kameraaufnahmen vermitteln keinen richtigen Eindruck von ihr. Man muß sie selbst sehen.«

Nach Jasons Ansicht war diese strittige Frage schon vor langer Zeit geklärt worden. Roboter und ihre elektronischen Sensoren leisteten zwar wertvolle Dienste, wenn es um Sondierungseinsätze und Bergungsunternehmen ging – heute konnte niemand mehr auf sie verzichten –, aber sie übermittelten nie das vollständige Bild. ›Telepräsenz‹ mochte eine wunderbare Sache sein, doch manchmal führte sie zu gefährlichen Illusionen. Man nahm an, hundert Prozent einer fernen Realität wahrzunehmen, obgleich es nur fünfundneunzig waren. Und häufig gewannen die restlichen fünf Prozent vitale Bedeutung: Noch immer starben Menschen, weil es keine Möglichkeit gab, Warnsignale zu übermitteln, die nur mit Intuition oder dem sprichwörtlichen sechsten Sinn wahrgenommen wurden. Bradley hatte Hunderte von Bildern und Video-Sequenzen betrachtet, die das Wrack zeigten – dennoch glaubte er nun, es zum erstenmal zu sehen. Nach einer Weile aktivierte er die Bugdüsen, lenkte *Marvin* vom Metallberg fort und steuerte sein eigentliches Ziel an.

Der Maulwurf ruhte in einem Gerüst, etwa zwanzig Meter von der *Titanic* entfernt, und die ›Nase‹ deutete in einem Winkel von fünfundvierzig Grad nach unten. Er sah aus wie ein Raumschiff, das in die falsche Richtung starten wollte – man erzählte sich bereits viele geschmacklose Witze über Abschußrampen, die von Technikern gewisser europäischer Länder gebaut worden waren.

Der konisch geformte Bohrkopf steckte tief im Sediment, und einige Meter des breiten Stahlbands – die ›Nutzlast‹ – lagen weiter hinten im Schlamm. Bradley brachte *Marvin* in eine Position, die es ihm erlaubte, alles zu beobachten, und dann justierte er den Videorecorder auf höchste Geschwindigkeit.

»Alles klar«, berichtete er der *Explorer*. »Beginnen Sie mit dem Countdown.«

»Wir sind bei minus zehn Sekunden. Trägheitsnavigation aktiviert... 7 – 6 – 5 – 4 – 3 – 2 – 1 – Abgehoben! Äh, ich meine: eingegraben.«

Der Bohrkopf drehte sich, und der Maulwurf verschwand praktisch sofort in einer Wolke aus aufgewirbeltem Schlick. Trotzdem sah Bradley, wie das Gerät überraschend schnell in den Boden sank. Schon nach wenigen Sekunden befand es sich *unter* dem Meeresboden.

»Die Rampe ist jetzt leer«, sagte Jason und grinste. »Ich kann überhaupt nichts mehr sehen. Rauch verhüllt alle Einzelheiten. Das heißt: Schlamm...

Jetzt sinkt er allmählich zurück. Der Maulwurf ist verschwunden und hat nur einen kleinen Krater zurückgelassen, der sich langsam füllt. Wir fahren nun zur anderen Seite, um den fleißigen Graber dort zu begrüßen.«

»Sie brauchen sich nicht zu beeilen. Unsere Schätzungen lauten: minimale Zeit dreißig Minuten, maximale fünfzig Minuten. Bei uns werden gerade Wetten abgeschlossen.«

Aber es steht weitaus mehr auf dem Spiel, dachte Bradley, als er *Marvin* zum Bug des Wracks dirigierte. Einige Millionen Dollar Entwicklungs- und Konstruktionskosten. Und wenn der Maulwurf festsitzt, bevor er seine Mission beendet, müssen Parky und Co. ans Reißbrett zurück.

Jason wartete auf der Backbordseite, und nach fünfundvierzig Minuten kam der Maulwurf wieder zum Vorschein. Er versuchte nicht, einen Geschwindigkeitsrekord aufzustellen, aber er hatte seine Jungfernreise erfolgreich beendet.

Der erste von insgesamt dreißig Gürteln – jeder davon imstande, tausend Tonnen zu haben – befand sich nun an Ort und Stelle. Nach Beendigung dieser Operation konnte die *Titanic* vom Meeresboden emporgehoben werden, wie eine Melone im Einkaufsnetz.

Das behauptete die Theorie – und es schien zu klappen. Florida war noch immer weit entfernt, aber jetzt hatte sich der Abstand etwas verringert.

29
Sarkophag

»Wir haben die Fracht gefunden!«

Roy Emerson hatte Rupert Parkinson noch nie so überschwenglich gesehen – er wirkte jetzt gar nicht mehr wie ein würdevoller englischer Gentleman, eher wie ein ausgelassenes Kind.

»Wo? Sind Sie ganz sicher?«

»Zu neunundneunzig ... Nun, zu fünfundneunzig Prozent. Dort, wo wir damit gerechnet haben. Eine Suite stand leer; offenbar konnte sie nicht rechtzeitig fertiggestellt werden. Auf dem gleichen Deck, und nur einige Meter von der Kabine unseres Urgroßvaters entfernt. Beide Türen klemmen, und deshalb müssen wir sie aufschweißen. Die ROVs sind gerade auf dem Weg nach unten, um einen ersten Versuch zu unternehmen. Sie hätten hier bei uns sein sollen.«

Vielleicht, dachte Emerson. Aber dies ist eine Familienangelegenheit, und dabei würde ich mich wie ein Eindringling fühlen. Außerdem: Möglicherweise war es falscher Alarm – wie bei den meisten Gerüchten über versunkene Schätze.

»Wie lange brauchen Sie, um sich Zugang zu verschaffen?«

»Es sollte höchstens eine Stunde dauern – der Stahl ist nicht besonders dick und gibt bestimmt sofort nach.«

»Viel Glück. Halten Sie mich auf dem laufenden.«

Roy Emerson richtete seine Aufmerksamkeit wieder auf etwas, das er für nützliche Arbeit hielt. Er fühlte sich schuldig, wenn er nichts erfand – was jetzt die meiste Zeit über der Fall war. Er versuchte sich einzureden, einer sinnvollen Beschäftigung nachzugehen, indem er das elektronische Chaos seiner Datenbanken sortierte.

Dadurch versäumte er die ganze Aufregung.

Die kleine Gruppe in Ruperts Suite an Bord der *Glomar Explorer* konzentrierte sich so sehr auf die Bildschirme, daß alle ihre Drinks vergaßen. Sie brauchten dadurch kaum Entbehrungen hinzunehmen, denn gemäß der langen Tradition solcher Schiffe enthielten die Gläser keinen Alkohol.

Diesmal hatte sich eine bemerkenswert große Zahl von Parkinsons versammelt, fast eine Vorstandssitzung, wie jemand bemerkte. Nur wenige teilten Ruperts Zuversicht, aber sie nutzten diese Gelegenheit als Vorwand, um den Einsatzort zu besuchen. Allein George war schon einmal hier gewesen; William, Arnold und Gloria hielten sich zum erstenmal an Bord der *Explorer* auf und beobachteten nun, wie ROV 3 lautlos übers Deck der *Titanic* glitt. Der Rest der Gruppe bestand aus Schiffsoffizieren sowie Ingenieuren und Technikern anderer Ozean-Firmen.

»Ist Ihnen aufgefallen, wie sehr die Algen gewachsen sind?« flüsterte jemand. »Liegt wahrscheinlich am Licht. So sah das Wrack nicht aus, als wir mit den Operationen begannen. Meine Güte, die Brücke könnte man mit den Hängenden Gärten von Babylon verwechseln...«

Die Kommentare verstummten, als ROV 3 ins gähnende Gewölbe des Großen Treppenhauses glitt. Vor einem Jahrhundert waren elegante Damen und ihre Begleiter dort über dicke Teppiche gegangen, ohne ihr Schicksal zu erahnen – und ohne zu wissen, daß in zwei Jahren der erste Weltkrieg begann und die von ihnen so perfekt repräsentierte goldene Edward-Epoche beendete.

ROV 3 erreichte den zentralen Steuerbordkorridor des Promenadendecks und passierte die Kabinen der ersten Klasse. Dieser Bereich bot nur noch wenig Platz, und deshalb bewegte sich der Roboter sehr langsam. Die Fernsehübertragung beschränkte sich jetzt auf Schwarzweiß-Standaufnahmen – alle zwei Sekunden entstand ein neues Bild.

Die Daten und Kontrollsignale wurden mit Hilfe einer Ultraschall-Verbindung übermittelt und von einem Verstärker aufbereitet. Ab und zu zeigten die Monitore graues Flackern, und dann deutete nur ein hochfrequentes Pfeifen darauf hin, daß ROV 3 nach wie vor existierte. Manchmal absorbierte ein Hindernis die Trägerwelle und unterbrach den Kontakt. Nach kurzem elektronischen ›Handshaking‹ und einer Fehlerkorrektur kehrte das Bild zurück, und dann konnte der vier Kilometer weiter oben sitzende Pilot den Roboter tiefer in die *Titanic* steuern. Solche Unterbrechungen verringerten die allgemeine Anspannung nicht. Inzwischen waren zehn Minuten vergangen, seit irgend jemand in Parkinsons Suite ein Wort gesprochen hatte.

Hier und dort erklang leises Seufzen, als ROV 3 vor einer schlichten, unmarkierten Tür verharrte, deren weißer Anstrich das Scheinwerferlicht des Roboters fast grell reflektierte. Die Maler schienen ihre Arbeit gerade beendet zu haben: Abgesehen von einigen gelösten Splittern war mit der Farbe alles in bester Ordnung.

Jetzt begann ROV 3 mit der schwierigen, aber notwendigen Aufgabe, sich zu verankern – eine tief im Meer ebenso wichtige Maßnahme wie im Weltraum. Er schoß zwei Explosivbolzen durch die Tür und klammerte sich daran fest, so daß er nicht mehr von seinem eigenen Bewegungsmoment fortgetragen werden konnte.

Kurz darauf gleißte der helle Glanz einer von Sauerstoff gespeisten Flamme durch den Korridor, und im Vergleich dazu schien ROVs Scheinwerferlicht zu verblassen. Der dünne Stahl leistete kaum Widerstand, als das feurige Messer – bevorzugtes Werkzeug von mehreren Safeknacker-Generationen – durch die Tür schnitt. In weniger als fünf Minuten entstand ein hundert Zentimeter durchmessender Kreis; die runde Platte neigte sich nach vorn, fiel auf den Boden und wirbelte eine kleine Schlickwolke auf.

ROV 3 löste sich aus der Verankerung und stieg auf, um durch das Loch zu blicken. Das Bild flackerte erneut und stabilisierte sich dann wieder, als die automatische Belichtung reagierte.

Eine Sekunde später gab Rupert Parkinson einen Freudenschrei von sich.

»Da sind sie!« entfuhr es ihm. »Wie ich es mir dachte. Eins... zwei, drei – vier – fünf – die Kamera nach rechts schwenken – sechs... sieben. Ein wenig höher... *Mein Gott, was ist das?*«

Niemand konnte sich daran erinnern, wer als erster schrie.

30
Pietà

Jason Bradley hatte so etwas schon einmal gesehen, in einem Science-fiction-Film, an dessen Titel er sich nicht erinnerte. Ein toter Astronaut, der in stählernen Armen zu den Sternen getragen wurde... Aber dieser Pietà-Roboter kam aus den Tiefen des Atlantik und näherte sich den Schlauchbooten, die oben auf ihn warteten.

»Das ist die letzte Leiche«, sagte Parkinson ernst. »Das Mädchen. Wir wissen noch immer nicht seinen Namen.«

Wie damals bei den russischen Seeleuten, dachte Bradley. Sie lagen hier auf dem gleichen Deck, vor mehr als dreißig Jahren. Der nächste Gedanke kam einem Klischee gleich, aber trotzdem verdrängte er ihn nicht sofort: Damit hat die ganze Geschichte angefangen.

Wie viele der Matrosen, die während der Operation *Jennifer* geborgen wurden, schienen die Toten nur zu schlafen. Das war der erstaunliche – sogar unheimliche – Aspekt, der die ganze Welt verblüfft hatte. Und wir haben uns solche Mühe gegeben zu erklären, warum nicht einmal Knochenreste übriggeblieben sein können...

»Es überrascht mich, daß Sie nach so langer Zeit noch einige von ihnen identifizieren konnten«, wandte sich Jason an Parkinson.

»Zeitungsarchive. Familienalben. Selbst arme irische Einwanderer hatten wenigstens ein Foto von sich. Immerhin verließen sie ihre Heimat für immer. Vermutlich gibt es in Irland keinen Dachboden, der in den letzten Tagen nicht Besuch von den Medien bekam.«

ROV 3 hatte seine Last den in Gummi gekleideten Tauchern der Schlauchboote anvertraut. Sie nahmen die Tote vorsichtig entgegen und legten sie in die Hosenboje, die von einem *Explorer*-Kran herabhing. Offenbar war der Körper sehr leicht; ein Mann konnte ihn problemlos heben.

Parkinson und Bradley wandten sich gleichzeitig von der Reling ab – sie hatten genug von diesem traurigen Ritual gesehen. Während der vergangenen achtundvierzig Stunden waren fünf Männer und eine Frau aus dem Grab geborgen worden, in dem sie seit fast hundert Jahren ruhten, von Kälte und Dunkelheit umschlungen.

In Parkinsons Kabine holte Bradley ein kleines Computermodul hervor.

»Die Daten sind hier drin gespeichert«, sagte er. »Im ISA-Laboratorium arbeitet man praktisch rund um die Uhr. Es müssen noch immer einige Rätsel gelöst werden, aber im großen und ganzen ist alles klar.

Ich weiß nicht, ob Sie die Geschichte von *Alvin* kennen. Kurz nach seinem Bau mußte er in tiefem Wasser aufgegeben werden. Die Besatzung kletterte heraus und ließ ihr Essen zurück.

Als das Tauchboot einige Jahre später gehoben wurde, hatte sich an der Beschaffenheit der Lebensmittel *nichts* geändert. Das gab uns den ersten Hinweis darauf, daß in kaltem Wasser mit niedrigem Sauerstoffgehalt der organische Zerfall sehr langsam sein kann.

Aus Wracks in den Großen Seen hat man Leichen geholt, die nach Jahrzehnten völlig unversehrt waren. Man erkennt sogar noch den überraschten Gesichtsausdruck der Seeleute!

Nun, die erste Voraussetzung besteht darin, daß sich der Leichnam in einer abgeschlossenen Umgebung befindet, wo ihn maritime Organismen nicht erreichen können. Das ist hier der Fall. Die Geborgenen saßen fest, als sie nach einem Ausweg suchten – wahrscheinlich haben sich die armen Teufel in der ersten Klasse verirrt! Es gelang ihnen, das Schloß der zweiten Tür zu knacken, doch sie konnten die Suite nicht mehr rechtzeitig verlassen...

Aber es ist mehr nötig als nur kaltes, sauerstoffarmes Wasser. Hier kommt der wirklich faszinierende Teil der ganzen Sache. Haben Sie jemals von den sogenannten Moorleichen gehört?«

»Nein«, erwiderte Parkinson.

»Ich auch nicht. Bis gestern. Von Zeit zu Zeit finden dänische Archäologen gut erhaltene Leichen – vermutlich handelt es sich dabei um Menschenopfer –, die mehr als *tausend* Jahre alt sind. Alle Hautfalten und Haare intakt – sie sehen aus wie überaus detaillierte Skulpturen. Der Grund? Man begrub sie in Torfmooren, und die Gerbsäure bewahrte sie vor der Verwesung. Denken Sie an die vielen Stiefel und Schuhe in der Nähe des Wracks, das Leder wie neu...«

Parkinson war kein Narr, obwohl er sich manchmal wie jemand aus den Romanen von P. G. Wodehouse verhielt. Er brauchte nur wenige Sekunden, um die richtigen Schlüsse zu ziehen.

»Gerbsäure? Aber wie... Natürlich! Die Teekisten!«

»Genau. Einige von ihnen brachen auf, als die *Titanic* an den Eisberg prallte und sank. Unsere Chemiker wiesen darauf hin, daß die Gerbsäure nicht alles erklärt. Das Schiff hatte gerade einen frischen Anstrich bekommen, und deshalb enthielten die von uns analysierten Wasserproben beträchtliche Mengen an Arsen und Blei – ein höchst ungesunder Lebensraum für Bakterien.«

»Ich bin sicher, das ist die Antwort«, sagte Parkinson. »Was für eine seltsame Fügung des Schicksals! Der Tee hat weitaus mehr geleistet, als alle dachten – und als man sich *vorstellen* konnte. Ich fürchte allerdings, unser Urgroßvater hat uns ziemlich viel Pech gebracht. Zu einem Zeitpunkt, als alles glatt über die Bühne zu gehen schien.«

Bradley wußte genau, was Rupert meinte. Dem alten Vorwurf, einen historischen Schrein zu entweihen, gesellte sich nun Grabschändung hinzu. Außerdem führte ein seltsames Paradoxon dazu, daß es ein frisches Grab zu sein schien.

Es war ein Paradoxon, das jeden wahren Iren erfreut hätte. Mit der Entdeckung ihrer Toten wurde die *Titanic* plötzlich lebendig.

31
Eine Frage von Megawatts

»Wir haben die Lösung«, verkündete ein müder, aber triumphierender Kato.

»Ich frage mich, ob das jetzt noch eine Rolle spielt«, erwiderte Donald Craig.

»Oh, die derzeitige Hysterie dauert nicht lange. Unsere PR-Jungs sind bereits hart an der Arbeit, und das gilt auch für Parkys Spezialisten. Wir haben einige Gipfelkonferenzen veranstaltet, um eine gemeinsame Strategie zu planen. Vielleicht können wir sogar einen Vorteil aus dieser Sache ziehen.«

»Ich verstehe nicht...«

»Aufgrund *unserer* sorgfältigen Nachforschungen – na schön, es ist Parkys Verdienst – bekommen die Toten ein christliches Begräbnis in ihrer Heimat. Das wird den Iren bestimmt gefallen. Verraten Sie es niemandem, aber wir haben uns bereits mit dem Papst in Verbindung gesetzt.«

Donald nahm mehr als nur ein wenig Anstoß an Katos respektloser Ausdrucksweise. Edith verärgerte er damit ganz bestimmt: Sie schien von der hübschen Kindfrau fasziniert zu sein, der die Welt inzwischen den Namen Colleen gegeben hatte.

»Seien Sie vorsichtig. Vielleicht gehörten einige der Toten zur evangelischen Kirche.«

»Unwahrscheinlich. Sie gingen alle weit im Süden an Bord, nicht wahr?«

»Ja. In Queenstown. Heute finden Sie den Ort auf keiner Karte mehr – ein solcher Name war nach der Unabhängigkeit nicht sehr beliebt. Er heißt jetzt Cobh.«

»Wie buchstabiert man das?«

»C – O – B – H.«

»Also, wir sprechen mit den Erzbischöfen und Kardinälen und so – um ganz sicher zu sein. Aber jetzt möchte ich Ihnen erklären, was unsere Techniker zurechtgebastelt haben. Wenn's klappt, ist es noch viel besser als Hydrazin. Und dann klopft uns sogar Bluepeace auf die Schultern.«

»Das wäre mal eine Abwechslung, sogar ein Wunder.«

»Wunder sind unser Geschäft. Wußten Sie das nicht?«

»Worum geht es bei der neuen Sache?«

»Zunächst einmal: Wir vergrößern den Eisberg, um mehr Auftrieb zu bekommen – dadurch brauchen wir nur noch zehn zusätzliche Kilotonnen. Wir *könnten* Parkys Methode dafür nutzen, und zuerst befürchteten wir, daß uns gar keine andere Wahl bleibt. Aber es gibt eine noch elegantere und sauberere Möglichkeit, um Gas nach unten zu bringen: *Elektrolyse*. Wir spalten das Wasser in Sauerstoff und Wasserstoff.«

»Eine alte Idee. Sind nicht gewaltige Mengen Elektrizität notwendig, um sie zu verwirklichen? Und die Explosionsgefahr?«

»Das ist eine dumme Frage, Donald. Die Gase strömen zu verschiedenen Elektroden, und wir halten sie mit einer Membran getrennt. Aber Sie haben recht, was die Elektrizität betrifft. Wir benötigen Gigawattstunden! Und wir bekommen sie: Wenn unsere Atom-U-Boote die Arbeit mit den Peltier-Kühlelementen erledigt haben, beginnen wir mit der Elektrolyse. Vielleicht müssen wir uns noch ein Unterseeboot ausleihen... Da fällt mir ein: Warum bezeichnet man sie als *Boote*? Nun, Sie wissen ja, daß die Briten und Franzosen gern ins Geschäft kämen; in *dieser* Hinsicht ergeben sich also keine Probleme.«

»Nicht schlecht«, sagte Donald. »Und jetzt weiß ich auch, warum Sie mit dem Wohlwollen von Bluepeace rechnen. Alle sind für Sauerstoff.«

»Genau. Und wenn auf dem Weg nach oben langsam die Luft aus den Ballons strömt, atmet die Welt etwas leichter. Das wird jedenfalls unsere Werbeabteilung verkünden.«

»Und der Wasserstoff steigt sofort bis zur Stratosphäre auf, ohne jemanden zu belästigen. Was ist mit der armen alten Ozonschicht? Könnten sich neue Löcher darin bilden?«

»Wir haben diesen Punkt natürlich überprüft. Sie wird nicht schlechter dran sein als jetzt – was nicht gerade überwältigend klingt, zugegeben.«

»Wäre es sinnvoll, die Gase auf dem Weg nach oben in *Flaschen* zu füllen? Sie beginnen mit Hunderten von Tonnen Sauerstoff und Wasserstoff, bei einem Druck von vierhundert Atmosphären. Derartige Mengen müßten recht wertvoll sein. Warum sie vergeuden?«

»Ja, auch damit haben wir uns beschäftigt. Der Nutzen steht in keinem Verhältnis zum Aufwand: Das Bergungsmanöver würde komplizierter; es entstünden zusätzliche Kosten durch den Transport der Tanks und so weiter. Darüber hinaus fehlt uns dann ein Trumpf, wenn die Öko-Lobby erneut dazwischenfunkt.«

»Sie haben sich alles genau überlegt, nicht wahr?« fragte Donald mit aufrichtiger Bewunderung.

Kato schüttelte langsam den Kopf.

»Unser Freund Bradley hat mir einmal gesagt: ›Wenn Sie an alles gedacht haben, läßt sich das Meer etwas anderes einfallen.‹ Das sind weise Worte, und ich nehme sie mir zu Herzen. So, ich muß jetzt Schluß machen. Grüßen Sie Edith von mir.«

III
Operationen

32
Hier unten sind nur wir Roboter

Bis zur ersten Dekade des neuen Jahrhunderts blieben sowohl die *Titanic* als auch das Trümmerfeld in ihrer Nähe unverändert, wenn auch nicht unberührt. Jetzt, als das Jahr 2010 näher rückte, herrschte am Meeresgrund rege Aktivität – und zwar an zwei Stellen, die nur tausend Meter voneinander entfernt waren.

Das Gerüst am Bug ging seiner Fertigstellung entgegen, und der Maulwurf hatte fünfundzwanzig breite Stahlstreifen unter dem Rumpf verlegt; es blieben nur noch fünf übrig. Ein großer Teil des Schlamms, der sich vor dem Bug zu einem Hügel angesammelt hatte, als die *Titanic* durch den Meeresboden pflügte, war mit leistungsstarken Wassergebläsen entfernt worden, und die großen Anker lagen nun nicht mehr im Schlick begraben.

Mehr als zwanzigtausend Tonnen Auftrieb wurden von ebenso vielen Kubikmetern Mikrokugeln zur Verfügung gestellt: Die einzelnen Bündel befanden sich an strategischen Stellen im Bereich des Gerüsts und auch dort im Wrack, wo die Struktur dem Druck standhalten konnte. Trotzdem löste sich die *Titanic* noch nicht von ihrer Ruhestätte – sie sollte es auch gar nicht. Es erforderte noch einmal zehntausend Tonnen Auftrieb, um sie abheben und gemächlich nach oben schweben zu lassen.

Das zerschmetterte Heck steckte bereits in einem langsam wachsenden Eisblock. Die Medien zitierten immer wieder Hardys ›In schattiger, stummer Ferne dann wächst auch der Eisberg heran...‹ – obwohl der Dichter bestimmt nicht geahnt hatte, daß man seine Worte eines Tages unter diesen besonderen Umständen zitieren würde.

Auch der vorletzte Vers fand häufig Erwähnung, ebenfalls außerhalb des Kontextes. Parkinson und Nippon-Turner hatten es satt, dauernd zu hören:

> Sie waren gebunden
> Durch gemeinsame Wege, lang gewunden
> Teilzunehmen an einem erhabenen Ereignis,
> nach langen Stunden.

Mit der Erhabenheit war ihrer Meinung nach alles in Ordnung, aber gemeinsame Wege wollten sie nach Möglichkeit vermeiden.

Die ganze Arbeit an beiden Teilen des Wracks wurde von ferngelenkten Robotern geleistet, und nur in kritischen Fällen begaben sich Menschen zum Bergungsort. Während des letzten Jahrzehnts hatte sich die Unterwasser-Technik rasch entwickelt, weit über die Offshore-Ölоperationen hinaus, die bereits im vergangenen Jahrhundert erstaunliche Leistungen vollbrachten. Schließlich würede sich ein großer allgemeiner Nutzen daraus ergeben – wenn auch in erster Linie für andere Leute, wie Rupert Parkinson häufig trocken bemerkte.

Natürlich kam es zu Problemen, Rückschlägen und sogar Unfällen, bei denen jedoch niemand das Leben verlor. Während eines besonders starken Wintersturms mußte die *Explorer* ihre Position verlassen, sehr zum Ärger ihres

Kapitäns, der seine Berufsehre verletzt fühlte. Den an akuter Übelkeit leidenden Passagieren fiel es schwer, seinen Standpunkt zu teilen.

Selbst dieses Beispiel der Wildheit des Nordatlantik unterbrach jedoch nicht die Arbeit am Heck. In einer Tiefe von zweihundert Metern schwebten die beiden Atom-U-Boote und spürten kaum etwas von dem Unwetter. Man hatte ihnen neue Namen gegeben, um einen ozeanographischen Pionier und einen berühmten Schiffbauer zu ehren: *Matthew Fontaine Maury* und *Peter der Große*. Ihre Reaktoren lieferten weiterhin Megawatt um Megawatt Niederspannungsstrom zum Meeresboden, und dadurch entstand eine Säule aus aufgeheiztem Wasser, als man die Wärme aus dem Wrack pumpte. Diese künstliche, nach oben führende Strömung hatte einen unerwarteten Vorteil: Sie brachte Nährstoffe zur Oberfläche, die sonst auf dem Grund geblieben wären. Die daraus resultierende Zunahme des Planktons vergrößerte auch die lokalen Fischschwärme, und die letzten Kabeljau-Fänge brachen alle bisherigen Rekorde. Die Regierung von Neufundland bat offiziell darum, daß die Unterseeboote an Ort und Stelle blieben, auch nachdem sie ihre Vertragsverpflichtungen Nippon-Turner gegenüber erfüllt hatten.

Wenn man von den Aktivitäten im Bereich der Grand Banks einmal absah... Auch Tausende von Kilometern entfernt investierte man viel Geld und Mühen. In Florida, unweit der Startrampen, die Menschen zum Mond geschickt hatten – bald sollte der erste bemannte Flug zum Mars beginnen –, fanden die Ausbaggerungs- und Konstruktionsarbeiten für das Unterwasser-Museum der *Titanic* statt. Auf der anderen Seite des Globus bereitete sich Tokio-on-Sea auf eine noch eindrucksvollere Ausstellung vor: Man schuf gläserne Korridore für Besucher, und außerdem sollte ein wahrhaft spektakulärer Film gezeigt werden.

In einem Staat, der nun wieder Rußland hieß, wurden ebenfalls große Summen aufs Spiel gesetzt. *Peter der Große* sorgte dafür, daß an der Moskauer Börse die Aktien aller am Bergungsunternehmen beteiligten Firmen hoch im Kurs standen.

33
Sonnenflecken

»Eine meiner fixen Ideen betrifft den Sonnenfleckenzyklus«, sagte Franz Zwicker. »Insbesondere den gegenwärtigen.«

»Was ist so speziell daran?« fragte Bradley, als sie gemeinsam zum Laboratorium gingen.

»Zunächst einmal: Er erreicht seinen Höhepunkt – Sie haben's erraten! – 2012. Er hat bereits das Maximum von 1990 übertroffen und nähert sich dem von 2001.«

»Und?«

»Nun, unter uns gesagt: Ich bin besorgt. Viele Spinner haben versucht, den elfjährigen Zyklus – er ist nicht *immer* elf Jahre lang – mit bestimmten Ereignissen zu verbinden, und deshalb bringt man das Zählen der Sonnenflecken häufig mit Astrologie in Zusammenhang. Es besteht jedoch kein Zweifel daran, daß die Sonne praktisch alles auf der Erde beeinflußt. Ich bin sicher, sie ist für das seltsame Wetter verantwortlich, das wir seit einem Vierteljahrhundert haben. Zumindest bis zu einem gewissen Ausmaß. Wir können nicht die *ganze* Schuld der Menschheit geben, so gern Bluepeace und Co. das auch möchten.«

»Ich dachte, Sie sollten eigentlich auf ihrer Seite sein!«

»Nur am Montag, Mittwoch und Freitag. Während der restlichen Woche behalte ich Mutter Natur im Auge. Übrigens: Das Wetter ist nicht die einzige Anomalie. Auch die seismische Aktivität scheint zuzunehmen. Sehen Sie sich Kalifornien an. Warum baut man *noch immer* Häuser in San Francisco? War das Beben von 2002 nicht schlimm genug? Und das sogenannte *Big One* steht nach wie vor aus...«

Jason hielt es für ein Privileg, die Gedanken des Wissenschaftlers zu teilen. In bezug auf persönlichen Hintergrund und Charakter unterschieden sich Bradley und Zwicker sehr voneinander, aber sie hatten inzwischen gelernt, sich zu respektieren.

»Es gibt noch etwas anderes, das mir gelegentlich Alpträume beschert: Tiefsee-Eruptionen, vielleicht hervorgerufen von Erdbeben. Oder vom Menschen verursacht.«

»Ich habe einige erlebt. Zum Beispiel 1998, im Ölfeld von Louisiana. Eine ganze Bohrinsel mußte abgeschrieben werden.«

»Ach, das war nur ein kleiner maritimer Aufstoßer! Ich meine *echte* Ausbrüche, wie etwa den Krater, den Wissenschaftler von Shell Oil in den achtziger Jahren fanden, zwei Kilometer tief im Golf. Stellen Sie sich einmal die entsprechende Explosion vor. Drei Millionen Tonnen Meeresgrund sind dadurch bewegt worden! Man könnte die freigesetzte Energie mit der einer mittleren Atombombe vergleichen.«

»Halten Sie es für möglich, daß so etwas noch einmal geschieht?« fragte Jason.

»Davon bin ich überzeugt. Aber wo und wann? Ich weise die Leute von Hibernien immer wieder darauf hin, daß sie den Drachen am Schwanz kitzeln. Wenn Tommy Gold recht hat – und er *hatte* bei den Neutronensternen recht, auch wenn er bei dem Mondstaub und dem Fließgleichgewicht danebenlag –, haben wir gerade erst an der Erdkruste gekratzt. Angeblich sind die bisher angezapften Ölfelder nur aufgrund von kleinen Lecks der *wahren* Kohlenwasserstoff-Reservoirs entstanden, die sich zehn oder noch mehr Kilometer weiter unten befinden.«

»Kleine Lecks! Seit einigen Jahrhunderten bringen sie unsere Zivilisation in Schwung.«

»Oder treiben uns langsam in den Ruin – es kommt ganz auf die jeweilige Perspektive an. Nun, hier ist Ihr wertvoller Schüler. Was macht der Unterricht?«

J. J. lag in einem Transportgerüst und wirkte wie ein Fisch auf dem Trockenen. Ein nach Bradleys Meinung absurd dünnes Kabel verband ihn mit mehreren Computern. Jason war mit Kupferdrähten aufgewachsen und konnte sich noch immer nicht ganz an die Glasfaser-Revolution gewöhnen.

Es schien überhaupt nichts zu geschehen. Die zuständige Technikerin versteckte hastig das Mikrobuch, in dem sie gelesen hatte, warf dann einen raschen Blick auf die Monitore.

»Alles in Ordnung, Doktor«, sagte sie fröhlich. »Ich überprüfe nur die Datenbasis des Expertensystems.«

Das ist ein Teil von mir, dachte Jason. Er hatte Stunden im Tauchsimulator verbracht, während Programmierer versuchten, seine in langen, anstrengenden Jahren erworbenen Fähigkeiten aufzuzeichnen und in einen Programmcode umzusetzen, der die Essenz des erfahrenen Ozeantechnikers J. Bradley darstellte. Immer mehr gewann er den Eindruck, daß J. J. zumindest in einem psychologischen Sinn zum Ersatz-Sohn wurde.

Dieses Gefühl verstärkte sich, wenn es zu direkten Gesprächen kam. Nach einem alten Witz im Genre war das Vokabular von Tauchern auf höchstens zweihundert Wörter beschränkt – mehr brauchten sie nicht für ihren Job. J. J. verfügte über ausreichend künstliche Intelligenz, um sich einen weitaus größeren Wortschatz zuzulegen.

Das Labor hatte gehofft, Jason zu überraschen, indem

es seine Stimme als Grundlage für J. Js. Sprachsynthesizer verwendete, doch Bradleys Reaktion war enttäuschend. Die Scherzbolde vergaßen dabei, daß nur wenige Menschen ihre aufgezeichnete Stimme wiedererkennen, insbesondere wenn sie unvertraute Sätze formuliert. Jason begriff erst, was vor sich ging, als er die grinsenden Gesichter bemerkte.

»Anne«, wandte sich Zwicker an die Technikerin, »gibt es irgendeinen Grund, der uns daran hindert, den Tauchtest zum vorgesehenen Zeitpunkt durchzuführen?«

»Nein, Doktor. Der für den Notfall bestimmte Rückruf-Algorithmus scheint noch nicht richtig zu funktionieren, aber beim Test können wir auf ihn verzichten.«

Zwar waren die akustischen Transducer nicht für den Einsatz in Luft vorgesehen, aber Jason gab trotzdem der Versuchung nach, Junior anzusprechen.

»Hallo, J. J. Kannst du mich hören?«

»Ich höre Sie.«

Die Worte klangen verzerrt, blieben jedoch verständlich. Unter Wasser würde die Sprachqualität wesentlich besser sein.

»Erkennst du mich?«

Eine lange Pause folgte, bevor J. J. antwortete.

»Frage nicht verstanden.«

»Treten Sie etwas näher heran, Mr. Bradley«, sagte sie Technikerin. »Außerhalb des Wassers ist er fast taub.«

»Erkennst du mich?«

»Ja. Sie sind John Maxwell.«

»Zurück zum Reißbrett«, brummte Zwicker.

Bradley war nicht verärgert, sondern amüsiert. »Und wer ist John Maxwell?«

Die junge Frau räusperte sich verlegen.

»Leiter der Abteilung Stimmerkennung. Wie dem auch sei: Es liegt kein Problem vor. Dies ist wohl kaum ein fairer Text. Unter Wasser identifiziert er Sie aus einer Entfernung von fünfhundert Metern.«

»Hoffentlich. Auf Wiedersehen, J. J. Wir sehen uns später, wenn du nicht mehr so taub bist. Jetzt möchte ich feststellen, ob sich Deep Jeep in einem besseren Zustand befindet.«

Deep Jeep war das andere Hauptprojekt des Laboratoriums und fast ebenso anspruchsvoll. Wenn Besucher die Konstruktion sahen, so fragten die meisten von ihnen: ›Ist das ein Unterseeboot oder ein Taucheranzug?‹ Die Antwort lautete: ›Beides.‹

Betrieb und Wartung von *Marvin*-Tauchbooten, in denen drei Personen Platz fanden, war recht teuer: Ein Einsatz kostete hunderttausend Dollar, und in vielen Fällen genügte ein weniger leistungsfähiges Ein-Mann-Fahrzeug.

Das ganze Labor kannte Jason Bradleys geheimen Wunsch. Er hoffte, daß Deep Jeep rechtzeitig fertig war, um ihn zur *Titanic* zu bringen – während sie noch auf dem Grund lag.

34
Sturm

Es sollte noch einige Jahrzehnte dauern, bis die Meteorologen den großen Sturm von 2010 als einen aus der Serie erkannten, die in den achtziger Jahren begann und umfassende klimatische Veränderungen ankündigte. Bevor Gloria ihre Energie an den westlichen Wällen der Alpen verausgabte, richtete sie einen Schaden von zwanzig Milliarden Dollar an und tötete mehr als tausend Menschen.

Die Wettersatelliten gaben natürlich Alarm, einige Stunden vorher – sonst hätte der Wirbelsturm noch weitaus mehr Opfer verlangt. Doch viele überhörten die Wettervorhersagen oder nahmen sie nicht ernst. Das galt insbesondere für Irland: Die Insel empfing als erste den Hammerschlag vom Himmel.

Donald und Edith Craig gingen die letzten Berichte der Operation Einfrieren durch, als Gloria Schloß Conroy erreichte. Im Innern des großen, massiven Gebäudes merkten sie kaum etwas davon – sie hörten nicht einmal, wie die *Camera obscura* vom Dach geweht wurde.

Inzwischen gab Ada unbekümmert zu, daß sie mit *reiner* Mathematik nicht zurechtkam – mit jener Art, von der G. H. Hardy behauptete, sie nütze niemandem etwas. Die Geheimnisse der ENIGMA-Entschlüsselung wurden erst viele Jahre später enthüllt, und deshalb wußte Hardy nicht, daß man ihn schon zu seinen Lebzeiten ad absurdum führte. In den Händen von Alan Turing und seinen Kollegen konnte man selbst mit etwas so Abstraktem wie Zahlentheorie einen Krieg gewinnen.

Der größte Teil von Infinitesimalkalkül, höherer Trigonometrie und praktisch die ganze symbolische Logik waren für Ada Bücher mit sieben Siegeln. Ihre Talente lagen bei der Geometrie und den Eigenschaften des Raums. Sie beschäftigte sich bereits mit fünf Dimensionen – vier erschienen ihr zu einfach. Es erging ihr wie Newton: Sie vertrieb sich die Zeit damit, ›auf Gedankenmeeren zu segeln – allein‹.

Aber heute kehrte sie in den gewöhnlichen dreidimensionalen Raum zurück, aufgrund eines Geschenks, das ihr ›Onkel‹ Bradley geschickt hatte. Dreißig Jahre nach seinem ersten Erscheinen erlebte der Rubik-Würfel ein Comeback in Form einer überaus komplexen Mutation.

Da es sich um eine rein mechanische Vorrichtung handelte, hatte der ursprüngliche Würfel eine schwache Stelle, zur großen Erleichterung jener Leute, die nicht mehr davon loskamen. Im Gegensatz zu ihren Nachbarn waren die insgesamt sechs zentralen Quadrate auf jeder Seite *fest*. Die achtundvierzig anderen konnten frei bewegt werden, wodurch sich 43252003274489856000 verschiedene Muster ergaben.

Das Modell II wies keine solchen Beschränkungen auf. Alle vierundfünfzig Quadrate ließen sich bewegen; es gab also keine Fixpunkte für die verzweifelten Dreher. Erst die Entwicklung von Mikrochips und Flüssigkristall-Anzeigen ermöglichte es, ein solches Wunder herzustellen. Natürlich *bewegte* sich nichts: Man zog die bunten Quadrate über die einzelnen Seiten, indem man sie mit der Fingerkuppe berührte.

Ada saß zusammen mit Lady in dem kleinen Boot und befaßte sich so konzentriert mit ihrem neuen Spielzeug, daß sie nicht merkte, wie der Himmel dunkler wurde. Der Sturm hatte sie fast erreicht, als sie den Elektromotor startete und zum Bootshaus fuhr. Sie dachte nicht daran, daß ihr vielleicht echte Gefahr drohte; immerhin war der Mandelbrot-Teich nur einen Meter tief. Aber sie wollte vermeiden, naß zu werden – und Lady *verabscheute* Wasser.

Als das Boot durch den ersten westlichen Kreis des Teichs glitt, heulten die Böen fast ohrenbetäubend laut. Ada erzitterte in einer Mischung aus Faszination und Aufregung, doch Lady fürchtete sich sehr und versuchte, unter die Sitzbank zu kriechen.

Während Ada dem Verlauf des Dorns folgte, schützten sie die Zypressen vor dem Zorn des Sturms, doch jetzt regte sich zum erstenmal Besorgnis in ihr: Die großen Bäume zu beiden Seiten neigten sich wie Schilf hin und her.

Nur noch ein Dutzend Meter trennte sie von der Sicherheit des Bootshauses – sie war bereits weit im Äußersten Westen der M-Menge und näherte sich der Unendlichkeitsgrenze bei minus 1,999 –, als sich Patrick O'Brians Befürchtungen in Hinblick auf die umgepflanzten Zypressen tragisch bestätigten.

35
Artefakt

Zu einer der rührendsten archäologischen Entdekkungen kam es 1976 in Israel, während einiger Ausgrabungen, die von Wissenschaftlern der hebräischen Universität und des französischen Zentrums für prähistorische Forschungen geleitet wurden.

Auf einem zehntausend Jahre alten Lagerplatz fand man die Reste eines Kindes, die eine Hand an die Wange gepreßt, in der anderen ein kleines Skelett: Es stammte von einem etwa fünf Monate alten Hund.

Dies ist das früheste bekannte Beispiel für die Freundschaft zwischen Mensch und Hund. Später gab es viele andere.

(Aus *Freunde des Menschen* von Roger Caras; Simon & Schuster, 2001).

Dr. Jafferjee sprach mit einer klinischen Kühle, die Donald verärgerte – aber wie sonst konnten Psychiater geistig gesund bleiben? »Vielleicht interessiert es Sie zu erfahren, daß Ediths Fall nicht einzigartig ist. Seit der Entdeckung der M-Menge im Jahr 1980 haben viele Menschen in dieser Hinsicht eine Art Besessenheit entwickelt. Für gewöhnlich sind es Computer-Hacker, deren Realitätsbewußtsein ohnehin gelitten hat. In den Datenbanken sind nicht weniger als dreiundsechzig Fälle von Mandelmanie dokumentiert.«

»Gibt es ein Heilmittel?«

Dr. Jafferjee runzelte die Stirn. Das Wort ›Heilmittel‹ benutzte er nur selten; er zog den psychologischen Fachbegriff ›Anpassung‹ vor.

»Lassen Sie es mich folgendermaßen ausdrücken: In achtzig Prozent aller Fälle ist der Patient in der Lage, wieder ein, äh, normales Leben zu führen, manchmal mit Hilfe von Medikamenten oder elektronischen Implantaten. Angesichts einer so hohen Rate kann man optimistisch sein.«

Aber die restlichen zwanzig Prozent? dachte Donald. Zu welcher Kategorie gehört Edith?

Während der ersten Woche nach der Tragödie hatte sie eine erstaunliche Ruhe gezeigt: Bei der Beerdigung waren einige ihrer Freunde von Ediths scheinbarer Gleichgültigkeit schockiert gewesen. Aber Donald wußte, daß sie tiefe Wunden erlitten hatte, und deshalb überraschte es ihn nicht, als sie nach und nach ein irrationales Verhalten offenbarte. Sie begann damit, nachts durchs Schloß zu wandern, durch leere Zimmer und dunkle Flure, die noch renoviert werden mußten, und daraufhin begriff Donald, daß es Zeit wurde, medizinische Hilfe in Anspruch zu nehmen.

Trotzdem zögerte er zunächst und hoffte, daß sich Edith bald von ihrem Kummer erholte. Das schien tatsächlich der Fall zu sein – bis Patrick O'Brian starb.

Ediths Beziehungen zu dem alten Gärtner waren nie besonders gut gewesen, aber sie hatten sich gegenseitig respektiert, und die Liebe zu Ada verband sie miteinander. Der Tod des Mädchens stellte für Pat einen ebenso schweren Schlag dar wie für die Eltern. Außerdem gab er sich die Schuld daran: Wenn er doch nur abgelehnt hätte, die Zypressen umzupflanzen; wenn er doch nur...

Er trank wieder und war kaum mehr nüchtern. Eines Abends setzte ihn der Wirt des *Black Swan* sanft vor die Tür, und auf dem Rückweg zum Dorf, wo er sein ganzes

Leben verbracht hatte, gelang es dem Alten, sich zu verirren. Am nächsten Morgen fand man ihn – erfroren. Pater McMullen meinte, es handele sich nicht um Tod durch Unfall, sondern um Selbstmord. Aber wenn es einer Sünde gleichkam, Pat ein christliches Begräbnis zu gewähren, so würde er diese Sache zu gegebener Zeit mit Gott klären. Was auch für das kleine Bündel in Adas leblosen Armen galt.

Als Donald am Tag nach der zweiten Beerdigung zu Edith kam, saß sie vor einem hochauflösenden Monitor und betrachtete eine der winzigen Miniaturversionen der M-Menge. Sie reagierte nicht auf ihn, und kurz darauf gelangte er zu der erschreckenden Erkenntnis, daß sie nach Ada suchte.

In den folgenden Jahren dachte Donald Craig oft an die seltsame Beziehung, die zwischen ihm und Jason Bradley entstanden war. Sie hatten sich nur einige Male getroffen, und meistens aus geschäftlichen Anlässen, aber trotzdem spürte er das Band gegenseitiger Sympathie, das zwischen ihnen wuchs und fast so stark sein kann wie eine sexuelle Bindung, obwohl es in diesem Fall absolut keine erotischen Elemente gab.

Vielleicht fühlte sich Bradley durch Donald an seinen verstorbenen Partner Ted Collier erinnert, von dem er oft sprach. Wie dem auch sei: Sie waren gern zusammen und begegneten sich auch dann, wenn es nicht nur um die Arbeit ging. Kato und die Gruppe Nippon-Turner mochten mißtrauisch sein, aber Bradley wahrte seine ISA-Neutralität. Craig versuchte nicht einmal, die Freundschaft mit ihm auszunutzen: Sie tauschten persönliche Geheimnisse aus, doch keine beruflichen. Donald erfuhr nie, welche Rolle – wenn überhaupt – Bradley gespielt hatte, als die International Sea-bed Authority beschloß, Hydrazin zu verbieten.

Nach Adas Bestattung – Bradley flog um die halbe Welt, um an der Zeremonie teilzunehmen –, vertiefte sich die Beziehung zwischen ihnen. Beide hatten Frau und Kind verloren. Zwar unterschieden sich die jeweiligen Umstände, aber die Konsequenzen waren ähnlich. Ihre Freundschaft erreichte ein neues Stadium: Sie diskutierten Dinge, über die sie mit niemand sonst gesprochen hätten.

Später fragte sich Donald, warum er nicht selbst auf die Idee gekommen war. Vielleicht stand er ihr so nahe, daß er nur noch Rasterzeilen sah und nicht mehr das ganze Bild.

Die umgestürzten Zypressen waren längst fortgebracht worden. Jason und Donald wanderten am Ufer des Mandelbrot-Teichs entlang – zum letztenmal, wie sich herausstellen sollte –, und Bradley erklärte das Szenario. »Es ist nicht *meine* Idee«, sagte er entschuldigend. »Sie stammt von einem Freund, der sich mit Psychologie auskennt.«

Es dauerte eine Weile, bis Donald die Identität jenes ›Freundes‹ herausfand, aber er sah sofort die Möglichkeiten.

»Glaubst du wirklich, es könnte klappen?« fragte er.

»Das mußt du mit Ediths Psychiater besprechen. Selbst *wenn* es eine gute Idee ist – vielleicht hält er nichts davon. Das NHE-Syndrom, weißt du.«

»Wofür steht das Kürzel?«

»Für Nicht – Hier – Erfunden.«

Donald lachte, doch es klang nicht sehr amüsiert.

»Du hast recht. Nun, zuerst muß ich feststellen, ob ich die notwendigen Vorbereitungen treffen kann. Das ist bestimmt nicht leicht.«

Diese Bemerkung erwies sich als Untertreibung. Donald begann mit der schwierigsten Aufgabe seines Lebens, und oft mußte er bei der Arbeit eine Pause einlegen, um sich Tränen aus den Augen zu wischen.

Dann wurden auf geheimnisvolle Weise die verborgenen mentalen Schaltkreise des Unterbewußtseins aktiv und lösten eine Erinnerung aus, die Donald Kraft genug gab, um seine Bemühungen fortzusetzen. Vor einigen Jahren hatte er von einem Arzt in der Dritten Welt gelesen: Er leitete eine Augenbank, die armen Blinden das Sehvermögen zurückgab. Um eine erfolgreiche Transplantation durchzuführen, mußten dem Spender die Coroneae innerhalb weniger Minuten nach dem Tod entnommen werden.

Was hat der Arzt empfunden, als er in die Augen seiner eigenen Mutter schnitt? dachte Donald. Ich muß den gleichen Mut aufbringen. Er kehrte zum Filmtisch zurück, an dem Edith und er viele gemeinsame Stunden verbracht hatten.

Dr. Jafferjee zeigte sich erstaunlich aufnahmefähig. In einem leicht ironischen, aber überwiegend mitfühlenden Tonfall fragte er: »Woher haben Sie die Idee? Aus einem populär-psychologischen Video-Drama?«

»Sie klingt danach, ich weiß. Aber sie scheint einen Versuch wert zu sein – wenn Sie zustimmen.«

»Ist die Diskette fertig?«

»Die Kapsel. Ja. Ich möchte die Daten jetzt gleich überspielen – in Ihrem Vorzimmer habe ich einen zweiten Monitor gesehen.«

»Das Gerät kann sogar VHS-Kassetten aufnehmen! Ich rufe Dolores. Ich verlasse mich sehr auf Sie, soweit es Edith betrifft.« Er zögerte kurz, musterte Donald nachdenklich und erweckte den Eindruck, noch etwas hinzufügen zu wollen. Doch dann überlegte er es sich anders, drückte eine Taste der Wechselsprechanlage und sagte: »Schwester Dolores, bitte kommen Sie in mein Büro. Danke.«

Edith Craig befindet sich noch immer irgendwo in diesem Kopf, dachte Donald, als er mit Dr. Jafferjee Platz nahm. Stumm beobachteten sie die Frau, die völlig reglos vor einem großen Bildschirm saß. Kann ich die unsichtbare und doch undurchdringliche Barriere des Kummers zerschmettern, um sie in die Wirklichkeit zurückzuholen?

Der Schirm zeigte ein vertrautes schwarzes Käferbild, von dem rankenartige Erweiterungen ausgingen und es mit dem Rest des Mandelbrot-Universums verbanden. Der Maßstab ließ sich nicht einmal erraten, aber Donald hatte bereits die Koordinaten bemerkt, die vom Ausmaß dieser besonderen Version berichteten. Wenn man sich vorstellte, wie die vollständige Menge aus dem Monitor herauswuchs, so war sie bereits größer als der Kosmos, den das Orbitalteleskop Hubble bisher erforscht hatte.

»Sind Sie soweit?« fragte Dr. Jafferjee.

Donald nickte. Schwester Dolores saß direkt hinter Edith und warf einen kurzen Blick zur Kamera, um darauf hinzuweisen, daß sie den Arzt gehört hatte.

»Also los.«

Donald betätigte die ›Ausführen‹-Taste und aktivierte damit die Subroutine.

Die pechschwarze Oberfläche des simulierten Mandelbrot-Teichs schien sich zu kräuseln. Edith zuckte überrascht zusammen.

»Gut!« flüsterte Dr. Jafferjee. »Sie reagiert!«

Das Wasser teilte sich. Donald drehte den Kopf zur Seite – er konnte es nicht ertragen, diesen letzten Triumph seines Geschicks zu betrachten. Doch vor dem inneren Auge sah er Ada, und er hörte auch ihre sanfte Stimme: ›Ich liebe dich, Mutter. Aber hier drin findest du mich nicht. Ich existiere nur in deiner Erinnerung, und dort werde ich immer bei dir bleiben. Leb wohl...‹

Dolores fing die fallende Edith auf, als das letzte Wort in unwiederbringlicher Vergangenheit verhallte.

36
Das letzte Essen

Es war eine reizende Idee, obwohl nicht alle glaubten, daß sie sich angemessen in die Tat umsetzen ließ. Die Innenausstattung des einzigen Tiefsee-Tauchboots für Touristen stammte aus Disneys Klassiker *20 000 Meilen unter dem Meer.*

Wer die *Piccard* (Heimathafen Genf) betrat, fand sich in einem feudalen, wenn auch seltsam proportionierten viktorianischen Salon wieder. Diese Umgebung sollte beruhigend wirken und verhindern, daß die Passagiere an den viele hundert Tonnen starken Druck dachten, der auf jedem einzelnen kleinen Beobachtungsfenster lastete – die nur einen recht beschränkten Ausblick gewährten.

Das größte Problem der *Piccard*-Konstrukteure war nicht technischer, sondern juristischer Natur. Lloyd's in London zeigte sich nur bereit, das Tauchboot zu versichern, nicht aber die Passagiere, die meisten von ihnen VIPs mit astronomischer Kreditwürdigkeit. Deshalb sammelte man vor jeder Tauchfahrt so diskret wie möglich notariell beglaubigte Erklärungen ein, in denen die Reisenden ausdrücklich auf alle Schadenersatzansprüche verzichteten.

Das Ritual war nur wenig beunruhigender als die Litanei des Stewards, der fröhlich auf alle möglichen Katastrophen hinwies, die Passagiere von transozeanischen Flugzeugen jahrzehntelang gequält hatten. Schilder mit der Aufschrift ›Rauchen verboten‹ waren natürlich nicht mehr notwendig. Darüber hinaus fehlten Sicherheitsgurte und Schwimmwesten an Bord der *Piccard* – sie erschienen ebenso sinnvoll wie Fallschirme in Linienmaschinen. Die vielen integrierten Sicherheitssysteme fielen nicht auf und funktionierten automatisch. Wenn es zum

Schlimmsten kam, trennte sich die unabhängige Zwei-Mann-Kapsel der Besatzung vom Passagiersegment, und dann kehrten beide Teile zur Oberfläche zurück, während Ultraschallbaken hektisch piepten.

Diese Tauchfahrt sollte die letzte in der Saison sein. Im Herbst wurde das nordatlantische Wetter noch schlechter, und man plante, die *Piccard* in die ruhigeren maritimen Gefilde der südlichen Hemisphäre zu transportieren. Zwar machten tief unten im Meer Winter und Sommer keinen Unterschied, aber Stürme an der Oberfläche sorgten dafür, daß sich die Passagiere ausgesprochen unwohl fühlten.

Während des dreißig Minuten langen freien Falls zum Wrack sahen sich die vornehmen Gäste der *Piccard* einen Videofilm an, der ihnen den gegenwärtigen Status des Bergungsunternehmens und die Reise in Form eines Schaubilds zeigte. Während das Tauchboot durch die Finsternis sank, gab es nichts weiter zu sehen – bis auf einige leuchtende Fische, die von diesem sonderbaren Eindringling in ihre Domäne angelockt wurden.

Dann plötzlich entstand tief unten ein geisterhaft trübes Glühen. Die Lampen in der *Piccard* waren ausgeschaltet – nur das rote Notlicht brannte –, als seitlich vorn der Bug des gesunkenen Schiffes aufragte.

Bei diesem Anblick ging fast allen an Bord folgender Gedanke durch den Kopf: So ähnlich muß die *Titanic* vor hundert Jahren in der Harland & Wolff-Werft ausgesehen haben. Auch diesmal ruhte sie in einem komplexen Stahlgerüst, während es in ihrer Nähe von fleißigen Gestalten wimmelte – allerdings waren die Arbeiter jetzt keine Menschen mehr.

Es herrschten gute Sichtverhältnisse, und der Pilot manövrierte das Tauchboot so, daß die Passagiere an den kleinen Bullaugen alles beobachten konnten. Er achtete darauf, den Robotern auszuweichen, die der *Piccard* überhaupt keine Beachtung schenkten. Sie gehörte nicht zu dem Universum ihrer Programmierung.

»Wenn Sie jetzt nach rechts sehen«, sagte der Reiseführer, ein junger Woods-Hole-Student, der sich in den Ferien etwas Geld verdiente, »so erkennen Sie das ›Abwärts‹-Kabel, das bis zur *Explorer* reicht. Gerade ist ein Modul mit dem Gegengewicht unterwegs. Scheint eine Zwei-Tonnen-Einheit zu sein.

Ein Roboter nimmt das Modul in Empfang und löst es. Es hat neutralen Auftrieb, damit es leicht bewegt werden kann. Der Roboter wird es zum Hebegerüst bringen und dort an der geplanten Stelle befestigen. Das Gegengewicht, mit dem es hierher transportiert wurde, schickt man anschließend mit Hilfe des ›Aufwärts‹-Kabels zur *Explorer* zurück, um es erneut zu benutzen. Der Vorgang wiederholt sich zehntausendmal, bevor die *Titanic* gehoben werden kann. Womit natürlich dieser Teil des Wracks gemeint ist.«

»Klingt alles ziemlich umständlich«, meinte eine der VIPs. »Warum benutzt man nicht einfach komprimierte Luft?«

Der Reiseführer hatte diese Frage schon oft gehört, aber er war trotzdem geduldig genug, um höflich Antwort zu geben. (Man bezahlte ihn gut, und außerdem brachte dieser Job einige Vorteile mit sich.)

»Das ist zwar möglich, Ma'am, aber viel zu teuer. Denken Sie an den *enormen* Druck hier unten. Sie kennen sicher die üblichen Sauerstoffflaschen von Tauchern: Für gewöhnlich betreibt man sie mit zweihundert Atmosphären. Wenn Sie also hier einen solchen Behälter öffnen, käme die Luft nicht heraus. Das Wasser würde *hinein*strömen und sie bis zur Hälfte füllen!«

Vielleicht hatte er es ein wenig übertrieben: Einige Passagiere schnitten besorgte Mienen. Um sie abzulenken, fügte der Reiseführer rasch hinzu:

»Man *verwendet* komprimierte Luft für Trimmung und Präzisionsmanöver. Und während der letzten Phasen des Aufstiegs wird sie eine wichtige Rolle spielen.

Nun, der Kapitän steuert uns gleich übers Promenadendeck zum Heck. Anschließend kehren wir zurück, so daß Sie sich auch die andere Seite ansehen können. Ich schweige jetzt eine Zeitlang...«

Ganz langsam schwebte die *Piccard* an der gewaltigen, schattenhaften Masse entlang. Der größte Teil davon verbarg sich in Dunkelheit, aber Licht drang fächerförmig aus einigen geöffneten Luken – dort, wo Roboter im Innern arbeiteten und Auftriebmodelle an Stellen anbrachten, die der strukturellen Belastung standhalten konnten.

Niemand sprach ein Wort, als die algenverhangenen Stahlwände vorbeiglitten. Es fiel sehr schwer, eine Vorstellung von den Ausmaßen des Wracks zu gewinnen: Nach hundert Jahren gehörte es noch immer zu den größten jemals gebauten Schiffen. Außerdem war es das luxuriöseste, wenn auch aus rein wirtschaftlichen Gründen. Die *Titanic* markierte das Ende einer Ära; nach dem ersten Weltkrieg konnte sich niemand mehr solchen Prunk leisten. Vielleicht hätte es auch niemand gewagt, Reichtum so sehr zur Schau zu stellen – aus Furcht davor, mit soviel Arroganz erneut den Neid der Götter zu provozieren.

Der Berg aus Stahl verschwand in der Ferne, und einige Minuten lang blieb der ihn umgebende Nimbus aus Licht weiterhin sichtbar. Dann verblaßte er, und unter dem Tauchboot erstreckte sich nur noch der leere Meeresgrund: zwei Streifen, von den Doppelscheinwerfern der *Piccard* erhellt.

Der Boden war zwar kahl, aber nicht ohne besondere Merkmale: Rillen, Furchen und Gräben zeigten sich darin, die Narben von Tiefsee-Baggerungen.

»Dies ist das sogenannte Trümmerfeld«, sagte der Reiseführer und beendete sein Schweigen. »Hier lagen viele

Dinge aus dem Schiff: Geschirr, Möbelstücke, Küchenutensilien und so weiter. Sie wurden geborgen, als sich Lloyd's und die kanadische Regierung noch vor dem Weltgerichtshof stritten. Nach dem Urteil war es zu spät...«

»Was ist *das*?« stieß eine Frau hervor. Sie hatte eine Bewegung durch ihr kleines Fenster bemerkt.

»Wo? Lassen Sie mich mal sehen. Oh, Sie meinen J. J.«

»Wie bitte?«

»Jason Junior. Das neueste Spielzeug der ISA. Entschuldigung: der International Sea-bed Authority. Es handelt sich um einen automatischen Sondierungsroboter, der gerade getestet wird. Er soll mehrere Artgenossen bekommen, und man hofft, mit ihnen den Grund aller Weltmeere so genau kartographieren zu können, daß selbst Details bis hin zu einem Meter erkennbar sind. Wenn das geschieht, kennen wir die Ozeane ebenso gut wie den Mond.«

Voraus erschien eine zweite Oase aus Licht, und kurz darauf bot sich den Passagieren ein Anblick dar, der unglaublich zu sein schien, obwohl sie ihn bereits von Fotos und Video-Sequenzen kannten.

Der Heckbereich des Wracks war gar nicht mehr zu sehen, steckte jetzt ganz in einem großen, unregelmäßig geformten Eisblock, der auf dem Meeresboden stand. Dutzende von Stahlträgern ragten daraus hervor, und an vielen von ihnen hatte man mit unterschiedlich langen Kabeln halb aufgeblasene Ballons befestigt.

»Eine *sehr* schwierige Sache«, sagte der junge Reiseführer in einem bewundernden Tonfall. »Es ist nicht leicht zu verhindern, daß sich ein Teil des Eises vom Block löst und vorzeitig nach oben schwebt. Aus diesem Grund hat man ein komplexes Innengerüst angebracht, das man von außen nicht erkennen kann. Hinzu kommt eine Art Dach.«

Einer der Passagiere, der die bisherigen Ausführungen

ignoriert zu haben schien, fragte: »Die Ballons... Haben Sie nicht behauptet, es sei unmöglich, Luft bis in diese Tiefe zu pumpen?«

»Zumindest nicht genug, um eine solche Masse zu heben. Aber die Auftriebsbeutel dort vorn enthalten auch gar keine Luft, sondern H_2 und O – durch Elektrolyse freigesetzten Wasserstoff und Sauerstoff. Sehen Sie die Kabel? Sie bringen Millionen, nein, *Milliarden* von Amperestunden nach unten, erzeugt von den beiden Atom-U-Booten vier Kilometer über uns. Genug Elektrizität, um eine kleine Stadt zu versorgen.«

Er sah auf die Uhr.

»Ich fürchte, hier gibt es nicht viel zu bestaunen. Wir fahren einmal ums Heck herum und dann zur anderen Seite des Bugs. Anschließend kehren wir heim.«

Die *Piccard* ließ ihre Zusatzgewichte fallen – man würde sie später einsammeln und mit dem ›Aufwärts‹-Kabel am Bug der *Titanic* zurückschicken. Jetzt wurde es Zeit, die Souvenir-Broschüre zu signieren, und für die meisten Passagiere stellte sie eine ziemliche Überraschung dar...

D. S. V. ›PICCARD‹	R. M. S. ›TITANIC‹
14. Oktober 2011	14. April 1912

MITTAGESSEN

Konsommee Fermier — Hühnersuppe mit Lauch

Glattbutt-Filet

Ei à l'Argenteuil

Huhn à la Maryland

Corned beef, Gemüse, Knödel

VOM GRILL

Gegrilltes Hammelkotelett
Kartoffelbrei, Bratkartoffeln, Pellkartoffeln
Pudding
Apfelkuchen Gebäck

BÜFETT

Lachsmayonnaise gekochte Garnelen
Norwegische Anchovis gepökelte Heringe
einfache & geräucherte Sardinen
Roastbeef
gewürzte Rindfleisch-Scheiben
Kalbfleisch- und Schinken-Pasteten
Virginia- & Cumberland-Schinken
Bologneser Wurst Eber
Hühnerfrikassee
eingelegte Ochsenzunge
Lattich Rote Bete Tomaten

KÄSE

Cheshire, Stilton, Gorgonzola, Edamer
Camembert, Roquefort, St. Ivel
Cheddar

Eisgekühltes Münchener Lagerbier vom Faß
3p oder 6p pro Humpen

»Ich fürchte, unser Menü ist nicht ganz so umfangreich«, sagte der junge Reiseführer in einem gespielt entschuldigenden Tonfall. »Mit einem derartigen gastronomischen Angebot kann die *Piccard* kaum mithalten. Wir haben nicht einmal einen Mikrowellenherd an Bord – er würde zuviel Energie verbrauchen. Ich bitte Sie also, nicht aus der Rubrik *Vom Grill* zu wählen, und darf Ihnen versichern, daß unser kaltes Büfett ausgezeichnet ist. Außerdem haben wir nur *einige* der Käsesorten – hauptsächlich die milderen. Unser Frischluftvorrat ist begrenzt, und deshalb wäre es nicht ratsam, Gorgonzola auf den Tisch zu bringen.

Und noch etwas: Das Lagerbier ist echt und stammt wirklich aus München! Es kostet uns weitaus mehr als drei oder sechs Pence pro Humpen.

Lassen Sie es sich schmecken, meine Damen und Herren. In einer Stunde sind wir wieder oben.«

37
Wiederbelebung

Die Vorbereitungen waren nicht leicht, und monatelang stritt man sich über die Grenze hinweg, doch bei der gemeinsamen Bestattung kam es zu Zwischenfällen: Protestanten und Katholiken teilten die Tragödie; zumindest bei dieser Gelegenheit sprachen Christen höflich miteinander. Der Umstand, daß einer der Toten aus Nordirland kam, erwies sich als nützlich: In Dublin und Belfast konnten die Särge gleichzeitig in die Gräber hinabgelassen werden.

Als die ›Lux aeterna‹ von Verdis *Requiem* verklang, wandte sich Edith Craig an Dolores. »Soll ich es Dr. Jafferjee jetzt sagen? Oder glaubt er dann, ich sei wieder verrückt geworden?«

Dolores runzelte die Stirn und antwortete mit dem singenden karibischen Akzent, der ihr einst geholfen hatte, jenen fernen Ort zu erreichen, an dem sich Ediths Bewußtsein versteckte.

»Ich bitte dich: Benutze dieses Wort *nie* wieder. Was deine Frage betrifft: Ja, ich glaube, du solltest es ihm jetzt erklären. Er ist nicht wie andere Ärzte, von denen ich dir erzählen könnte. *Ihn* interessiert, was aus seinen Patienten wird. Er sieht mehr in ihnen als nur Fallzahlen.«

Dr. Jafferjee war tatsächlich erfreut, als sich Edith meldete. Er überlegte, von wo sie anrief, doch darüber gab sie keine Auskunft. Der Video-Schirm zeigte sie ihm in einem großen Zimmer mit Möbeln aus Rohr *(ah, die Tropen – vielleicht Dolores' Heimatinsel?)*, und er stellte zufrieden fest, daß sie völlig entspannt wirkte. An der Wand hinter ihr hingen zwei große Fotos, und die darauf abgebildeten Personen erkannte er sofort: Ada und ›Colleen‹.

Arzt und ehemalige Patientin begrüßten sich herzlich, und dann sagte Edith ein wenig nervös:

»Vielleicht glauben Sie, daß ich mit einer anderen hoffnungsvollen Suche beginne, und möglicherweise haben Sie recht. Aber *diesmal* weiß ich wenigstens, auf was ich mich einlasse, und außerdem arbeite ich mit den besten Wissenschaftlern der Welt zusammen. Die Chancen stehen vielleicht eine Million zu eins gegen einen Erfolg, aber es ist unendlich viel besser – und ich *meine* unendlich viel –, als ... als in der M-Menge nach Dingen zu suchen, die man braucht.«

Nicht die man braucht, dachte Dr. Jafferjee. Die man sich wünscht. Doch seine vorsichtige Antwort lautete: »Fahren Sie fort, Edith. Ich bin interessiert – und ich habe keine Ahnung, worauf Sie hinauswollen.«

»Was wissen Sie von Kryonik?«

»Nicht viel. Mir ist bekannt, daß viele Menschen eingefroren wurden, aber es steht nicht fest, ob sie ... Oh, jetzt verstehe ich! Eine fantastische Idee!«

»Aber keine lächerliche?«

»Nun, vielleicht stehen Ihre Chancen noch schlechter, als Sie eben andeuteten. Doch das mögliche Resultat ...

Nein, ich halte die Idee nicht für lächerlich. Wenn Sie fürchten, daß ich Dolores bitte, Sie mit dem nächsten Flugzeug in die Klinik zu schicken – seien Sie unbesorgt. Selbst wenn Ihr Projekt ohne Erfolg bleibt: Es könnte eine gute Therapie für Sie sein.«

Aber nur dann, wenn Sie in der Lage sind, mit dem fast unvermeidlichen Fehlschlag fertig zu werden, fügte Jafferjee in Gedanken hinzu. Bis dahin vergehen freilich noch einige Jahre...

»Freut mich, daß Sie die Sache so sehen. Als ich hörte, daß Colleen nicht beerdigt werden soll, weil man nach wie vor hofft, sie zu identifizieren... Da *wußte* ich, was es zu unternehnen gilt. Ich glaube nicht an Schicksal – oder Verhängnis –, aber eine solche Chance konnte ich mir kaum entgehen lassen.«

Natürlich nicht, dachte Jafferjee. Sie haben eine Tochter verloren und hoffen nun, eine andere zu bekommen. Dornröschen, die nicht von einem jungen Prinz geweckt wird, sondern von einer älteren Prinzessin. Nein, von einer Hexe – diesmal einer guten! –, deren Macht weit über alles hinausgeht, was sich ein im neunzehnten Jahrhundert geborenes irisches Mädchen vorstellen konnte.

Wenn – *falls!* – es klappte... Welch seltsame Welt erwartete Colleen! Dann brauchte *sie* psychologische Hilfe. Aber noch war das alles nichts weiter als wilde Spekulation.

»Ich möchte kein Wasser ins Feuer Ihrer Begeisterung gießen«, sagte Jafferjee. »Aber wenn es Ihnen wirklich gelingt, den Körper wiederzubeleben... Müssen Sie nicht damit rechnen, daß es nach hundert Jahren zu irreversiblen Hirnschäden gekommen ist?«

»Genau das befürchtete ich, als ich über diese Sache nachzudenken begann. Aber derartige Gewebeschäden müssen nicht unbedingt irreversibel sein. Es hat mich überrascht festzustellen, welche Fortschritte man bei den

Forschungen auf diesem Gebiet erzielte. Nicht nur überrascht, sondern auch sehr beeindruckt. Haben Sie jemals von Professor Ralph Merkle gehört?«

»Der Name klingt irgendwie vertraut.«

»Vor mehr als dreißig Jahren revolutionierten er und zwei andere junge Mathematiker die Kryptographie, indem sie das Public-key-System erfanden. Ich will hier nicht in die Einzelheiten gehen, aber die neue Methode führte dazu, daß praktisch über Nacht alle Chiffrier-Maschinen – und damit auch viele Spionagenetze – veraltet waren.

Im Jahre 1990 – das heißt, 1989 – veröffentlichte er ein Werk, das bereits zu den Klassikern zählt und den Titel trägt: ›Molekulare Reparatur des Gehirns.‹«

»Oh, *den* Merkle meinen Sie!«

»Ja. Ich dachte mir, daß Sie seine Arbeit kennen. Er vertrat folgenden Standpunkt: Selbst starke Gewebeschäden des Gehirns können mit molekülgroßen Maschinen repariert werden. Er war sicher, daß solche Vorrichtungen im nächsten Jahrhundert – *jetzt* – entwickelt werden.«

»*Hat* man sie entwickelt?« erkundigte sich Jafferjee.

»Viele von ihnen. Denken Sie nur an die von Computern kontrollierten Mini-U-Boote, wie sie von Chirurgen verwendet werden, um die Arterien von Schlaganfall-Opfern freizuräumen. Im TV-Wissenschaftskanal werden ständig die Neuigkeiten der Nanotechnologie präsentiert.«

»Aber die Reparatur eines ganzen Gehirns, Molekül um Molekül! Es sind so ungeheuer viele...«

»Etwa zehn hoch dreiundzwanzig. Keine besonders große Zahl.«

»Nein.« Jafferjee fragte sich, ob Edith scherzte, kam dann aber zu dem Schluß, daß sie es völlig ernst meinte.

»Na schön. Angenommen, Sie reparieren ein Gehirn, bis ins letzte Detail – kehrt dadurch die betreffende Person ins Leben zurück? Mit vollständigen Erinnerungen und Gefühlen? Und mit allen anderen Bestandteilen – welchen auch immer – einer bewußten, individuellen Persönlichkeit?«

»Können Sie mir einen triftigen Grund nennen, warum das nicht der Fall sein sollte? Ich bezweifle, ob das menschliche Gehirn geheimnisvoller ist als der Körper – und *dessen* Funktionsweise kennen wir, wenn auch nicht in allen Einzelheiten, so wenigstens im Prinzip. Es gibt nur eine Möglichkeit, Aufschluß zu gewinnen. Und bestimmt lernen wir viel dabei.«

»Wie lange wird es dauern?«

»Wiederholen Sie diese Frage in fünf Jahren. Dann weiß ich vielleicht, ob wir noch ein Jahrzehnt brauchen – oder ein ganzes Jahrhundert. Oder eine Ewigkeit.«

»Ich kann Ihnen nur viel Glück wünschen. Es ist ein faszinierendes Projekt, und bestimmt erwarten Sie dabei nicht nur viele technische Probleme, sondern auch andere. Zum Beispiel die Verwandten – wenn sie jemals gefunden werden können.«

»Das halte ich für unwahrscheinlich«, erwiderte Edith. »Nach der neuesten Theorie war Colleen ein blinder Passagier und stand deshalb nicht auf der Liste.«

»Dann die Kirche. Medien. Leute, die Ihr Projekt finanzieren und dafür bestimmte Gegenleistungen verlangen. Ghostwriter, die Colleens Autobiographie schreiben wollen. Das arme Mädchen tut mir bereits leid.«

Und ich hoffe, Dolores wird nicht eifersüchtig, fuhr es Jafferjee durch den Sinn. Aber er sprach diesen Gedanken nicht laut aus.

Donald war natürlich überrascht und auch empört – typisch für Ehemänner (und Ehefrauen) unter solchen Umständen.

»Sie hat nicht einmal eine Nachricht für mich hinterlassen?« fragte er ungläubig.

Dr. Jafferjee schüttelte den Kopf.

»Seien Sie unbesorgt. Sicher setzt sich Edith bald mit Ihnen in Verbindung. Sie braucht nur etwas Zeit, um sich wieder anzupassen. Geben Sie ihr ein paar Wochen.«

»Wissen Sie, wo sie sich aufhält?«

Der Psychiater schwieg, und das genügte als Antwort.

»Sind Sie ganz sicher, daß mit ihr alles in Ordnung ist?«

»Daran kann überhaupt kein Zweifel bestehen. Sie befindet sich in außerordentlich guten Händen.« Dr. Jafferjee legte eine jener langen Pausen ein, die zu seinem beruflichen Instrumentarium gehörten.

»Wissen Sie, Mr. Craig, ich sollte mich eigentlich über Sie ärgern.«

»Warum?« erkundigte sich Donald verwirrt.

»Durch Sie habe ich eine ausgezeichnete Mitarbeiterin verloren, praktisch meine rechte Hand.«

»Schwester Dolores? Ich habe mich schon gewundert, wo sie steckt. Ich wollte ihr dafür danken, daß sie Edith so sehr geholfen hat.«

Wieder folgte eine nachdenkliche Pause. Dann entgegnete Dr. Jafferjee: »Sie hat noch mehr für Ihre Frau getan, als Sie sich vorstellen. Offenbar haben Sie nie etwas bemerkt, und deshalb steht Ihnen vielleicht ein Schock bevor. Aber ich fühle mich verpflichtet, Ihnen die Wahrheit zu sagen – sie hilft Ihnen sicher bei Ihrer eigenen Anpassung.

Ediths Interesse gilt nicht in erster Linie Männern, und Dolores lehnt sie ganz ab – obwohl sie manchmal freundlich genug war, in meinem Fall eine Ausnahme zu machen...

Es gelang ihr, mit Edith einen physischen Kontakt herzustellen, noch bevor wir sie geistig erreichten, und ich bin sicher, die Beziehung ist für sie beide vorteilhaft. Trotzdem: Ich vermisse sie schon jetzt.«

Einige Sekunden lang verschlug es Donald Craig die Sprache.

»Soll das heißen, die beiden haben eine Affäre?« platzte es dann aus ihm heraus. »Und Sie *wußten* davon, die ganze Zeit über?«

»Natürlich wußte ich Bescheid. Meine Aufgabe als Arzt besteht darin, jede Möglichkeit zu nutzen, um den Patienten zu helfen. Sie sind ein intelligenter Mann, Mr. Craig – Ihre Reaktion überrascht mich ein wenig.«

»Ein derartiges Verhalten ist... *berufswidrig*!«

»Unsinn! Ganz im Gegenteil: Es zeigt, daß ich meine Pflichten sehr ernst nehme.

Oh, im barbarischen zwanzigsten Jahrhundert hätten viele Leute Ihre Meinung vertreten.

Damals galt es als *Verbrechen* für die Mitarbeiter eines medizinischen Instituts, sich auf sexuelle Beziehungen mit ihren Patienten einzulassen – obgleich das oftmals die beste Therapie gewesen wäre.

Die AIDS-Epidemie führte zu einem guten Ergebnis: Sie zwang die Menschen, ehrlich zu sein und eliminierte die letzten Reste der puritanischen Aberration. Meine Hindu-Kollegen mit ihren Tempel-Prostituierten und erotischen Skulpturen sahen die Sache von Anfang an richtig. Leider mußte der Westen drei Jahrtausende des emotionalen Elends hinnehmen, bis er ebenfalls begriff.«

Als Dr. Jafferjee tief durchatmete, fand Donald Craig Zeit, seine Gedanken zu sammeln. Er gewann den Eindruck, daß der Arzt einen Teil seiner beruflichen Distanz verlor. War er sexuell an der kühlen und unnahbaren Schwester Dolores interessiert gewesen? Oder hatte er andere Probleme?

Man weiß ja, was jemanden dazu veranlaßt, Psychiater zu werden...

Mit ein wenig Glück konnte sich jeder selbst helfen. Und selbst wenn das nicht klappte: Die Arbeit war interessant und wurde gut bezahlt.

IV
Finale

38
Richter acht

Jason Bradley stand auf der Brücke der *Glomar Explorer* und beobachtete J. J.s Fortschritte auf dem Meeresgrund, als er die plötzliche Erschütterung spürte. Die beiden Elektronikspezialisten – sie starrten auf die Anzeigen der verschiedenen Geräte – merkten überhaupt nichts oder glaubten vielleicht, es handelte sich um eine Veränderung im unaufhörlichen Rhythmus der Bordmaschinen. Einige schreckliche Sekunden lang dachte Jason an ein ähnliches Ereignis vor fast hundert Jahren, das den meisten Passagieren überhaupt nicht auffiel...

Andererseits: Natürlich war die *Explorer* vor Anker gegangen (in vier Kilometer tiefem Wasser – *das* hätte Kapitän Smith sicher erstaunt!), und kein Eisberg konnte unbemerkt die Radarkontrolle passieren. Bei normaler Treibgeschwindigkeit wäre er ohnehin nur imstande gewesen, ein wenig Farbe vom Rumpf des Schiffes zu kratzen.

Bevor Jason Gelegenheit bekam, das Kommunikationszentrum anzurufen, blinkte ein roter Punkt auf dem Satfax-Schirm. Außerdem ertönte ein schrilles Audiosignal aus dem nur selten benutzten Lautsprecher: Es schien die Zähne vibrieren zu lassen, als es durch einen Frequenzbereich pfiff, der einen Kilozyklus umfaßte. Jason schaltete das akustische Modul aus und konzentrierte sich auf die Nachricht. Auch die beiden Landratten neben ihm rangen sich nun zu der Erkenntnis durch, daß *irgend etwas* nicht stimmte.

»Was ist los?« fragte einer der beiden Techniker nervös.

»Ein ziemlich starkes Erdbeben. Und ganz in der Nähe.«

»Gefährlich?«

»Nicht für *uns*. Ich frage mich, wo sich das Epizentrum befindet...«

Bradley mußte einige Minuten lang warten, während das globale Netz aus seismographischen Computern alle notwendigen Berechnungen vornahm. Dann erschien eine Mitteilung auf dem Fax-Schirm:

> SEEBEBEN MIT GESCHÄTZTER STÄRKE 7 AUF DER RICHTERSKALA.
> EPIZENTRUM UNGEFÄHR BEI 55 W 44 N.
> WARNEN SIE ALLE INSELN UND KÜSTENREGIONEN DES NORDATLANTIK.

Nach einigen Sekunden bildeten leuchtende Buchstaben eine neue Zeile:

> BERICHTIGUNG: STÄRKE BETRÄGT RICHTER 8.

Vier Kilometer weiter unten ging J. J. mit geduldigem Fleiß seinen Pflichten nach: In einer Höhe von zehn Metern glitt er über den Meeresgrund und bewegte sich dabei mit gemütlichen acht Knoten. (Einige nautische Traditionen lehnten es hartnäckig ab, neuen zu weichen. Selbst im metrischen Zeitalter überlebten Knoten und Fäden.) Sein Navigationsprogramm sah vor, daß er den Boden in sich überlappenden Streifen sondierte – wie ein

Bauer, der den Pflug immer wieder übers Feld lenkte, um es für die nächste Saat vorzubereiten.

Die erste Schockwelle störte J. J. nicht mehr als die *Explorer*. Selbst die beiden Atom-U-Boote blieben völlig unbeeinträchtigt – sie waren dazu konstruiert, weitaus schlimmeren Erschütterungen standzuhalten –, aber ihre Kapitäne dachten einige Sekunden lang besorgt an Wasserbomben.

J. J. setzte seine automatische Suche fort, sammelte Daten und zeichnete Megabytes an Informationen auf. Neunundneunzig Prozent davon würden für niemanden von Interesse sein, und es mochte noch Jahrhunderte dauern, bis man im Rest wissenschaftliches Gold fand.

Für das Auge eines menschlichen Betrachters oder die Videokamera schien der Meeresboden an dieser Stelle völlig glatt zu sein, aber man hatte diese Region mit großer Sorgfalt ausgewählt. Das ursprüngliche ›Trümmerfeld‹ in der Nähe des Hecks enthielt längst keine interessanten Gegenstände mehr; selbst die aus den Kohlebunkern der *Titanic* stammenden Briketts waren geborgen und in Souvenirs verwandelt worden. Doch vor zwei Jahren hatte man mit Magnetometern am Bug Anomalien gefunden, die es wert sein mochten, genauer untersucht zu werden. J. J. eignete sich gut dafür. Nach einigen Stunden würde er seine Analyse beenden und zur Oberfläche zurückkehren.

»Sieht ganz nach einer Wiederholung der Sache von 1929 aus«, meinte Bradley.

Dr. Zwicker saß im ISA-Laboratorium und schüttelte den Kopf.

»Nein. Ich fürchte, diesmal ist es weitaus schlimmer.«

In Tokio befand sich ein weiterer Teilnehmer der rasch veranstalteten Kom-Konferenz.

»Was geschah 1929?« fragte Kato.

»Das Erdbeben der Grand Banks. Es löste eine sogenannte trübe Strömung aus, gewissermaßen eine Unterwasser-Lawine. Als sie über den Meeresboden raste, zerriß sie nacheinander die Telegraphenkabel, als seien es nur dünne Fäden aus Baumwolle. Auf diese Weise berechnete man die Geschwindigkeit: sechzig Kilometer in der Stunde. Vielleicht etwas mehr.«

»Dann könnte sie uns in – mein Gott! – drei oder vier Stunden erreichen. Welche Schäden halten Sie für möglich?«

»Das läßt sich noch nicht sagen. Im besten Fall: nur sehr geringe. Das Beben von 1929 blieb ohne Einfluß auf die *Titanic,* obgleich viele Leute dachten, sie sei dadurch völlig unter Schlamm begraben. Glücklicherweise führte die trübe Strömung zweihundert Kilometer westlich an ihr vorbei. Die meisten Sedimente erreichten das Wrack überhaupt nicht und endeten in einer Schlucht.«

»Entschuldigung«, warf Rupert Parkinson ein. »Wir haben gerade erfahren, daß eins unserer Auftriebmodule an die Oberfläche zurückgekehrt ist. Das Ding sprang zwanzig Meter weit aus dem Wasser. Und die telemetrischen Verbindungen zum Wrack sind unterbrochen. Wie steht's bei Ihnen, Kato?«

Der Japaner zögerte kurz, wandte sich dann an einen Assistenten, der auf dem Bildschirm nicht zu sehen war, und formulierte einige Worte in seiner Muttersprache.

»Ich frage bei der *Peter* und *Maury* nach. Dr. Zwicker: Was müssen wir im schlimmsten Fall erwarten?«

»Unsere ersten Berechnungen lassen einige Meter Sediment vermuten. Innerhalb einer Stunde liefern uns die Computer ein genaueres Szenario.«

»Einige Meter wären keine Katastrophe.«

»Dadurch geriete unser Zeitplan völlig durcheinander, verdammt!«

»Ein Bericht von der *Maury*, meine Herren«, sagte Kato. »Kein Problem. Alles funktioniert einwandfrei.«

»Aber wie lange noch? Wenn sich die... die Lawine wirklich schnell nähert, sollten wir einen möglichst großen Teil der Ausrüstung in Sicherheit bringen. Was raten *Sie*, Dr. Zwicker?«

Der Wissenschaftler setzte gerade zu einer Antwort an, als ihm Jason etwas zuflüsterte. Er wirkte überrascht, dann ein wenig verdrießlich, und schließlich nickte er widerstrebend.

»Ich glaube, ich sollte auf weitere Bemerkungen verzichten. Mr. Bradley hat in dieser Hinsicht weitaus mehr Erfahrung. Bevor ich Ihnen einen *bestimmten* Rat gebe, muß ich unsere Rechtsabteilung konsultieren.«

Verblüfftes Schweigen folgte, und dann sagte Rupert Parkinson hastig: »Wir sind alle Männer von Welt und verstehen daher, daß die ISA nicht in einen Rechtsstreit geraten möchte. Lassen Sie uns keine Zeit verschwenden. Wir bringen soviel wie möglich hoch. Und ich schlage vor, daß Sie unserem Beispiel folgen, Kato – wenn Dr. Zwickers *schlimmster* Fall nur ein schlechter sein sollte.«

Genau das hatte der Wissenschaftlich befürchtet. Ein Seebeben war beeindruckend genug, aber vielleicht fungierte es nur als Auslöser für noch größere Gewalten – so wie ein konventioneller nuklearer Sprengsatz als Zünder einer Wasserstoffbombe dient.

Jahrmillionen von Sonnenenergie waren in den Petrochemikalien unter dem Meeresgrund des Atlantik gespeichert, und die Menschheit hatte nur einen winzig kleinen Teil davon nach oben gepumpt.

Der Rest wartete noch.

39
Verlorener Sohn

Am Wrack der *Titanic* ließen Roboter im Wert von mehreren Milliarden Dollar ihre Werkzeuge fallen und schwebten zur Oberfläche. Sie hatten es nicht eilig: Es standen keine Leben auf dem Spiel, ›nur‹ ein Vermögen. Die Kurse der *Titanic*-Aktien fielen an allen Börsen und gaben Medien-Humoristen Gelegenheit zu offensichtlichen Witzen.

Auch bei den großen Offshore-Bohrinseln ging man auf Nummer Sicher. Hibernien und Avalon befanden sich zwar in relativ seichtem Wasser und hatten daher kaum etwas von trüben Strömungen zu befürchten, aber sie stellten alle Operationen ein und überprüften immer wieder ihre Not- und Ersatzsysteme. Anschließend konnte man nur noch warten – und das außergewöhnlich prächtige Nordlicht bewundern, das diesen Sonnenfleckenzyklus zum spektakulärsten machte, der jemals aufgezeichnet worden war.

Kurz vor Mitternacht – unter den gegenwärtigen Umständen fand niemand Ruhe, um zu schlafen – stand Bradley auf dem Hubschrauber-Landeplatz der *Explorer* und beobachtete die rubinrot sowie smaragdgrün glänzenden Vorhänge am nördlichen Himmel. Er gehörte nicht zur Besatzung des Schiffes; wenn ihn der Kapitän oder sonst jemand sprechen wollte, so konnte er innerhalb weniger Sekunden zur Stelle sein. Beschäftigte Leute, insbesondere bei kritischen Situationen, mochten es nicht, wenn ihnen dauernd jemand über die Schulter sah – auch wenn es die Betreffenden gut meinten und bestens qualifiziert waren.

Als er die Nachricht erhielt, kam sie nicht von der Brücke, sondern von der Einsatzzentrale.

»Jason? Hier Einsatz. Wir haben ein Problem. J. J. reagiert nicht auf unser Rückrufsignal.«

Seltsame Empfindungen regten sich in Bradley. Zuerst einmal dachte er voller Sorge daran, eine vielversprechende – und teure – Neuentwicklung des Laboratoriums zu verlieren. Darauf folgten unvermeidliche Fragen: »Was mag schiefgegangen sein?« Und: »Was können wir unternehmen?«

Aber es gesellten sich auch noch andere, tiefere Gefühle hinzu. J. J. repräsentierte eine enorme persönliche Investition an Zeit, Mühe, Gedankenarbeit und sogar Hingabe. Bradley erinnerte sich an die vielen Witze über den ›Vater‹ des Roboters, und sie enthielten einen Kern Wahrheit. Die Zeugung eines echten Sohns (was war mit dem J. J. aus Fleisch und Blut geschehen?) hatte weitaus weniger Kraft erfordert.

Verdammt! dachte Jason. Es ist nur eine Maschine! Man kann sie noch einmal bauen; immerhin haben wir die Konstruktionspläne. Nichts geht verloren – abgesehen von den bei dieser Mission gesammelten Daten.

Nein, das stimmte nicht. Es bestand die Gefahr, daß enorm viel verlorenging. Vielleicht gab man das ganze Projekt auf. Die Entwicklung von J. J. hatte einen großen Teil der ISA-Ressourcen beansprucht, woraus folgte: Das Projekt *Neptun* mußte sicher eine Verzögerung von vielen Jahren hinnehmen – vielleicht erlebte Zwicker nicht mehr die Realisierung seines Traumes. Der Wissenschaftler konnte manchmal ziemlich ungenießbar sein, aber Jason mochte und respektierte ihn. J. J.s Verlust würde ihm das Herz brechen...

Als Bradley zur Einsatzzentrale lief, nahm er mit dem kleinen Kommunikator am Handgelenk Berichte entgegen.

»Sind Sie sicher, daß J. J. ansonsten normal funktioniert?«

»Ja. Mit der Signalbake ist alles in Ordnung. Vor fünfzehn Minuten hat er sich zum letztenmal gemeldet und nicht auf defekte Systeme hingewiesen – er setzt die Sondierung wie geplant fort. Aber er ignoriert den Rückruf.«

»Mist! Das Labor hat mir versichert, der entsprechende Algorithmus sei modifiziert und getestet worden, mit positivem Ergebnis. Versuchen Sie es weiterhin, und verstärken Sie Ihre Signale. Wie sieht es mit dem Beben aus?«

»Nicht besonders gut. Montagne Pelée knurrt; man evakuiert Martinique. Und natürlich werden dauernd *Tsunami*-Warnungen gegeben.«

»Und die Grand Banks? Irgendwelche Hinweise auf die Lawine?«

»Die Seismographen spielen verrückt und niemand weiß, was eigentlich geschieht. Einen Augenblick, gerade trifft ein Update ein.

Ah, hier haben wir etwas. Das U-Boot-Abwehrsystem der Marine – wußte gar nicht, daß es noch existiert! – ist ausgefallen. Und die Atlantikkabel reißen, wie damals im Jahre 1929. Ja, die Lawine kommt hierher.«

»Wieviel Zeit haben wir noch?«

»Wenn sie unterwegs nicht irgendwo aufgehalten wird oder die Lust verliert – gut drei Stunden. Vielleicht auch vier.«

Zeit genug, dachte Bradley und traf eine Entscheidung.

»Tauchbecken: Bereiten Sie Deep Jeep vor. Ich gehe nach unten.«

Eigentlich gar nicht schlecht, überlegte Bradley. Zum erstenmal habe ich einen unanfechtbaren Grund, um Deep Jeep zum Wrack zu bringen, ohne vorher offizielle Anträge in dreifacher Ausfertigung zu stellen. Für die Schreibarbeiten ergibt sich später noch Gelegenheit, und das gilt auch für die elektronischen Memos...

Um den Abstieg zu beschleunigen, hatte man Deep

Jeep mit Dutzenden von Gewichten beschwert – zwar blieb der Ballast auf dem Meeresgrund zurück, aber dies war nicht der geeignete Zeitpunkt, um an solche Dinge Gedanken zu verschwenden. Das Nordlicht verblaßte im Wasser weiter oben, und nur zwanzig Minuten später bemerkte Bradley das phosphoreszierende Glühen am Bug der *Titanic.* Natürlich brauchte er das Licht gar nicht, um sich zu orientieren. Er kannte seine genaue Position, und das Wrack war nicht einmal sein Ziel. Dennoch erleichterte es ihn, daß man die Lampen allein für ihn eingeschaltet hatte. Die Entfernung zu J. J. betrug einen halben Kilometer; auch weiterhin nahm der Roboter seine Aufgaben mit einfältiger Konzentration und maschineller Hingabe wahr. Alle zehn Sekunden erklang das monotone *Ping – Ping-ping* des Sendezeichens in der kleinen Luftblase Deep Jeeps, und gleichzeitig zeigte es sich auf dem Sonar-Monitor.

Ohne große Hoffnung wiederholte Bradley die Signalsequenz des Notfall-Rückrufs und sendete sie auch weiterhin, als er sich dem störrischen Roboter näherte. Er war weder überrascht noch enttäuscht, als J. J. nicht reagierte. Keine Sorge, dachte er. Ich habe noch einige andere Trümpfe im Ärmel.

Den nächsten spielte er aus, als ihn nur noch zehn Meter von dem Roboter trennten. Deep Jeep erreichte wesentlich höhere Geschwindigkeiten als J. J., und es fiel Bradley nicht schwer, der Maschine den Weg zu versperren. Derartige Unterwasser-Konfrontationen hatte man oft herbeigeführt, um J. J.s Ausweich-Algorithmen zu testen – die auch jetzt planmäßig funktionierten.

J. J. verharrte und bewertete die Situation. Auf diese kurze Entfernung hin benötigte Bradley gar nicht den Audio-Verstärker, um eine pikkoloartige Unterschwingung zu hören, als der Roboter das Hindernis vor ihm scannte und versuchte, es zu identifizieren.

Jason nutzte diese Gelegenheit, um erneut den Rückruf zu senden, wieder ohne Erfolg. Es war sinnlos, es noch einmal zu versuchen – das Problem lag vermutlich in der Software.

J. J. drehte sich um neunzig Grad nach links und glitt im rechten Winkel zu seinem bisherigen Weg fort. Nach zehn Metern kehrte er auf den ursprünglichen Kurs zurück und hoffte offenbar, damit dem Hindernis auszuweichen. Aber Bradley befand sich einmal mehr direkt vor ihm.

Während J. J. eine zweite Analyse vornahm, versuchte es Jason mit einem neuen Schachzug. Er schaltete den externen akustischen Transducer ein.

»Kannst du mich hören, J. J.?« fragte er.

»Ja«, antwortete der Roboter sofort.

»Erkennst du mich?«

»Ja, Mister Bradley.«

(Gut. Damit sind wir schon ein Stück weiter...)

»Hast du irgendwelche Probleme?«

»Nein. Alle Systeme arbeiten normal.«

»Wir haben dir ein Rückrufsignal gesendet, Subprogramm 999. Bestätigst du den Empfang?«

»Nein. Ich weiß nichts von einem Rückruf.«

(Nun, ganz gleich, was Science-fiction-Autoren behaupten: Roboter lügen nicht – es sei denn, sie sind darauf programmiert. Und einen solchen dummen Streich hat man J. J. nicht gespielt. Hoffe ich jedenfalls...)

»Dir wurde ein Rückrufsignal übermittelt. Ich wiederholte: Gehorche Code 999. Bestätigung.«

»Ich bestätige.«

»Ausführung.«

»Befehl nicht verstanden.«

(Verdammt, wir drehen uns im Kreis! Und das könnten wir auch im wahrsten Sinne des Wortes, bis uns beiden die Energie ausgeht – oder die Geduld.)

Während Bradley noch überlegte, wie er sich jetzt verhalten sollte, meldete sich die *Explorer*.

»Deep Jeep, wir bedauern, daß Sie bisher kein Glück hatten. Inzwischen ist ein neues Update eingetroffen, und eine Nachricht vom Professor.«

»Ich höre.«

»Ihnen entgeht ein wahres Feuerwerk. Bei 40 West und 50 Nord kam es zu einer Art, äh, Eruption – das ist der einzige passende Ausdruck –, glücklicherweise tief genug, um die Offshore-Bohrinseln nicht ernsthaft in Gefahr zu bringen. Millionen Kubikmeter Kohlenwasserstoffgas steigen in Blasen auf. *Und das Zeug brennt* – wir sehen das Glühen von hier aus. Vergessen Sie das Nordlicht! Und dann die Satellitenfotos... Der ganze Nordatlantik scheint in Flammen zu stehen.«

Bestimmt ein toller Anblick, dachte Bradley. Aber was hat er mit mir zu tun?

»Sie erwähnten eine Nachricht von Dr. Zwicker.«

»Er bat uns, Ihnen mitzuteilen, daß Tommy Gold recht hatte. Sie würden das verstehen, meinte er.«

»Ehrlich gesagt: Derzeit bin ich nicht daran interessiert, wissenschaftliche Theorien zu beweisen. Wann muß ich nach oben?«

Bradley war keineswegs alarmiert – er hatte es nur eilig. Wenige Sekunden genügten, um den Ballast zu lösen und die Tanks unter Druck zu setzen; anschließend stieg er auf, bevor ihn irgendeine maritime Lawine erreichen konnte. Vorher wollte er jedoch die Mission beenden, aus ebenso beruflichen wie persönlichen Gründen.

»Nach der letzten Schätzung dauert es noch eine Stunde, vielleicht auch etwas mehr, bis die trübe Strömung bei Ihnen eintrifft – *falls* sie überhaupt die Region des Wracks erreicht.«

Eine Stunde gab Bradley einen ausreichend großen Spielraum. Vielleicht genügten fünf Minuten.

»Ich gebe dir jetzt ein neues Programm, J. J.«, sagte er. »Befehl 527.«

Desaktivierung der zentralen Energieversorgung – dann funktionierten nur noch die Reservesysteme. Wodurch dem Roboter keine andere Wahl blieb, als zur Oberfläche zurückzukehren.

»Befehl 527 bestätigt.«

Es klappte also! J. J.s externe Lichter erloschen, und die kleinen Schrauben der Höhenkontrolle drehten sich nicht mehr. Eine Zeitlang war die Maschine völlig manövrierunfähig. Hoffentlich habe ich es nicht übertrieben, dachte Bradley.

Kurz darauf strahlten die Scheinwerfer wieder, und die Schrauben gerieten erneut in Bewegung.

Nun, es war einen Versuch wert. Diesmal gab es an der Reaktion des Roboters nichts auszusetzen, aber in einem so komplexen System konnte sich niemand an alle Einzelheiten erinnern. Bradley hatte ein kleines Detail vergessen. Manche Befehle funktionierten nur unter Laborbedingungen, nicht aber bei Einsätzen. Man hatte die Desaktivierungssequenz desaktiviert.

Damit blieb nur noch eine Möglichkeit. Wenn Jason mit der sanften Art nicht weiterkam, mußte er unmittelbare Gewalt anwenden. Deep Jeep war stärker als J. J., der keine Gliedmaßen besaß, um sich zur Wehr zu setzen. Bei einem Ringkampf mit ihm stand der Sieger bereits fest.

Aber einer derartigen Auseinandersetzung mangelte es an Würde. Es ging auch anders.

Bradley schaltete Deep Jeeps Antrieb ein und wich zur Seite, so daß er nicht mehr den Weg des Roboters blokkierte. J. J. dachte einige Sekunden lang über die neue Situation nach und glitt weiter. Sein Pflichtbewußtsein verdiente Bewunderung, aber man konnte es auch übertreiben. Stimmte es, daß Archäologen in Pompeji einen Wächter gefunden hatten, der noch immer an seinem Posten stand, überwältigt von der Asche des Vesuvs, weil kein Offizier gekommen war, um ihn fortzuschicken? Eine ähnliche Sturheit zeigte nun auch Jason Junior.

»Entschuldige bitte«, murmelte Bradley, als er von hinten zu dem nichtsahnenden Roboter aufschloß.

Er schob Deep Jeeps Greifarm in die Hauptschraube, und Metallsplitter sausten in alle Richtungen davon. Die Hilfsschrauben drehten J. J. und kamen dann zum Stillstand.

Angesichts dieser Situation gab es nur einen Ausweg, und J. J. zögerte nicht, sich zu entscheiden.

Die Signalbake sendete jetzt einen Notruf – Das SOS-Äquivalent des Roboters – und bat den Rest der Welt: ›Kommt und holt mich!‹

J. J. warf den stählernen Ballast ab, der ihm neutralen Auftrieb verlieh – wie ein Bomber, der seine Luken öffnete –, und sofort stieg er auf.

»J. J. ist auf dem Weg nach oben«, berichtete Bradley der *Explorer*. »In zwanzig Minuten dürfte er bei Ihnen eintreffen.«

Der Roboter war nun in Sicherheit. An der Oberfläche konnten seine Signale angepeilt werden; wahrscheinlich erreichte er das Tauchbecken der *Explorer* noch vor Deep Jeep.

Bradley beobachtete, wie J. J. am flüssigen Himmel verschwand. »Weißt du, mir tat es ebenso weh wie dir.«

40
Inspektionstour

Jason Bradley wollte gerade den eigenen Ballast abwerfen und J. J. an die Oberfläche folgen, als sich erneut die *Explorer* meldete.

»Gute Arbeit, Jason. Wir verfolgen den Weg des Roboters nach oben. Die Schlauchboote warten bereits auf ihn. Aber bleiben Sie noch unten. Nippon-Turner hat einen kleinen Auftrag für Sie. Sie brauchen dafür nur ein paar Minuten.«

»Bleibt mir soviel Zeit?«

»Kein Problem. Sonst würden wir Sie auffordern, sich ein Beispiel an J. J. zu nehmen. Es dauert noch gut vierzig Minuten, bevor die Lawine heran ist – in unseren Computersimulationen sieht sie aus wie eine Schlechtwetterfront. Wir warnen Sie rechtzeitig.«

Bradley überlegte. Mit Deep Jeep konnte er innerhalb von fünf Minuten an Nippon-Turners Bergungsort sein, und außerdem gefiel ihm die Vorstellung, sich die *Titanic* noch ein letztes Mal anzusehen – beide Teile, wenn möglich. Es gab kein nennenswertes Risiko: Selbst wenn die Lawine wesentlich schneller kam – ihm blieb in jedem Fall genug Zeit, um die Gefahrenzone zu verlassen und tausend Meter aufzusteigen.

»Worum geht's?« fragte Jason und drehte Deep Jeep, so daß der Sonar-Schirm den eisumhüllten Heckbereich zeigte.

»Die *Maury* hat ein Problem mit ihren Stromkabeln: Sie können nicht nach oben geholt werden. Vielleicht sitzen sie irgendwo fest. Wenn Sie nachsehen würden...«

»Bin schon unterwegs.«

Ein durchaus vernünftiges Anliegen – immerhin befand sich Bradley praktisch an Ort und Stelle. Die massiven Leitungen mit neutralem Auftrieb, durch die gewaltige Mengen an elektrischem Strom zum Wrack flossen, kosteten mehrere Millionen Dollar. Kein Wunder, daß die Atom-U-Boote versuchten, sie einzuholen. *Peter der Große* hatte das wahrscheinlich schon erledigt.

Nur Deep Jeeps Scheinwerferlicht erhellte den Berg aus Eis, der noch immer am Meeresgrund verankert war und darauf wartete – vielleicht für immer –, freigelassen zu werden. Bradley manövrierte nun sehr vorsichtig und wich den Stahltauen aus, die den Eisblock mit vielen bereits gut gefüllten Sauerstoff-Wasserstoff-Ballons verbanden. Er schwebte an der großen Masse vorbei, bis er zu den beiden dicken Stromkabeln gelangte, die zum Unterseeboot weiter oben führten.

»Scheint alles in Ordnung zu sein«, sagte er. »Ziehen Sie noch einmal.«

Einige Sekunden später vibrierten die Kabel langsam, so würdevoll wie die Saiten eines gewaltigen Musikinstruments. Bradley glaubte, die davon ausgehenden Infraschallwellen zu spüren.

Aber die Kabel lösten sich nicht.

»Tut mir leid«, fügte Jason hinzu. »Ich kann nichts daran ändern. Vielleicht hat die Schockwelle den Kupplungsmechanismus blockiert.«

»Das vermuten wir ebenfalls. Nun, besten Dank. Kehren Sie jetzt besser heim. Zwar bleibt Ihnen noch immer viel Zeit, aber nach der letzten Schätzung sind fünfhundert Millionen Tonnen Schlamm zu Ihnen unterwegs. Es soll aussehen wie der Mississippi bei Hochwasser.«

»Wann trifft die Lawine hier ein?«

»In zwanzig Minuten. Nein, in fünfzehn.«

Ich würde gern noch einmal den Bug besuchen, dachte Bradley wehmütig. Doch ich möchte mein Glück nicht zu sehr auf die Probe stellen. Selbst wenn ich dadurch die Chance verpasse, der letzte Mensch zu sein, der die *Titanic* gesehen hat.

Widerstrebend gab er Ballast Nummer 1 frei, und daraufhin stieg Deep Jeep auf. Jason hatte noch Gelegenheit, einen Blick zum Eisblock zu werfen, als er langsam forttrieb. Dann konzentrierte er sich auf die beiden Kabel, die im Licht der vorderen Scheinwerfer glänzten. Sie stellten eine willkommene Verbindung mit der Welt weit oben dar und übten die gleiche beruhigende Wirkung aus wie die Ankerkette eines Schiffes auf einen Taucher.

Als er das zweite Gewicht abwerfen und damit den Aufstieg beschleunigen wollte, kam es zu einem Zwischenfall.

Die *Maury* zerrte noch immer an den Stromkabeln und versuchte, ihre kostbare Hardware in Sicherheit zu bringen. Irgend etwas gab nach – aber nicht die blockierte Kupplung.

Das Antikollisions-Sonar gab ein lautes *Ping* von sich, und kurz darauf stieß etwas mit solcher Wucht gegen Deep Jeep, daß Bradley in den Sicherheitsgurten hin und her geworfen wurde. Für ein oder zwei Sekunden sah er eine weiße Masse, die an ihm vorbei nach oben glitt.

Deep Jeep sank, und Jason löste die beiden restlichen Ballasteinheiten.

Die Sinkgeschwindigkeit reduzierte sich fast auf null, aber nicht ganz: Langsam näherte er sich dem Meeresgrund.

Eine Zeitlang saß Bradley völlig reglos, und dann lachte er, trotz der ernsten Lage. Es drohte ihm keine unmittelbare Gefahr, und es war *tatsächlich* komisch.

»*Explorer*...«, sagte er. »Sie werden es nicht glauben, aber ich bin gerade mit einem Eisberg zusammengestoßen.«

41
Freier Fall nach oben

Bradley fühlte sich noch immer nicht bedroht; er empfand keine Furcht, ärgerte sich nur. Trotzdem: Die Situation war dramatisch genug. Er hatte den Auftrieb verloren und saß am Meeresgrund fest. Durch die Kollision mit dem

Mini-Eisberg mußte Deep Jeep einige seiner Schwimmkörper verloren haben. Und schlimmer noch: Die größte jemals bekannt gewordene maritime Lawine ›rollte‹ heran und würde in zehn oder fünfzehn Minuten eintreffen. Jason kam sich wie der Darsteller eines alten Steven-Spielberg-Films vor.

(Punkt eins: Stell fest, ob Deep Jeeps Antrieb leistungsstark genug ist, um dich nach oben zu bringen...)

Das Tauchboot bewegte sich und wirbelte eine Schlickwolke auf, die das Scheinwerferlicht glitzernd widerspiegelte. Deep Jeep stieg einige Meter hoch und sank dann wieder. Die Ladung der Batterien genügte nicht, um die Oberfläche zu erreichen.

(Ich verabscheue es, einige Millionen Dollar aus dem Fenster zu werfen, beziehungsweise auf den Meeresboden. Aber vielleicht können wir den Rest von Deep Jeep bergen, wenn alles vorbei ist – so wie es damals, vor langer Zeit, mit dem guten alten *Alvin* geschah.)

Bradley streckte die Hand nach dem Notfallschalter aus, um die Schutzhülle abzusprengen.

»Deep Jeep an *Explorer*. Ich muß im freien Fall nach oben. Sie hören erst wieder von mir, wenn ich an der Oberfläche bin. Achten Sie auf die Sonar-Anzeigen – ich steige ziemlich schnell auf. Lassen Sie das Triebwerk laufen. Für den Fall, daß Sie mir ausweichen müssen.«

Durch Tests bestätigte Berechnungen zeigten, daß Deep Jeeps Lebenserhaltungskapsel ohne die schwere Schutzhülle auf dem Weg nach oben schnell genug wurde, um weit aus dem Wasser zu springen und auf dem Deck eines Schiffes zu landen, das sich zufälligerweise in der Nähe befand. Bei einem direkten Treffer konnte die Kapsel sogar ein Loch in den Rumpf reißen.

»Wir sind bereit, Jason. Viel Glück.«

Bradley betätigte die rote Taste. Das Licht flackerte kurz, als der Strom zu den Zündkapseln geleitet wurde.

Es gibt einige technische Systeme, die nie ganz getestet werden können, bevor man sie braucht. Deep Jeep war gut geplant worden, aber ein Test des Rettungssystems bei vierhundert Atmosphären Druck hätte den größten Teil des ISA-Etats verschlungen.

Die beiden Sprengladungen trennten die mit hohem Auftrieb ausgestattete Überlebenssphäre wie vorgesehen vom Rest des Tauchboots.

Aber wie Jason so oft betont hatte: das Meer ließ sich immer wieder etwas Neues einfallen. Die Titanhülle war bereits bis zu ihrem Sicherheitsmaximum belastet, und die beiden eher schwachen Schockwellen trafen sich an der gleichen Stelle.

Es blieb Jason nicht genug Zeit, um irgend etwas zu bedauern oder in Panik zu geraten. In dem Sekundenbruchteil, bevor die Kugel implodierte, ging ihm noch ein letzter Gedanke durch den Kopf: *Dies ist ein guter Ort, um zu sterben.*

42
Die Villa, bei Sonnenuntergang

Als Donald Craig den Mietwagen durch das reich verzierte Eisentor fuhr, weckten die sorgfältig gepflegten Bäume und Blumenbeete Erinnerungen in ihm. Ganz bewußt versuchte er, nicht an Schloß Conroy zu denken. Er würde es nie wiedersehen; dieses Kapitel seines Lebens war abgeschlossen.

Noch immer wohnte Trauer in ihm, und ein Teil von ihr verließ ihn vielleicht nie. Doch gleichzeitig fühlte er sich befreit. Es war noch nicht zu spät – wie lautete der so häufig falsch zitierte Ausdruck Miltons? –, frische Wälder und Weiden zu suchen. Ich versuche, mich selbst neu zu programmieren, dachte Donald nicht ohne eine gewisse Ironie. Lege neue Datei an...

Einige Meter vor dem eleganten georgianischen Haus erwartete ihn ein Parkplatz. Dort stellte er den gemieteten Wagen ab, ging zur Vordertür und sah ein Messingschild, das in Augenhöhe angebracht war, direkt über der Klingel und dem Sprechgitter. Zwar bemerkte Donald nirgends eine Kamera, aber er zweifelte nicht daran, daß man ihn beobachtete.

Die dicken Buchstaben auf dem Schild bildeten folgende Worte:

Evelyn Merrik
Doktor der Philosophie und Psychologie

Donald betrachtete es einige Sekunden lang nachdenklich, lächelte dann und streckte die Hand nach dem Klingelknopf aus.

Die Tür kam ihm zuvor, öffnete sich mit einem leisen Klicken und schwang auf. »Willkommen an Bord, Mr. Craig«, sagte Dame Eva in einem zurückhaltenden und gleichzeitig mitfühlenden Tonfall, der ihn häufig an Jafferjee erinnern würde. »Ein Freund von Jason ist auch ein Freund von mir.«

43
Exorzismus

15. April 2012, 2.00 Uhr

Eine schlechte Zeit für die Medien – in Nord- und Südamerika zu früh, und zu spät für die Abendnachrichten in Europa. Wie dem auch sei: Diese Geschichte war längst über ihren Höhepunkt hinaus; kaum jemand interessierte sich noch für ein Wettrennen, das beide Teilnehmer verloren hatten.

Seit einem Jahrhundert ließ die amerikanische Küstenwache an dieser Stelle jedes Jahr einen Kranz ins Wasser fallen. Doch dies war der *hundertste* Jahrestag, und er gewann nicht nur deshalb eine besondere Bedeutung: Er markierte unerfüllte Träume, die enttäuschten Hoffnungen vieler Menschen – und verlorene Vermögen.

Man hatte die *Glomer Explorer* in den Wind gedreht, damit das vordere Deckshaus den illustren Gästen an Bord Schutz vor den kalten Böen aus dem Norden gewährte. Dennoch: Es herrschte nicht so geringe Temperaturen wie in jener Nacht vor hundert Jahren, als sich der ganze Nordatlantik in Eis kleidete und zum Massengrab wurde.

Es befand sich niemand an Bord, der auch damals zugegen gewesen war, als die *Explorer* den Toten die letzte Ehre erwies. Aber bestimmt erinnerten sich viele an jene Zeremonie, die auf der anderen Seite des Globus stattgefunden hatte, in einem blutigen Jahrhundert, das zu einer anderen Ära zu gehören schien. Die Menschheit war ein wenig reifer geworden, doch es lag noch immer ein weiter Weg vor ihr, bevor sie von sich behaupten konnte, zivilisiert zu sein.

Der langsame Rhythmus von Elgars Zweiter Symphonie verhallte und wich der Stille. Keine andere Musik hätte angemessener sein können als dieser schwermütige Abschied von der Epoche Edwards, komponiert während der Zeit, als die *Titanic* in der Werft von Belfast wuchs.

Alle Blicke galten dem großen, grauhaarigen Mann, der nun den Kranz nahm und ihn über die Reling fallen ließ. Einige Minuten lang stand er still und schwieg. Die übrigen Personen auf dem vom Wind umheulten Deck teilten seine Empfindungen, doch manche litten mehr unter ihnen als andere: Sie waren mit ihm an Bord der *Knorr* gewesen, als die Bildschirme am Morgen des 1. September 1985 erste Bilder vom Wrack zeigten. Einer von ihnen erinnerte sich an seine Frau, deren Ehering man vor einem Vierteljahrhundert ebenfalls in dieses Wasser geworfen hatte.

Diesmal schied die *Titanic* für immer aus dem Rennen, das sie geplant und gebaut hatte. Kein Mensch würde das gesunkene Schiff jemals wiedersehen.

Mehr als nur einige wenige Personen waren dadurch von der Besessenheit eines ganzen Lebens befreit.

44
Epilog
Das Meer der Zeit

Der Stern, einst Sonne genannt, hatte sich nur wenig seit jenen fernen Tagen verändert, als Menschen ihn anbeteten.

Zwei Planeten existierten nicht mehr – in einem Fall steckte Absicht dahinter, im anderen ein Unglück –, und die Ringe des Saturn hatten viel von ihrer früheren Pracht verloren. Doch im großen und ganzen war das Sonnensystem von den – in kosmischen Zeitmaßstäben – kurzen Aktivitäten eines raumfahrenden Volkes nicht sehr in Mitleidenschaft gezogen worden.

Manche Regionen zeigten noch immer Hinweise auf vergangene Verbesserungen. Nur einige flache Seen erinnerten an die marsianischen Ozeane, aber im Äquatorialbereich existierten noch immer die großen Wälder aus mutierten Kiefern. Auch während der nächsten Äonen würden sie, ihrer Aufgabe gemäß, die lokale Ökologie schützen und erhalten.

Venus, früher New Eden, hatte sich in die frühere Hölle zurückverwandelt, und von Merkur war nichts mehr übrig. Während jahrtausendelanger Astro-Technik hatte man das Hauptfloß von Schwermetallen im Sonnensystem langsam abgebaut. Der übriggebliebene Kern – mit dem unerwarteten und willkommenen Vorteil magnetischer Monopole – wurde benutzt, um die Weltenschiffe der Exodusflotte zu bauen.

Pluto war natürlich von der schrecklichen Singularität verschlungen worden. Die besten Wissenschaftler der Menschheit versuchten noch immer, das Phänomen zu verstehen, während sie flohen und nach Sonnen suchten, die mehr Sicherheit boten. Nichts deutete mehr auf diese Tragödie hin, als der Sucher aus dem interstellaren Raum kam. Er folgte einer uralten Spur, die zur Erde führte.

Die vom Menschen zum Zentrum der Galaxis gestartete Sonde hatte Dutzende von Sonnensystemen erforscht, bis eine andere Zivilisation ihre Signale empfing. Der Sucher hatte die Flugbahn des fremden Artefakts berechnet und wußte, daß sich ihr Anfang in einem Raumsektor befand, der einige Dutzend Lichtjahre durchmaß. Fast hundert Sonnensysteme waren bereits von ihm sondiert worden, und dabei hatte er viel entdeckt. Die Welt, der er sich nun näherte, unterschied sich kaum von vielen anderen. Es gab keinen Grund für Aufregung, selbst wenn der Sucher zu solchen Empfindungen imstande gewesen wäre.

Im Radiospektrum herrschte Stille, abgesehen vom Zischen und Prasseln der kosmischen Hintergrundstrahlung. Nirgends zeigten sich die leuchtenden Netze, die aus der Nachtseite der meisten technologischen Planeten glühten, und als der Sucher die Atmosphäre erreichte, fand er keine chemischen Hinweise auf industrielle Entwicklung.

Automatisch begann er mit der Standard-Routine und teilte sich in Millionen von Einzelkomponenten, die über der Oberfläche des Planeten ausschwärmten. Einige würden nie zurückkehren und nur Informationen schicken. Das spielte keine Rolle: Der Sucher konnte jederzeit andere schaffen, um sie zu ersetzen. Nur der zentrale Kern war notwendig – und davon gab es Kopien, sicher im rechten Winkel zu allen drei Dimensionen des Normalraums verstaut.

Die Erde brachte nur wenige Umläufe hinter sich, während der Sucher alle leicht zugänglichen Daten über den verlassenen Planeten sammelte. Sie boten nicht besonders viel: Jahrmillionenlanger Wind und Regen hatten alle Städte der Menschen verschwinden lassen, und durch die langsamen Bewegungen der tektonischen Platten waren völlige neue Strukturen aus Land und Meer entstanden. Kontinente wurden zu Ozeanen. Der Meeresgrund metamorphierte zu weiten Ebenen, aus denen Berge wuchsen...

Die Anomalie rief nur ein schwaches Echo beim Neutrino-Scan hervor, doch sie weckte sofort das Interesse des Suchers. Die Natur verabscheute gerade Linien, rechte Winkel und gleichmäßige, sich wiederholende Muster, ließ sie nur bei Kristallen und Schneeflocken zu. Das Objekt schien einige Millionen Mal größer zu sein; im Vergleich dazu wirkte selbst der Sucher zwergenhaft. Es konnte nur das Werk bewußter Intelligenz sein.

Das Artefakt ruhte im Herzen eines Berges, unter einigen Kilometern Sedimentgestein. Um es zu erreichen, waren nur Sekunden notwendig. Aber um es auszugraben, ohne es zu beschädigen, und anschließend alle seine Geheimnisse zu lüften – dazu mochten Monate oder Jahre nötig sein. Der Scan wurde wiederholt, mit einem höheren Auflösungsvermögen, und dabei stellte sich folgendes heraus: Das Objekt bestand aus sehr einfachen Eisenlegierungen. Keine Zivilisation, die eine interstellare Sonde bauen konnte, hätte derart primitive Materialien verwendet. Der Sucher spürte fast so etwas wie Enttäuschung...

Doch so schlicht dieses Artefakt auch anmutete: Bisher

war kein anderes gefunden worden, das sich durch vergleichbare Größe oder Komplexität auszeichnete. Vielleicht lohnte es doch, sich eingehender damit zu beschäftigen.

Die Primärsysteme des Suchers erwogen das Problem viele, viele Mikrosekunden lang und analysierten alle Möglichkeiten. Kurz darauf traf der Meisterkorrelator eine Entscheidung.

»Laßt uns beginnen.«

Quellen und Danksagungen

Die R. M. S. *Titanic* hat mich mein ganzes Leben lang beschäftigt, wie folgender Auszug aus *Arthur C. Clarke's Chronicles of the Strange and Mysterious* (Collins, 1987) beweist:

> Bei meinem ersten Versuch, eine längere Sciencefiction-Geschichte zu schreiben (glücklicherweise existiert sie nicht mehr), ging es um eine typische Raumfahrt-Katastrophe, der Kollision zwischen einem interplanetaren Passagierschiff und einem großen Meteoriten bzw. kleinen Kometen, wenn Ihnen das lieber ist. Ich war stolz auf den Titel *Icebergs in Space,* ohne zu ahnen, daß solche Dinge tatsächlich existieren. Vielleicht habe ich immer zu großen Wert darauf gelegt, den Leser am Ende zu überraschen: In der letzten Zeile verriet ich den Namen des zerstörten Raumschiffs. Es war – jetzt kommt's – meine... *Titanic.*

Mehr als vier Jahrzehnte später kehrte ich in *Imperial Earth* (1976) zu diesem Thema zurück und brachte das Wrack zur Fünfhundert-Jahr-Feier 2276 nach New York. Als ich den Roman schrieb, wußte natürlich noch niemand, daß die *Titanic* in zwei stark beschädigten Hälften auf dem Meeresgrund liegt.

Ich lernte Bill MacQuitty kennen, den irischen Regisseur (und noch vieles andere mehr), dem dieses Buch gewidmet ist. Nach dem Erfolg seines ausgezeichneten Films -*A Night to Remember* (1958) wollte er meinen 1961 entstandenen Roman *A Fall of Moondust* verfilmen, doch die Rank Organisation lehnte es ab, sich mit Fantastereien zu beschäftigen (Menschen auf dem Mond – welch ein Unsinn!), und dadurch konnte dieses Projekt nicht verwirklicht werden. Ich freue mich, daß jener Roman inzwischen als Vorlage für eine Mini-Serie im Fernsehen dient, die von einem anderen guten Freund produziert wird: Michael Deakin. Wenn Sie sich fragen, wie wir das mit den lunaren Staubmeeren geschafft haben, so bleiben Sie auf Empfang.

Ich verdanke Bill MacQuitty auch viele Fotografien, Pläne, Zeichnungen und andere Dokumente in bezug auf die R. M. S. *Titanic*, darunter die Speisekarte im 36. Kapitel ›Das letzte Essen‹. Bills wundervolles Buch *Irish Gardens* (Text von Edward Hymans; Macdonald, London, 1967) gab mir ebenfalls viele Inspirationen.

Ich möchte hier darauf hinweisen, daß Bills Kameramann Geoffrey Unsworth zehn Jahre später *2001: Odyssee im Weltraum* verfilmte. Ich weiß noch, daß Geoffrey bei den Dreharbeiten umherwanderte, ein wenig verwirrt wirkte und allen Leuten sagte: »Seit vierzig Jahren bin ich in diesem Geschäft – und Stanley hat mir gerade etwas gezeigt, von dem ich keine Ahnung hatte.« Michael Crichton erinnerte mich daran, daß *Superman* Georffrey gewidmet wurde, der während der Produktion starb, zum großen Kummer all jener, die mit ihm zusammengearbeitet hatten.

Dieser Roman hätte ohne zwei klassische Bücher über das Thema nicht geschrieben werden können: Walter Lords *A Night to Remember* (Allen Lane, 1976) und Robert Ballards *The Discovery of the Titanic* (Madison Press Books, 1987) – man kann sie nicht genug loben. Zwei andere Bücher waren mir ebenfalls eine große Hilfe: Walter Lords ›Fortsetzung‹ *The Night Lives On* (William Morrow, 1986) und *Her Name – Titanic* von Charles Pellegrino (Avon, 1990). Ich bin Charlie (der im 43. Kapitel erscheint) auch sehr dankbar für viele technische Informationen in Hinsicht auf die Bergung der *Titanic* – ein Unternehmen, dem wir beide mit gemischten Gefühlen gegenüberstehen.

In Martin Gardners Buch *The Wreck of the Titanic Foretold?* (Prometheus Books, 1986) erscheint noch einmal der außergewöhnliche Roman Morgan Robertsons – *The Wreck of the Titan* (1898!) –, auf den sich Lord Aldiss im 9. Kapitel bezieht. Martin weist darauf hin, daß die Parallelen nur Zufall sind und Robertson bekannte Voraussetzungen und Entwicklungen in die Zukunft projizierte. Trotzdem kann ich verstehen, daß manche Leute glauben, er habe irgendwie Informationen aus dem Jahr 1912 erhalten...

Da viele der in diesem Roman geschilderten Ereignisse bereits geschehen sind – oder bald geschehen werden –, war es oft notwendig, sich auf reale Personen zu beziehen. Ich hoffe, ihnen gefallen meine gelegentlichen Extrapolationen ihrer Aktivitäten.

Das ›Jahrhundertsyndrom‹ (4. Kapitel) besorgt bereits viele Menschen, obgleich wir bis zum 1. 1. 00 warten müssen, um festzustellen, ob die Dinge wirklich so schlimm werden, wie ich angedeutet habe. Während ich dieses Buch schrieb, schickte mir mein langjähriger amerikanischer Freund Dr. Charles Fowler (GCA, 1942 – obwohl es uns beiden unglaublich erscheint) einen Artikel des *Boston Globe* mit dem Titel: ›Mainframes haben ein Problem mit dem Jahr 2000.‹ Danach kursiert in Fachkreisen der Sitz, daß sich 1999 alle in den Ruhestand zurückziehen. Warten wir's ab...

Ein derartiges Problem ergibt sich natürlich nicht im Jahr 2099. Bis dahin sind Computer in der Lage, allein zurechtzukommen – ebenso wie der Homo sapiens, wenn es ihn dann noch gibt.

Die ungewöhnlich große Molluske im 12. Kapitel habe ich nicht erfunden. Einzelheiten über dieses beeindrukkende Wesen (und Fotos) finden Sie in *Arthur C. Clarke's Mysterious World* (Collins, 1980). *Octopus giganteus* wurde zum erstenmal definitiv von F. G. Wood und Dr. Joseph Gennaro identifiziert (*Natural History*, März 1971). Ich habe mich darüber gefreut, beide für meine *Mysterious World*-Fernsehserie vor die Kamera zu bekommen.

Der Hinweis auf Oktopus-Allergien – er kann sehr nützlich sein, wenn man einen Kranken in der Toilette findet – stammt aus Jacques Ives-Cousteaus und Philippe Dioles *Octopus and Squid: The Soft Intelligence* (Cassell, 1973).

An dieser Stelle möchte ich etwas erwähnen, das mir schon seit Jahren ein Rätsel ist. In jenem Buch schildert Jacques folgendes: Seine Taucher haben oft mit Seepolypen (na schön: Oktopoden) gespielt, aber sie sind dabei nie gebissen worden oder kennen auch keinen solchen Zwischenfall. Als ich zum *erstenmal* mit einem Oktopus gespielt habe, vor der Ostküste Australiens, hat er mich sofort gebissen! (siehe: *The Coast of Coral*, Harper and Row, 1956) Ich bin nicht imstande, dieses plötzliche Versagen der Wahrscheinlichkeitsgesetze zu erklären.

Nach dem Omni-Magazin erschien die im 13. Kapitel beschriebene Frage tatsächlich in einem schulischen Intelligenztest: Nur ein genialer Schüler erkannte, daß die vorgesehene Antwort falsch war. Ich finde das noch immer erstaunlich, und Skeptikern sei empfohlen, einige Minuten lang mit Schere und Pappe zu arbeiten. Die noch unglaublichere Geschichte des Sriniwasa Ramanudschan, auf die im gleichen Kapitel ein Hinweis erscheint, finden Sie in G. H. Gardys kleinem klassischem Werk *A Mathematician's Apology* und etwas ausführlicher in Band 1 von James Newmans *The World of Mathematics*.

Für einen Schnellkurs über die Operationen von Offshore-Bohrinseln danke ich meinem guten Sri-Lanka-Freund Cuthbert Charles sowie seinen Kollegen Walter Jackson, Danny Stephens (beide von Brown & Root Vicker

Ltd) und Brian Redden (Leiter der Abteilung Technik und Wartung, Wharton Williams). Sie bewahrten mich (hoffentlich) vor zu offensichtlichen Fehlern und sind in keiner Weise für meine kühnen Extrapolationen ihrer wahrhaft erstaunlichen Leistungen verantwortlich – man kann sie bereits mit den Aktivitäten vergleichen, die während des nächsten Jahrhunderts im All stattfinden werden. Ich entschuldige mich dafür, daß ich ihre freundliche Hilfe mit der Zerstörung eines großen Teils ihres zukünftigen Werks belohne.

Die vollständige Geschichte der ›Operation *Jennifer*‹ von 1974 ist nie erzählt worden, und vermutlich wird sie auch weiterhin geheim bleiben. Zu meiner Überraschung erwies sich der zuständige Direktor als alter Bekannter, und ich danke ihm für seine zwar vagen, aber dennoch nützlichen Auskünfte. Im großen und ganzen ziehe ich es vor, nur wenig von den Ereignissen jenes Sommers zu wissen – dadurch brauche ich nicht auf Fakten Rücksicht zu nehmen.

Während der Arbeit an diesem Roman amüsierte es mich, auf eine Erzählung zu stoßen, in der es ebenfalls um die *Glomar Explorer* ging, die jedoch (zum Glück!) für einen anderen Zweck eingesetzt wurde: *Ship of Gold,* von Thomas Allen und Norman Polmar (Mqcmillan, 1987).

Mein Dank gilt auch verschiedenen CIA- und KGB-Bekannten, die lieber anonym bleiben möchten.

Einen Informanten identifiziere ich gern als Professor William Orr, Fakultät für geologische Wissenschaften, Universität von Oregon – ein ehemaliger Schiffskamerad auf dem schwimmenden Campus der S. S. *Universe.* Er stellte mir aufschlußreiche Pläne und Dokumentationen bezüglich der *Glomar Explorer* zur Verfügung – sie schmachtet nun in der kalifornischen Suisun Bay, zwischen Vallejo und Martinez; man kann sie vom Highway 680 sehen.

Über die Entdeckung von explosiven Ereignissen am Meeresgrund (siehe Kapitel 33) berichten David. B. Prior, Earl H. Doyle und Michael J. Kaluza in *Science*, Ausgabe 243 vom 27. Januar 1989, Seiten 517–519. Ihr Artikel trägt den Titel: ›Hinweise auf Sedimenteruption am Tiefsee-Meeresboden, Golf von Mexiko.‹

Als ich die letzten Korrekturen am Manuskript vornahm, erfuhr ich, daß Ölbohrungen tatsächlich Erdbeben verursachen *können.* Inzwischen gibt es viele Anzeichen, die auf einen ursächlichen Zusammenhang hindeuten. Die *Science News* vom 28. Oktober 1989 zitiert einen Artikel, den Paul Segall von der amerikanischen Geological Survey verfaßte; er erläuterte seine These in der *Geology*-Oktoberausgabe von 1989.

Der Bericht über das neolithische Grab im 34. Kapitel finden Sie in *Nature,* 276, 608 von 1978.

Ralph C. Merkles wahrhaft erstaunlicher Artikel ›Molekulare Reparatur des Gehirns‹ erschien zum erstenmal in *Cryonics,* Oktober 1989 (herausgegeben von ALCOR, 12327, Doherty St, Riverside, Ca., 92503). Er stellte mir ein Vorausexemplar zur Verfügung, wofür ich ihm sehr dankbar bin.

Das nützliche Wort ›Paraphilie‹ (21. Kapitel) stammt von Dr. John Money, einem meiner Freunde vom Johns Hopkins Hospital in Baltimore.

Ich danke Kumar Chitty für Informationen über die United Nations Law of the Sea Convention, viele Jahre lang geleitet vom verstorbenen Botschafter Shirley Hamilton Amarasinghe. Es ist sehr bedauerlich, daß Shirley (in den siebziger Jahren habe ich oft die Gastfreundschaft seines Apartments in der Park Avenue genossen) nicht mehr das Ergebnis seiner Bemühungen sehen konnte. Er war ein ausgezeichneter Überredungskünstler, und vielleicht hätte er die amerikanischen und britischen Delegationen daran gehindert, in die eigene Falle zu laufen.

Besonders dankbar bin ich meinem Mitarbeiter Gentry Lee (*Cradle*, die *Rama*-Trilogie): Er hat seinen Terminkalender so verändert, daß ich mich ganz auf meinen letzten (neuesten) Roman konzentrieren konnte.

Ich danke auch Navam und Sally Tambayah – ganz zu schweigen von Tasha und Cindy – für Gastfreundschaft, Word-Star und Faxe...

Und schließlich: ein Tribut an meinen lieben Freund, den verstorbenen Reginald Ross. Abgesehen von vielen anderen Gefälligkeiten machte er mich vor einem halben Jahrhundert mit Rachmaninow und Elgar bekannt. Im Alter von 91 Jahren schied er aus dem Leben, während ich dieses Buch schrieb.

Mandelmemo

Inzwischen gibt es viel Literatur über die Mandelbrot-Menge, die der Nicht-IBM-Welt zum erstenmal in A. K. Dewdneys ›Computer Recreations‹ (*Scientific American*, August 1985, Seiten 16–25) vorgestellt wurde. Das Buch des Meisters, *Die fraktale Geometrie der Natur*, Basel, 1987 ist sehr technisch und über weite Stellen hinweg selbst für jene Leser unverständlich, die sich der Illusion hingeben, etwas von Mathematik zu verstehen.

Trotzdem: ein großer Teil des Textes ist informativ und geistreich und kann daher zur Lektüre empfohlen werden.

Allerdings enthält das Buch kaum Hinweise auf die M-Menge, deren Erforschung 1982 erst begann.

The Beauty of Fractals (H.-O. Peitgen und P. H. Richter, Berlin, Springer, 1986) ist das erste Buch, in dem die M-Menge in prächtigen Farben gezeigt wird.

Darüber hinaus enthält es einen faszinierenden (und oft amüsanten) Beitrag von Dr. Mandelbrot, in dem er ihren Ursprung und die Entdeckung (Erfindung?) beschreibt.

In *The Science of Fractal Images* (herausgegeben von H.-O. Peitgen u. a., New York, 1988) erläutert er spätere Entwicklungen.

Beide Bücher sind sehr fachspezifisch.

Geeigneter für den durchschnittlichen – wenn auch entschlossenen und ausdauernden – Leser ist A. K. Dewdneys *The Armchair Universe* (W. H. Freeman, 1988). Dieses Buch enthält den 1985 im *Scientific American* erschienenen Artikel sowie Updates und Informationen über entsprechende Software für PCs.

Ich bin sehr zufrieden mit MadFXP von Cygnus Software, 1215 Davie St, P. O. Box 363, Vancouver BC, V 6 E 1 N 4, Kanada. Dieses Programm habe ich oft mit meinem AMIGA 2000 benutzt. Während der Produktion des Fernseh-Dokumentarfilms ›God, the Univese, and Everything Else‹ für den britischen Kanal 4 hatte ich das einzigartige Privileg, Stephen Hawking einige wunderschöne ›Schwarze Löcher‹ zu zeigen.

Ich entdeckte sie, als ich die M-Menge bis zur Größe der Mars-Umlaufbahn ausdehnte.

Ein weiterer Anbieter von M-Programmen (für MAC und IBM) ist Sintar Software, 1001, 4th Ave., Suite 3200, Seattle, WA 98151.

Ich brauche wohl nicht extra darauf hinzuweisen, daß es auch Mandelbrot-›Fanzines‹ gibt, mit Hinweisen auf die Beschleunigung von Programmen und Meldungen von Forschern aus entlegenen Regionen der M-Menge. Sie enthalten sogar Beispiele einer neuen Literaturgattung, der sogenannten *Fractalfiction.*

Das wichtigste Mitteilungsblatt heißt *Amygdala*,.

Es wird herausgegeben von Rollo Silver, der auch reichlich Software liefert (Box 111, San Cristobal, NM 87564).

Video-Aufzeichnungen bieten zweifellos eine gute Möglichkeit, die M-Menge zu bewundern, und bei vielen Filmen dieser Art hat man auch an musikalische Untermalung gedacht.

Berühmt geworden ist ›Nothing but Zooms‹ von Art Matrix, P. O. Box 880, Ithaca, NY 14851.

Mir gefiel auch ›A Fractal Ballet‹ von The Fractal Stuff Company, P. 3O. Box 5202, Spokane, WA 99205–5202.

Genau genommen befindet sich der ›Äußere Westen‹ der M-Menge exakt bei minus 2 und nicht bei minus 1,999... unendlich, wie im 18. Kapitel beschrieben – sollen wir uns auf einen Kompromiß einigen?

Ich weiß nicht, ob es tatsächlich Fälle von Mandelmanie gibt, aber ich rechne mit Berichten, sobald dieses Buch erscheint – und ich lehne schon jetzt jede Verantwortung ab.

Anhang
Die Farben der Unendlichkeit

Im November 1989, als ich in Ar Rijad, Saudi-Arabien, den Special Achievement Award der Association of Space Explorers bekam, hatte ich die Ehre, vor der bis dahin größten Versammlung von Astronauten und Kosmonauten zu sprechen. (Mehr als fünfzig waren anwesend, unter ihnen auch Buzz Aldrin und Mike Collins von der Apollo 11 sowie der erste ›Weltraum-Spaziergänger‹ Alexei Leonow, der nicht mehr verlegen darüber ist, die Widmung von *2010: Odyssey Two* mit Andrei Sacharow zu teilen.) Ich beschloß, den Horizont meiner Zuhörer zu erweitern, indem ich ihnen etwas *wirklich* Großes zeigte. Während Astronaut Prinz Sultan Ibn Salman Ibn Abdul Aziz den Vorsitz führte, hielt ich einen reich illustrierten Vortrag mit dem Titel: ›Die Farben der Unendlichkeit – Erforschung des fraktalen Universums.‹

Es folgt ein Auszug jenes Vortrags; ein Teil davon erscheint auch zu Beginn des 15. Kapitels. Ich bedauere, daß ich hier nicht die prächtigen Diapositive und Video-Sequenzen zeigen kann, die ich in Rijad verwendet habe.

Schaubilder und Diagramme sind heute allen vertraut – insbesondere diejenigen mit der Zeit an der horizontalen Achse und den ständig steigenden Lebenshaltungskosten an der vertikalen. Die Idee, daß jeder Punkt auf einer Ebene mit zwei Zahlen beschrieben werden kann, für gewöhnlich mit x und y, erscheint uns selbstverständlich, doch überraschenderweise mußte die Welt der Mathematik bis zum Jahre 1637 warten, damit Descartes die neue Darstellung erfand.

Wir entdecken immer neue Konsequenzen dieser nur scheinbar schlichten Idee, und die erstaunlichste von ihnen ist gerade zehn Jahre alt. Man bezeichnet sie als Mandelbrot-Menge – ich nenne sie von jetzt an M-Menge –, und Sie werden ihr bald überall begegnen: in den Mustern von Stoffen, Tapeten, Schmuck und Linoleum. Ich fürchte, auch die Werbespots im Fernsehen machen bald häufigen Gebrauch davon.

Doch das verblüffende Merkmal der M-Menge besteht in ihrer grundsätzlichen *Einfachheit*. Im Gegensatz zu einem großen Teil der modernen Mathematik kann jedes Schulkind verstehen, wodurch sie hervorgerufen wird. Um sie zu erzeugen, braucht man nur Addition und Multiplikation. So komplexe Dinge wie Subtraktion und – Gott behüte! ‹ Division sind ebensowenig notwendig wie die exotischeren Geschöpfe aus der mathematischen Menagerie.

Bestimmt gibt es nur wenige Menschen in der zivilisierten Welt, die noch nie etwas von Einsteins berühmter Formel $E = mc^2$ gehört haben oder glauben, sie sei viel zu kompliziert, um sie zu verstehen. Nun, die Gleichung der M-Menge verwendet die gleiche Anzahl von Ausdrücken und ähnelt ihr sehr. Hier ist sie:

$$Z = z^2 + c$$

Nicht gerade überwältigend, oder? Und doch würde nicht einmal die Existenzdauer des Universums genügen, um alle ihre Verzweigungen zu erforschen.

Die Zs und das *c* in der Mandelbrot-Gleichung sind *Zahlen* und nicht wie bei Einstein physikalische Quantitäten, zum Beispiel Masse und Energie. Sie nennen uns Koordinaten, die Position eines Punktes, und die Gleichung bestimmt, auf welche Weise er sich bewegt und eine Struktur erzeugt.

Es gibt ein einfaches Analogon, das Sie alle kennen: Kinderbücher mit Seiten, auf denen viele Zahlen stehen – wenn man sie miteinander verbindet, so offenbaren sich verborgene (und oftmals überraschende) Bilder. Die Darstellungen auf dem Fernsehschirm entstehen durch eine komplexe Anwendung des gleichen Prinzips.

Rein theoretisch kann jeder, der die Addition und Multiplikation beherrscht, die M-Struktur mit Bleistift oder Kugelschreiber auf Millimeterpapier zeichnen. Allerdings kommt es dabei zu gewissen praktischen Schwierigkeiten, wie wir später sehen werden – ein Problem ist der Umstand, daß die menschliche Lebenserwartung nur selten über hundert Jahre hinausgeht. Deshalb wird die Menge von Computern berechnet und auf Monitoren gezeigt.

Nun, ein Punkt im Raum kann mit zwei verschiedenen Methoden lokalisiert werden. Meistens benutzt man dabei eine Art Gitter: Westen – Osten, Norden – Süden, oder auf Millimeterpapier eine horizontale X-Achse und eine vertikale Y-Achse. Das andere System läßt sich mit dem Radar vergleichen, das viele Menschen aus zahlreichen Filmen kennen. Dabei wird die Position eines Objekts durch (1) die Distanz vom Ausgangspunkt der Signale und (2) aufgrund der Richtung bzw. Kompaßpeilung bestimmt. Zufälligerweise handelt es sich dabei um das *natürliche* System: Sie benutzen es automatisch und unbewußt, wenn Sie mit einem Ball spielen. Dabei geht es Ihnen um Entfernungen und Winkel, und Sie selbst sind der Bezugspunkt.

Stellen Sie sich den Computer-Monitor als Radar-Schirm vor: Er zeigt einen einzelnen Punkt, dessen Bewegungen die M-Menge zeichnen. Doch bevor wir unser Radar einschalten, möchte ich die Gleichung noch etwas einfacher gestalten:

$$Z = z^2$$

Ich habe das *c* fortgenommen und nur die Zs gelassen. Jetzt wird's Zeit für eine genaue Definition.

Das kleine *z* steht für den Ursprungsort des Punkts, für die Distanz, mit der er beginnt. Das große Z gibt die letzte Entfernung vom Ursprungsort an. Wenn der Punkt erst 2 Einheiten entfernt ist, so hüpft er gemäß dieser Gleichung nach 4.

Das mag nicht sonderlich aufregend sein, aber jetzt kommt die ausschlaggebende Veränderung:

$$Z \rightleftarrows z^2$$

Der Doppelpfeil ist ein Zeichen, das den Verkehr in beiden Richtungen zuläßt. Mit anderen Worten: Das Ergebnis der Gleichung wird zur Grundlage einer neuerlichen Berechnung. Diesmal bleiben wir nicht bei $Z = 4$, sondern setzen diesen Wert mit einem *z* gleich, wodurch wir $Z = 16$ erhalten und so weiter. Sofort bekommen wir eine ganze Serie:

256, 65436, 4294967296

Der nur 2 Einheiten vom Zentrum entfernte Punkt springt mit immer länger werdenden Schritten in die Unendlichkeit.

Der Vorgang, eine solche Schleife immer wieder zu durchlaufen, wird ›Iteration‹ genannt. Es ist wie mit einem Hund, der seinen eigenen Schwanz jagt – allerdings kommt der Hund dadurch nirgendwohin. Doch mathematische Iteration kann uns zu sehr seltsamen Orten führen, wie sich bald herausstellen wird.

Jetzt sind wir soweit, das Radar einzuschalten. Die meisten Schirme zeigen Entfernungskreise, die den Abstand vom Mittelpunkt markieren: 10 Kilometer, 20, 30... 100. Wir benötigen nur einen Kreis, in einer Distanz von 1. Es ist nicht nötig, die Einteilungen zu spezifizieren, denn immerhin haben wir es nur mit Zahlen zu tun. Denken Sie dabei an Zentimeter oder Lichtjahre, ganz wie Sie wollen.

Nehmen wir an, die ursprüngliche Position unseres Punktes befindet sich irgendwo auf dem Kreis – die Richtung spielt keine Rolle. Also ist z gleich 1.

Da 1 mit sich selbst multipliziert 1 ergibt, hat auch Z diesen Wert. Und dabei bleibt es: Ganz gleich, wie oft 1 ins Quadrat erhoben wird, das Ergebnis lautet immer 1. Der Punkt gleitet auf dem Kreis herum, *aber verläßt ihn nicht.*

Gehen wir jetzt einmal von der Annahme aus, daß der ursprüngliche Wert von z größer als 1 ist. Wir wissen bereits, wie rasch der Punkt in die Unendlichkeit fortsaust, wenn wir z mit 2 gleichsetzen, aber das geschieht ebenfalls, früher oder später, wenn wir die 1 nur *ein wenig* vergrößern, zum Beispiel auf 1,000000000000000000001. Sehen Sie nur:

Wenn wir diese Zahl zum erstenmal quadrieren, lautet das Ergebnis für Z:

1,000000000000000000002

Die nächsten Schleifen bringen folgende Ergebnisse:

1,000000000000000000004
1,000000000000000000008
1,000000000000000000016
1,000000000000000000032

Und so geht es auf vielen Seiten weiter. In der Praxis bleibt der Wert 1. Unser Punkt hat sich nicht sichtbar nach innen oder außen bewegt und ruht weiterhin auf dem Kreis.

Aber nach und nach gibt es immer weniger Nullen,

während die Ziffern beständig von rechts nach links wandern. Ganz plötzlich rückt etwas an die dritte, zweite und erste Dezimalstelle – und dann explodieren die Zahlen nach einigen weiteren Multiplikationen, wie dieses Beispiel zeigt:

1,001 1,002 1,004 1,008 11,016 1,032
1,066 1,136 1,292 1,668 2,783 1 7,745
59,987 3598,467 12948970

167675700000000

28115140000000000000000000000

(Overflow)

Auf der rechten Seite können eine Million oder eine Milliarde Nullen stehen – es änderte nichts am Ergebnis. Irgendwann kriechen die Ziffern zum Komma, und dann hebt Z für den Flug in die Unendlichkeit ab.

Nun zum anderen Fall. Gehen wir einmal davon aus, z sei ein wenig kleiner als 1, zum Beispiel:

0,9999999999999999999

Wie zuvor geschieht kaum etwas, während wir die Schleifen wiederholen; die Zahlen rechts werden nur immer kleiner. Aber nach Tausenden oder Millionen von Iterationen – eine Katastrophe! Z schrumpft plötzlich ins Nichts und reduziert sich auf eine endlose Folge von Nullen...

Überprüfen Sie es mit ihrem Computer. Er kann nur mit zwölfstelligen Zahlen umgehen? Nun, auch wenn er leistungsfähig genug wäre, um mit längeren Zahlen zu rechnen – er käme zum gleichen Ergebnis, glauben Sie mir...

Die Resultate dieses ›Programms‹ lassen sich in drei Gesetzen zusammenfassen, die auf den ersten Blick betrachtet zu banal erscheinen, um überhaupt formuliert zu werden. Doch keine mathematische Wahrheit ist banal, und bald werden uns diese Gesetze in ein erstaunliches Universum führen, voller Wunder und Schönheit.

Hier sind die drei Gesetze des ›Quadratur‹-Programms:

1. Wenn der Ursprungswert z genau *gleich* 1 ist, so beträgt das Ergebnis Z immer 1.

2. Wenn der Ursprungswert *größer* als 1 ist, wird das Ergebnis unendlich.

3. Wenn der Ursprungswert *kleiner* als 1 ist, schrumpft das Ergebnis auf 0.

Der Kreis mit dem Radius 1 kann demnach als eine Art Karte bezeichnet werden – oder als Zaun, wenn Ihnen das lieber ist –, der die Fläche in zwei verschiedene Gebiete unterteilt. Außerhalb davon genießen alle dem Quadratur-Gesetz gehorchenden Zahlen die Freiheit der Unendlichkeit. Im Innern sind sie gefangen und letztendlich zum Aussterben verurteilt.

An dieser Stelle könnte jemand einwenden: ›Sie haben nur von *Distanzen* gesprochen, von Entfernungen zum Mittelpunkt, dem Ursprung. Um die Position des Punktes zu bestimmen, sind auch Richtungen erforderlich. Wie sieht es damit aus?‹

Das stimmt natürlich. Bei diesem Selektionsprozeß – beim Trennen der zs in zwei verschiedene Gruppen – benötigen wir zum Glück keine Richtungsangaben. Die Richtung *r* hat nicht die geringste Bedeutung: Überall geschieht das gleiche. Deshalb brauchen wir in diesem Fall – bei der Q-Menge – keine Rücksicht darauf zu nehmen. Wenn wir zur komplizierteren M-Menge kommen, bei der die Richtung wichtig *ist*, verwenden wir einen kleinen mathematischen Trick, indem wir komplexe oder imaginäre Zahlen benutzen (die eigentlich gar nicht komplex und noch weitaus weniger imaginäre sind). Aber hier können wir auf sie verzichten, und ich verspreche, sie nicht noch einmal zu erwähnen.

Die Q-Menge liegt innerhalb einer *Karte,* und ihre Grenze ist der sie umgebende Kreis. Jener Kreis stellt eine kontinuierliche Linie ohne Dicke dar. Wenn Sie in der Lage wären, ihn mit einem Mikroskop unendlich zu vergrößern, so sähe er immer gleich aus. Man könnte die Q-Menge bis zur Größe des Universums ausdehnen – die Grenze bliebe auch weiterhin eine Linie mit der Dicke null. Trotzdem: Es befinden sich keine Löcher in ihr. Sie stellt eine absolut undurchdringliche Barriere dar und trennt z kleiner als 1 für immer von z größer als 1.

Jetzt können wir uns endlich der M-Menge zuwenden, wo solche vernünftigen Konzepte auf den Kopf gestellt werden. Schnallen Sie sich an.

In den siebziger Jahren begann der französische Mathematiker Benoît Mandelbrot – er arbeitete bei Harvard und für IBM –, jene Gleichung zu untersuchen, die ihn berühmt machte. Ich zeige sie hier in ihrer dynamischen Form:

$$Z \rightleftharpoons z^2 + c$$

Der einzige Unterschied zwischen dieser Gleichung und der anderen, die zur Beschreibung der Q-Menge gilt, besteht in dem Ausdruck c. Er – und nicht z – ist der Ausgangspunkt unserer neuen Kartographierungsaktion. Während der ersten Schleife wird z gleich null gesetzt.

Es scheint eine unbedeutende Veränderung zu sein, und niemand konnte sich vorstellen, welches Universum daraus entsteht. Mandelbrot gewann erst im Frühjahr 1980 einen vagen Eindruck davon, als er seltsame Muster auf Computer-Ausdrucken betrachtete. Daraufhin warf er einen Blick durch John Keats'

Charm'd magic casements, opening on the foam
Of perilous seas, in faery lands forlorn...[1]

Später werden wir sehen, daß die Bezeichnung ›foam‹ oder ›Schaum‹ überraschend angemessen ist.

Die neue Gleichung stellt und beantwortet die schon bekannte Frage: Welches ›Gebiet‹ entsteht, wenn wir ihren Variablen Zahlen zuweisen? Bei der Q-Menge bekamen wir einen Kreis mit dem Radius 1. Lassen Sie uns beobachten, was geschieht, wenn wir mit diesem Wert in der M-Gleichung beginnen. Die ersten Schleifen müßten Sie eigentlich im Kopf berechnen können – nach einigen Dutzend wäre selbst ein Supercomputer gezwungen, das metaphorische Handtuch zu werfen.

Anfang: $z = 0$, $c = 1$. Also ist Z gleich 1.
Erste Schleife: $Z = 1^2\ 1 = 2$
Zweite Schleife: $Z = 2^2 + 1 = 5$
Dritte Schleife: $Zc5^2 + 1 = 26$
Vierte Schleife: $Z = 26^2 + 1$... *Und so weiter.*

Einmal habe ich meinen Computer die nächsten Schleifen berechnen lassen (damit stieß ich an die Grenzen meiner Fähigkeiten als Programmierer). Er lieferte nur zwei weitere Zahlen, bevor er Näherungswerte angab:

1, 2, 5, 26, 677, 458330
4412789000000000000000

Dann gab er auf – offenbar glaubt er nicht daran, daß Zahlen mit mehr als 38 Stellen existieren.

Wie dem auch sei: Schon die ersten zwei oder drei Er-

1 Etwa: Zauberhafte Fenster, voller Wunder, öffnen sich dem Schaum
Gefährliche Meere, die nur im Traumland sich zu beschau'n...
(Anmerkung des Übersetzers)

gebnisse zeigen, daß die M-Menge eine andere Form haben muß als die kreisförmige Q-Menge. Ein Punkt in der Entfernung 1 gehört zur Q-Menge; er definiert ihre Grenze. Doch der gleiche Punkt könnte sich außerhalb der M-Menge befinden.

Bitte beachten Sie, daß ich ›könnte‹ und nicht ›muß‹ sage. Es kommt ganz auf die *Richtung* des Ausgangspunkts an, die wir bisher ignorieren konnten, weil sie keinen Einfluß auf die perfekt symmetrische Q-Menge hat. Die M-Menge hingegen ist nur an der horizontalen X-Achse symmetrisch – die Gleichung läßt das bereits vermuten. Aber niemand wäre in der Lage gewesen, ihre tatsächliche Form zu erraten. Auf eine entsprechende Frage während meiner jungfräulichen Prä-Mandelbrot-Zeit hätte ich wahrscheinlich geantwortet: ›Vermutlich sieht das Ding wie eine Ellipse aus, an der Y-Achse zusammengepreßt.‹ Vielleicht (obwohl ich es bezweifle) hätte ich auch darauf hingewiesen, daß die Darstellung nach links hin – in die Minus-Richtung – verschoben ist.

Bitte erlauben Sie mir an dieser Stelle ein Gedankenexperiment mit Ihnen. Die M-Menge ist im wahrsten Sinne des Wortes unbeschreiblich, aber ich möchte trotzdem versuchen, Ihnen einen Eindruck zu verschaffen:

Stellen Sie sich vor, von oben eine recht plumpe Schildkröte zu beobachten, die nach Westen schwimmt. Man hat sie mit einem Schwertfisch gekreuzt, und deshalb weist sie einen schmalen Dorn auf, der nach vorn zeigt. Der Rand ihres Körpers ist mit den Girlanden seltsamer Meeresgewächse geschmückt – und mit kleineren Schildkröten, die ihrerseits Ranken tragen...

Eine derartige Beschreibung finden Sie bestimmt in *keinem* Mathematikbuch. Wenn Sie glauben, eine bessere liefern zu können, nachdem Sie das Ding mit eigenen Augen gesehen haben – nur zu. (Vielleicht ermöglicht die Welt der Insekten anschaulichere Vergleiche; es könnte sogar einen Mandelbrot-Käfer geben, der irgendwo durch die brasilianischen Regenwälder kriecht – schade, daß wir es nie erfahren werden.)

Hier sehen Sie die Form der M-Menge in groben Zügen und ohne Details; sie ähnelt dem Mandelbrot-Teich des Schlosses Conroy (18. Kapitel). Wenn Sie die leeren Stellen mit dem bei mittelalterlichen Kartenzeichnern so beliebten Ausdruck ›Hier könnte es Drachen geben‹ markieren wollen, so übertreiben Sie kaum.

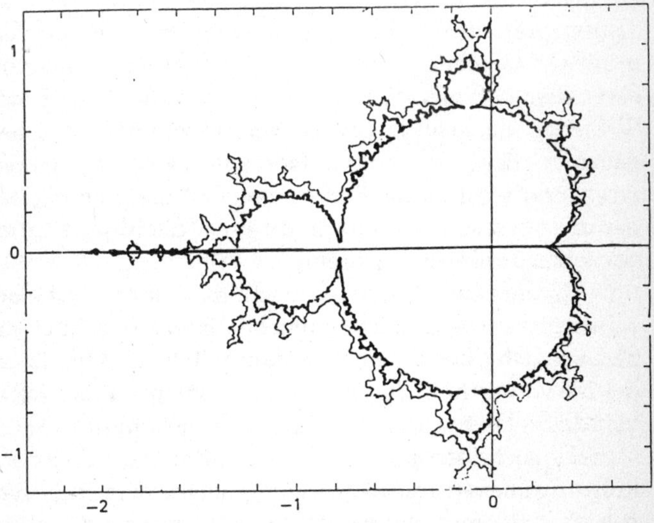

Zuerst wird Ihnen auffallen, daß die M-Menge im Vergleich zur Q-Menge – die an der X-Achse von +1 bis −1 reicht – tatsächlich nach links (beziehungsweise nach Westen) verschoben ist. Die M-Menge reicht nur bis 0,25 auf der rechten Achse, doch oben und unten wölbt sie sich bis über 0,4.

Auf der linken Seite erstreckt sich die Karte bis etwa −1.4. und dann wächst ihr ein Dorn – oder ein Fühler – bis genau −2. Soweit es die M-Menge betrifft, gibt es *nichts* hinter diesem Punkt; er markiert den Rand des Universums. Mandelbrot-Fans nennen ihn ›Äußeren Westen‹, und vielleicht möchten Sie herausfinden, was passiert, wenn wir *c* mit -2 gleichsetzen. Einerseits schrumpft Z nicht auf null, und andererseits entkommt der Wert nicht in die Unendlichkeit. Die Zahl gehört zur Menge, *gerade noch.* Wenn *c* ein wenig größer wird, zum Beispiel $-2{,}00000\ldots000001$ – es dauert nicht lange, bis Sie den Pluto passieren und zum entferntesten Quasar unterwegs sind.

Jetzt kommen wir zum wichtigsten Unterschied zwischen den beiden Mengen. Die Q-Menge wird von einer klaren Linie abgeschlossen, doch die Grenze der M-Menge ist, gelinde gesagt, verschwommen. Welches Ausmaß diese ›Verschwommenheit‹ gewinnt, merken Sie, wenn wir uns hineinzoomen. Erst dann entdecken wir die unglaubliche Flora und Fauna, die in jenem umstrittenen Territorium gedeiht.

Die Grenze der M-Menge – wenn man sie als solche bezeichnen kann – ist keine einfache Linie. Sie stellt etwas dar, das sich Euklid niemals erträumt hätte und für das in der gewöhnlichen Sprache ein geeignetes Wort fehlt. Mandelbrot beherrscht die englische (und amerikanische) Sprache nicht besonders gut und hat in Wörterbüchern nach angemessenen Ausdrücken gesucht. Hier einige Beispiele: Schaum, Schwamm, Staub, Gespinst, Netz, Quark. Er selbst prägte den technischen Namen *Fraktal* und führt nun ein energisches Nachhutgefecht, um eine zu genaue Definition zu verhindern. Computer können leicht ›Schnappschüsse‹ von vergrößerten Bereichen der M-Menge anfertigen, und selbst in Schwarzweiß sind die Aufnahmen faszinierend. Doch mit einem einfachen Trick können ihnen Farben hinzugefügt werden, worauf die Darstellungen eine verblüffende und oft surreale Schönheit bekommen.

Bei der ursprünglichen Gleichung geht es natürlich ebensowenig um Farbe wie in Euklids *Elemente der Geometrie.* Aber wenn wir den Computer mit farblichen Differenzierungen beauftragen, bei denen berücksichtigt wird, wie oft z die Schleife durchläuft, bevor sich herausstellt, ob der Wert zur M-Menge gehört oder nicht – dann erhalten wir außerordentlich beeindruckende Resultate.

Die Farben sind zwar willkürlich gewählt, aber keineswegs bedeutungslos. Eine genaue Analogie finden wir in der Kartographie. Denken Sie an die Höhenlinien einer Reliefkarte, die Höhen über dem Meeresspiegel angeben. Die Flächen dazwischen haben oft eine bestimmte Farbe, um ihren Informationsgehalt zu verdeutlichen. Genauso ist es mit Meereskarten: je tiefer der Ozean, desto dunkler das Blau. Der Kartograph kann die Farben frei wählen und läßt sich nicht nur von reiner Geographie leiten, sondern auch von Ästhetik.

Hier verhält es sich ebenso, mit dem einen Unterschied, daß *diese* Höhenlinien automatisch entstehen, durch die Geschwindigkeit der Berechnung – begnügen wir uns damit, ohne in die Einzelheiten zu gehen. Ich weiß nicht, welches Genie auf die Idee kam, Farben hinzuzufügen – vielleicht Monsieur M. höchstpersönlich –, aber dadurch werden die Bilder zu fantastischen Kunstwerken. Und Sie sollten die Formen sehen, wenn sie in Bewegung geraten...

Die M-Menge weckt viele seltsame Gedanken, und auf einen davon möchte ich hier kurz eingehen. Im Prinzip hätte sie entdeckt werden können, als die Menschheit zu zählen lernte. Doch in der Praxis konnte man die M-Menge erst nach der Entwicklung von Computern bestaunen, denn selbst ein nur geringfügig vergrößertes Bild erfordert *Milliarden* von Berechnungen! Um Filme wie ›Nothing but Zooms‹ von Art Matrix zu produzieren, hätte die ganze Weltbevölkerung jahrelang Tag und Nacht rechnen müssen – ohne bei der Multiplikation von Billionen hundertstelliger Zahlen einen *einzigen* Fehler zu machen...

Ich habe behauptet, die Mandelbrot-Menge sei die außergewöhnlichste Entdeckung in der ganzen Geschichte der Mathematik. Wer hätte sich vorstellen können, daß eine so absurd einfache Gleichung derart – im wahrsten Sinne des Wortes – unendliche Komplexität und überirdische Schönheit erzeugt?

Die Mandelbrot-Menge kommt im wesentlichen einer Karte gleich, wie ich bereits betont habe. Wir alle kennen Geschichten über Karten, die zeigen, wo man einen Schatz vergraben hat.

Nun, in diesem Fall sind Karte und Schatz *identisch*.

Colombo, Sri Lanka, 28. Februar 1990